Liebe Leserin, lieber Leser,

ein paar Fragen tauchen immer wieder auf, seit ich meinen Kommissar Günda samt hochdeutschem Assistenten Freese ermitteln lasse:

Kann ich auch als Nicht-Kurpfälzer diese Mundartkrimis lesen?
Aber ja.

Werde ich alles verstehen?
Nein. Es handelt sich hier nicht etwa um *Kurpfälzisch light*. Wozu wäre das gut?

Warum sprechen die Figuren nicht einen populäreren Dialekt, zum Beispiel Bayerisch?
Weil sie Kurpfälzer sind. Weil ich Kurpfälzer bin. Weil man nur einen Dialekt wirklich beherrscht.

Ist Kurpfälzisch wirklich der beste Dialekt der Welt?
Wer sagt das? Ich jedenfalls nicht. Alle Dialekte sind wichtig, vielleicht wichtiger denn je. Sprache ist Heimat. Doch wo liegt die, wenn die Muttersprache Business-Englisch heißt?

Kann ich mit Kommissar Günda Kurpfälzisch lernen?
Unbedingt! Falls Sie in Anweisenheit von Muttersprachlern üben, fühlen Sie sich angespornt von deren Reaktion: *Hea uff, isch kann nimmi!*

Alla hopp, kemma oofange?

Leichter Nebel lag über dem Königstuhl. Die Luft war frisch, der Boden an der einen oder anderen Wurzel garstig glitschig. Eine willkommene Herausforderung für Martin Seegard. Der passionierte Mountainbike-Fahrer genoss es, wenn er sein Gefährt mit Kraft, Geschick und voller Konzentration in der Spur halten musste. Wohlüberlegt bevorzugte er für sein montägliches Training die frühen Morgenstunden, wenn der Wald weitgehend ihm gehörte. Spaziergänger verloren sich um diese Zeit höchst selten auf seiner Route abseits der breiten Wanderwege. Auf der Hut war er dennoch, und so erspähte er an diesem Morgen frühzeitig die mattfarbenen Umrisse eines Joggers. Er erwog kurz, das Tempo zu drosseln, entschied sich dann jedoch dagegen. Der Fahrtwind und das Knarzen des Untergrundes würden sein Herannahen gewiss vernehmlich künden. Ein Übriges würde seine kräftige Stimme tun, die er nun das erste Mal an diesem Tag erhob: „Obacht!"

Tatsächlich verlangsamte der Jogger seine Schritte, drehte sich herum und entschied sich dankenswerterweise, etwas abseits des steilen Weges auf der Stelle zu laufen, bis der Mountainbiker ihn passiert haben würde. Martin Seegard wusste diese Rücksichtnahme unter Sportlern zu schätzen, selbstverständlich war dies nicht. Nicht selten kam es vor, dass ihm bei solchen Begegnungen mit Unverständnis und unnötigem Belehrungsgebaren begegnet wurde: „Bissl langsoom, wenns rescht wäa. Mia sin do net uffm Hoggeheimring!"

Donge!, wollte er gerade dem verständnisvollen Sportsmann zurufen, als der unvermittelt einen Schritt nach vorne tat. Martin Seegard reagierte augenblicklich, bremste instinktiv und dachte mit Verwunderung: *Was gibtn des? Än Schugga*[1]*? Hea mol, hackts?*

---

[1] Stoß

„Tschief?“
„Hm?“

Fritjof Freese kannte diesen starren Blick seines Vorgesetzten, der keinerlei Anstalten machte, sich seinem Assistenten zuzuwenden. Früher hätte ihn dies gestört oder zumindest verunsichert. Mittlerweile hatte er sich daran gewöhnt. Offensichtlich hatte sich Kommissar Günda gerade an irgendetwas festgelesen.

„Ich suche noch ein Geschenk für meine Nichte, hätten Sie vielleicht einen Tipp für mich?“
„Wie alt?“
„Meine Nichte? Acht.“
„A donn isses äfach: ä Bobb.“
„Ein was?“
„Ä Bobb.“
„Ein Bob? Ein Schlitten? Für meine achtjährige Nichte? Im Spätfrühling, Schneefallgrenze in Deutschland 5000 Meter? Ich weiß nicht.“
„Net *än* Bobb, *ä* Bobb. Imma schää uffbasse mit denne Adiggl, Freese. *De* Bob is männlisch, wie die Kärll aa. Awwa *ä* Bobb, des wäa weiblisch. Nadierlisch kwassii.“
„Eine Bobb? Was soll das sein?“
„Kennsch des net? Ä Bobb. Isch gäb da mol än Tipp, Freese: Ä Bobb is kähn Bobbl.“
„Jetzt wird es aber unappetitlich, Tschief. Iih. Popel.“
„Ä-ä. Bobbl. Wenn du irgendwu weddarennsch, dann kriggsch du än Bobbl.“
„Ah, eine Beule am Kopf.“
„Bessa gsacht, am Deez, am Schwelles, am Wersching.“
„Und was hat das jetzt mit dem Bob zu tun, äh, ich meine mit *der* Bobb?“
„Nix. Saachisch doch. Eewedrum. Kummsch als noch net

druff?"
„Keine Ahnung, was das sein soll, eine Bob."
„Allo, nochmol: Ä Bobb is kähn Bobbl."
„Eine Bob ist keine Beule. So weit, so klar."
„Obwoohl, manschmol hot die Bobb aa än Bobbl. Des kummt voa."
„Manchmal hat die Bobb eine Beule, schön. Das hilft mir jetzt auch nicht weiter."
„Nochän Tipp: Ä Bobb, die hot nadierlisch imma än Bobbes[2]. Obwoohl isch mähn grad, die Baabie, die hot eigendlisch kähna. Odda?"
„Barbie? Sie meinen die Barbie-Puppe?"
„Du hoschs. Des isses."
„Jetzt verstehe ich, die Bobb ist eine Puppe."
„Gönau. Saachisch doch schun die gonz Zeit: Bobb."
„Das ist wirklich eine gute Idee. Ich schenke meiner achtjährigen Nichte eine Puppe. Danke, Tschief."
„Mooment. Un donn brauchsch du nadierlisch noch was dodezu."
„Zur Puppe? Was brauche ich da? Kleider? Die sind doch hoffentlich dabei."
„Nää. Weesch was des beschde Gschenk wäa fa die Klää? Ä Bobb un dodezu ä Bobbe-Schees[3]."
„Was? Was soll das denn nun wieder sein?" Freese stand nicht der Sinn nach weiteren Dialekt-Lektionen. „Das wird mir jetzt zu viel, Tschief, ich passe! Ich belasse es bei der Puppe."
„Vun mia aus, mach doch, was du willsch. Awwa unna uns, weesch, was du manschmol bisch, Freese?"
„Na?"
„Bissl aiig bobbisch."
„Ich nehme an, das ist kein Kompliment."

---

[2] Po

[3] Puppenwagen

„Fadd Baabie schun."
Kommissar Gündas Telefon läutete, aber er schien es nicht zu bemerken.
„Wollen Sie nicht drangehen?"
„Hä?"
„Telefon für Sie, Tschief."
„Net wischdisch."
Das Klingeln erstarb.
„Sicksch. Wenns wischdisch wäa, deedas glei nochmol vasuche."
Prompt klingelte es ein weiteres Mal.
„Da haben Sie sich wohl geirrt, Tschief."
„Abba. Des is än annare."
„Woher wollen Sie das wissen?"
„Isch spüa des. Wedde ma?"
„Wie viel?"
„Zäh Penning fa de Aff!"
„Penning? Da sind wir aber längst drüber hinaus."
„Du vleischt, isch net."
Kommissar Günda nahm den Hörer ab.
„Hier sprischt die Sokodoo[4]. Was kann isch füa Sie tuhen?"
Fritjof Freese hob anerkennend die Augenbrauen. Offenbar passte sich endlich auch dieser hartnäckigste aller Dialektsprecher den veränderten Anforderungen seiner Umgebung an. Viele Menschen waren zugezogen, immer weniger in der Region sprachen Dialekt, nicht selten war Freese als Norddeutscher sogar im Vorteil. Erstaunlich, aber auch anerkennenswert, dass sich Kommissar Günda auf seine alten Tage nun doch noch gewillt zeigte dazuzulernen. Im Rahmen seiner Möglichkeiten, versteht sich. Denn selbstredend gelang es ihm kaum, seine Muttersprache zu verbergen.

„Sie müssen einfach den Schalter umlegen, Tschief", hatte

[4] Sonderkommission für hier

Freese ihm in einer stillen Stunde am Tresen im Roten Ochsen geraten. „Sie müssen sich sagen: So, ab jetzt spreche ich hochdeutsch."
„Hawwisch prowiat."
„Und?"
„Isch hab denn Schalda umglegt, un weesch, wie isch donn gsproche hab?"
„Na?"
„Gönau wie voahea. Awwa isch prowia des weida mim Schalda. Vleischt finnisch jo noch än annare."
Aus den Augenwinkeln beobachtete Freese seinen Chef. Der lauschte dem Anrufer erst andächtig und antwortete dann mit einem entschiedenen „Nein! Das geht nischt. Leiter."
Es folgte erst ein interessiertes, dann ein zustimmendes Grunzen.
„Isch vastehe daas, aber isch weiß nischt, wann der Herr Kommissar Günta wiedakommt. Leiter. Sehr."
Freese runzelte die Stirn. Als wer oder was gab sich sein Chef hier gerade aus?
„Mein Name? Mein Name ist Freese", gab Kommissar Günda auf die wohl auf Selbiges abzielende Frage des Anrufers zur Antwort. „Friedhof Freese. Isch buchstabiere: F wie Friedhof …"
Der Anrufer schien auf weitere Erläuterungen zu verzichten.
„Keine Ursache. – Ja. – Wird gemacht, das gebe isch sehr gerne weiter. Auf Wiedahören."

Andachtsvolle Sekunden vergingen, ehe sich Freese vergewisserte: „Habe ich das eben recht verstanden, Tschief, haben Sie sich eben für mich ausgegeben? Sagen Sie bloß, das machen Sie öfter?"
„Nää."
„Da bin ich beruhigt."
„Awwa ab jetz schun."

Verena Weipert stand unter Schock. Ihren Begleiterinnen erging es nicht anders, aber bei ihr saß er tiefer. Schließlich war sie es, die den Toten entdeckt hatte. Seltsam verrenkt hatte der rücklings über einem frisch gefällten, abtransportbereiten Baumstamm gelegen, sein Bike unweit davon, das Vorderrad in der Luft; ab und an drehte es sich lautlos infolge eines Windstoßes. Gespenstisch. Verena Weipert schauderte es bei dem Gedanken daran.

Dabei hatte der Tag so unbeschwert und verheißungsvoll begonnen. Wie jeden Montag hatten sich die drei Walkerinnen an der Heidelberger Bergbahn getroffen, um mit dieser zur Gipfelstation auf dem Königstuhl zu gelangen.

Vor einigen Wochen waren sie auf diese Idee verfallen, ihren Parcours gemächlich, auf sanft abfallenden Wegen zu beginnen und erst später und nur nach Belieben das Pensum mit dem einen oder anderen gelinden Gefälle zu steigern. Dieses Mal hatte Brigitte Sandritter, die zur Tagesführerin auserkoren war – die Leitung wechselte regelmäßig –, recht früh forsch verkündet, man wolle nun einen Schlenker Richtung Schlierbach wagen. Was ihre Mitwalkerinnen murrend hingenommen hatten. So war es an einer Weggabelung zu einer folgenschweren Pause gekommen.

„Mia hawwe uns nämmlisch valoffe."
„Va was?", fragte Fritjof Freese, der nun unweit des Fundortes mit den Walkerinnen stand. Ihm war nichts anderes übrig geblieben, als sich alleine aufzumachen, nachdem Kommissar Günda entschieden abgewunken hatte: „Isch? Isch kann net. Isch bin jo gaa net doo. Du a-innasch disch?"

„Va was?", wiederholte Freese, als er die fragenden Blicke der Freizeitsportlerinnen sah.

„Wie, fa waas? Fa was mia uns valoffe hawwe? Mia hot des aa net gebasst. Eisch?“
Ihre Mitwalkerinnen schüttelten den Kopf.
„Was hoddn des mit demm Ufall zum du? Mähne Sie vleischt, mia sin droo schuld? Des wüssdisch awwa. Hea, isch kenn denn jo gaa net, denn Hannebambl.“
„Feräänaa, loss denn Kommissaa. Dea wärdd schun wisse, wassa wisse will. Gell, Härr Kommissaa?“
Brigitte Sandritter betrachtete Freese mit unverhohlenem Wohlgefallen.
Freese nickte, obwohl er herzlich wenig verstand. Ihm war gänzlich unklar, woher die zu Teilen gereizte Stimmung kam.
„Verzeihen Sie, ich wollte von Ihnen nur wissen, was Sie meinen mit dem Fa.“
„Fa waas?“
„Eben. Sag ich doch. Fa Loofe oder so ähnlich haben Sie eben gesagt.“
„Valoffe. A so, des mähne Sie. Jetz hawwischs vastanne. Sie sin net vun doo, odda?“
„Nää, gwieß net“, Brigitte Sandritter kam Freeses Antwort zuvor. „A, des heat ma doch, wie dea so voanehm babbelt. Wahrscheinz vun Ballien[5].“
„Odda Hambuag“, tippte die bisher Schweigsame.
„Awwa uff kähn Fall drunne vun Stuttgartt. Des deed ma heere.“
„Nein, in der Tat“, erwiderte Freese, nun seinerseits etwas gereizt. Er hatte gehofft, hier, in unmittelbarer Nähe zur Universitätsstadt Heidelberg, auf Hochdeutsch nicht nur verstanden, sondern auch angesprochen zu werden.
„Va-lau-fen hawwe mia uns“, erläuterte Brigitte Sandritter teilnahmsvoll.
„Ah ja, und bei dieser Gelegenheit haben Sie den Toten

---

[5] Berlin

entdeckt."
„Mia hawwe dischbudiat. Nuff odda nunna. Un donn hot die Feräänaa denn gsehe."
„Gönau, isch hab denn lieje gsehe do drowwe."
„Un jetzat?"

Tja. Das fragte sich Fritjof Freese in diesem Moment auch. Die Sache schien klar: Einer dieser tollkühnen Hobby-Mountainbiker hatte die Rutschigkeit des Untergrundes unter-, dafür sein fahrerisches Geschick überschätzt, hatte den Halt verloren, war vom Weg abgekommen und unrettbar den steilen Abhang hinabgetrudelt. Ein Aufprall in diesem dicht bewaldeten Gebiet war letztlich unvermeidlich, die tödlichen Folgen persönliches Pech.

Wieso Kommissar Günda überhaupt eine Veranlassung gesehen hatte, den Unglücksort in Augenschein nehmen zu lassen, erschloss sich Freese beim besten Willen nicht. Und doch hatte er seinen Assistenten ohne weitere Nachfrage entsandt, einer angeblichen Eingebung folgend: „Isch spüa des." Oder doch eher einer Laune? Dazu passte es, dass es Kommissar Günda selbst nicht für nötig befunden hatte, am Ort des Geschehens aufzutauchen.

Nachdem sich Freese vergewissert hatte, dass die drei Walkerinnen nichts Außergewöhnliches bemerkt hatten – *Nix. Null. Niende.* –, entließ er sie mit dem Hinweis, man werde sich gegebenenfalls melden, falls doch noch Fragen auftauchen sollten: „Aber davon gehe ich nicht aus."
Verena Weipert legte dann doch überraschenderweise Wert darauf, eine Visitenkarte von Freese zu erhalten: „Grad vorsischtshalwa."
Wenn er sich nicht täuschte, hatte sie ihm sogar zugeblinzelt, als er diese wunschgemäß überreichte.

„Alla!" Die Schweigsame drängte plötzlich zur Eile.
„Auf Wiedersehen, die Damen, und vielen Dank für Ihre Geduld."

Freese beobachtete, wie sich die Walkerinnen wieder ihrer Stöcke bemächtigten und sich nach ein, zwei kurzen Aufwärmübungen in Bewegung setzten. „Feräänaa …" hörte er noch aus der Ferne, dann waren sie hinter der nächsten Biegung verschwunden.

„Aldale! Doo ware jo paa schääne Fegga[6] debei."

Axel Kornfeld war als Vertreter der Spurensicherung entsandt worden. Genau genommen hatte er sich selbst entsandt, als er eher zufällig von dem Vorfall auf dem Königstuhl Kenntnis erlangt hatte. Er war in Kollegenkreisen gefürchtet als überaus kommunikativ und leutselig. Kommissar Günda war er schon deshalb zugetan, weil er mit diesem so herrlich *Kees babble* konnte. Eine Einschätzung, die nicht auf Gegenseitigkeit beruhte. Und so war Kornfeld etwas enttäuscht gewesen, als er mit dem jungen Assistenten vorliebnehmen musste.

Staksend mühte er sich durch das dichte Gezweig. Die letzte Hürde, eine schmale Furche, in der nur ein Rinnsal zu Tal plätscherte, überwand er mit einem ungelenken Sprung, was ihm in Anbetracht seines Alters und seiner Körperfülle nur ächzend gelang.

„Wie siehtsn aus? Isch wäa fäddisch so weit."
„Wie ist Ihre Einschätzung?", fragte Freese, mehr der guten Ordnung halber.

---

[6] Feger

„Isch deed saache, dea is gfahre, do drowwe[7] uffm Weg, zimmlisch steil, donn hots demm sei Voddaraad varisse, er is abgrutscht un is denn Abhang nunnagedorzzlt un do unne geje denn Boom[8] gebatscht."
„Hm", stutzte Freese, der den Ausführungen zunächst überraschend gut hatte folgen können, dann aber über den Begriff *gedorzelt* gestolpert war, weshalb er den Faden verloren hatte. Er beschloss, das Geschehen noch einmal in seinen Worten wiederzugeben: „Also ich vermute, er hat oben bei dem steilen Stück den Halt verloren, vielleicht ist sein Vorderrad abgerutscht, er ist vom Weg abgekommen, die steile Böschung mit seinem Fahrrad hinuntergestürzt und schließlich gegen den Baum geprallt."

Axel Kornfeld sah Freese forschend an, konnte jedoch kein Anzeichen von Schabernack entdecken. Bei jedem anderen wäre er davon ausgegangen, dass man ihn auf den Arm nehmen wollte. Freese, das war mittlerweile bekannt, blieb für viele Kolleginnen und Kollegen ein sonderbarer, schwer einzuschätzender Typ, zumal ein norddeutscher. Vielleicht war es auch ein Generationenproblem. Womöglich brauchte er es für sein Selbstwertgefühl, die Ideen anderer zu übernehmen und sie als die eigenen auszugeben. *Egool*, nicht sein Problem. Axel Kornfeld wollte die Sache abschließen.
„Soso, Härr Freese. Glaawe Sie des?"
„Nein. Ich vermute das", gab der mit belehrendem Unterton zurück.
„Wisse Sie was? Isch aa. Subba, dann deedisch mol saache, isch packs dann."
Kornfeld zog seine Handschuhe aus, griff sich sein Einsatzköfferchen und rüstete sich zum Aufbruch.

---

[7] oben
[8] Baum

„Haben Sie Fotos von allem gemacht?“
„Fa waas?“
„Für alle Fälle, vielleicht ergibt sich …“
„Klähna Witz! Des hawwisch nadierlisch, was glaawn Sie. Alles foddograffiat. Bloß net die Schnuggelisch vun eewe.“
Freese blickte fragend.
„Dferäänaa[9]! Saache Sie bloß, die is Ihne net uffgfalle. Derre ian Bobbes? Aldale! Kamma losse.“
„Herr Kornfeld, ein bisschen Zurückhaltung täte gelegentlich Not“, mahnte Freese den älteren Kollegen.
„O, des sescht jo de Rischdische. Sie sin doch aa als gonz schää hea, hinna denne, hawwisch gheat. Sie hawwe doch aa geguggt bei de Feräänaa.“

Neben seinem Ansehen als akribischer, bisweilen pedantischer Ermittler, der seine Probleme mit der hiesigen Mundart hatte, eilte Freese in Kollegenkreisen der Ruf eines Frauenhelden voraus: *De Freese? Des issn Stroom*a[10].

„Da muss ich Sie leider enttäuschen, die Damen sind für mich Zeuginnen, nicht mehr, nicht weniger.“
„Z’alt, gell?“, hakte Kornfeld nach. „Newebei, vaheiat sin Sie nett, odda?“
Freese ignorierte die Frage.
„Liewa ä Freindiin, gell? Odda bessa glei zwee.“
Dröhnendes Lachen wehte durchs Geäst.

„Wann bekomme ich die Fotos?“
„Wie isch in Iam Alda waa, do hawwe mia schun zwee klähne Krutze[11] ghabt. Heit simmia vaheiat ball … loss misch mol

---

[9] Artikel und Name verschmelzen in dieser Stimmungslage
[10] Herumtreiber
[11] kleine Kinder

reschle …“
Freese verdrehte die Augen.
„Un wisse Sie, was des Geheimnis is?“
„Na?“
„Aare zu un duasch! Klähna Witz. Alla! Servela. Gruß on de Tschief. A, ähns noch, doo, demm sei Sach!“ Er deutete auf einen Sportrucksack, der am Wegesrand lag. „Alles drin: Ausweis, Führaschein.“
„Handy?“
„Nää. Kää Häändii. Sportla halt.“
„Schlüssel?“
„Äh …“

Kommissar Günda hatte seinen neuen Lieblingsplatz aufgesucht, den Malscher Letzenberg. Dort saß er *uffm Bängl* und hing seinen Gedanken nach. Durch Zufall hatte er diesen abgeschiedenen Ort für sich entdeckt, zu dem man durch die Weinberge gelangte und wo man der Welt enthoben schien. Imposant, unnahbar und behütend zugleich wirkte auf ihn die 1902 auf dem Gipfel errichtete Wallfahrtskapelle. Und jedes Mal, wenn er den Blick über die Ebene Richtung Pfalz schweifen ließ, befiel ihn unversehens ein Gefühl, dem er, wenn ihn einer fragen würde, den Namen Freiheit gäbe.

Der Himmel war wolkenverhangen, aber das kümmerte ihn nicht weiter, entsprach es doch seiner Gemütslage. Seine Ausgelassenheit Freese gegenüber war aufgesetzt gewesen. Der, wie er fand, überaus gelungene Scherz am Telefon hatte überdeckt, dass ihm gerade einiges in seinem Leben gelinde gesagt undurchsichtig erschien. Er hatte eine Entscheidung zu treffen und haderte damit. Im Grunde hätte ein simples *Nää* oder *Vleischt späda* genügt. Aber Kommissar Günda spürte, dass da ein Thema eine eingehendere Beschäftigung verdiente.

Auslöser war ein beiläufiges Gespräch mit Marion Helche gewesen, der Wirtin im Roten Ochsen, in dessen Nebenzimmer sich die Sokodo einquartiert hatte. Entstanden als Provisorium, war diese Spezialabteilung in der Region und darüber hinaus längst eine Institution. Geschätzt von den Glickerbachern, geduldet im Präsidium.

„Sie, Härr Kommissar, gfällts Ihne eigentlich noch bei uns in Glickabach?"
„Hajo, Marioon, des weesch du doch."
„Ähä. Im Kapelleweg, do wäa grad was frei."
„Wie? Was frei?"
„Soä klähns Haisl, soä schnuggelisches. Die Oomaa is gstorwe,

un die Ärwe, die streide als rum. Kähna wills, weila donn de anna auszahle muss."
„Und was hawwischn dodemit zum due?"
„A, isch hab gedenkt, vleischt wäa des was fa Sie."

Und nun ging ihm die Idee nicht mehr aus dem Kopf: ein Häuschen in Glickerbach. Dabei hatte Kommissar Günda eigentlich nie Gedanken an seine Wohnsituation verschwendet. Wie so vieles in seinem Leben hatte sich auch das eben ergeben, der aktuelle Stand vor bald zwanzig Jahren, als er auf hartnäckiges Anraten seines Umfeldes *Günda, du musch was Eigenes hawwe!* eine Wohnung in Seckenheim gekauft hatte.

„Alla guud!", hatte er irgendwann achselzuckend eingewilligt: „Wenn ia des mähnt, mach isch des halt."

Bald darauf war man in einem Neubaugebiet für ihn fündig geworden. Das routinierte Zusammenspiel von Sparkasse, Bauträger und Versicherungsmakler in Gestalt seiner Mitspieler beim samstäglichen Altherrenkick hatte es ohne viel Aufhebens möglich gemacht. Im Unterschied zu ihm waren diese Männer immer im Dienst, selbst während taktischer Absprachen vor dem gegnerischen Eckball: *Günda, bass uff denn Glatzkopp mit de graue Tschockinghos uff, des is doina! Apropoo, isch hab des mol fa disch duaschgereschlt: Finanzierung steht, Lebensvasischerung, des is fa disch des beschde. Obacht, awwl kummda, de Balle!*

Kurzentschlossen, ohne Zeit und Energie auf die Auswahl zu verschwenden und vor allen Dingen des Themas sehr bald überdrüssig, hatte er bei der erstbesten Gelegenheit zugegriffen: „Günda, gugg mol, wie wären die Woohnung …"
„Nämmisch!"

Ob die Entscheidung eine gute gewesen war, das vermochte er

immer noch nicht zu beurteilen. Fest stand, den Ärger mit Vermietern hatte er eingetauscht gegen nicht enden wollende Konflikte mit den anderen Eigentümern: Sollte man im Garten Geranien statt Begonien pflanzen? Für welche Farbe entschied sich die Mehrheit beim Neuanstrich der Balkone? Gab es endlich ein missbilligendes Votum gegen die Duschgewohnheiten des Nachbarn im dritten Stock? Stets einhergehend mit quälenden Diskussionen und Rechthabereien.
Wie eben überall, wo Menschen dazu verdammt sind, gemeinsam zu entscheiden.

Die Hälfte der Bewohner des Zwölfparteienhauses war mittlerweile Mieter. Von den ursprünglichen Eigentümern gehörte er zu den verbliebenen drei. Anfänglich hatte er die regelmäßigen Eigentümerversammlungen mit einer gewissen Belustigung besucht, bald schwankten seine Antworten auf die dort so drängenden Fragen zwischen *Des is mia worscht!* und *Macht, wassda wollt!*
Mied und nicht selten *bräzzlmeab*[12] wohnte er den immer neuen Reibereien mit wechselnden Allianzen schließlich nur noch teilnahmslos bei.

Gleichwohl, immerhin war er innerhalb der Wohnung sein eigener Herr und niemandem Rechenschaft schuldig.
Darüber hinaus bot die großzügige Dreizimmerwohnung mit dem kleinen Westbalkon nicht nur einen herrlichen Blick auf den Seckenheimer Wasserturm, sondern auch den besonderen Vorteil der Anonymität. Kaum jemand wusste um seinen Beruf, und die soziale Kontrolle schien Jahr um Jahr zu schwinden.

Für seine Arbeit wiederum spielte sein Wohnort keine Rolle. Man wusste im Präsidium, wo er zu erreichen war, das genügte.

---

[12] ausgelaugt

Kommissar Günda gehörte ohnehin nicht zu denen, die man der mangelnden Präsenz zeihen musste, Überstunden schrieb er schon lange nicht mehr auf, es gab sogar regelmäßig nicht wenige Urlaubstage, die er verfallen ließ. Ohne das je als Opfer zu empfinden. Dafür mochte er seinen Beruf viel zu sehr, und dafür gab es in seinem Privatleben nicht genügend reizvolle Alternativen.

Für Fritjof Freese war diese ständige Anwesenheit seines Vorgesetzten durchaus problematisch, das Delegieren, das Abgeben gehörte nach wie vor nicht zu dessen Stärken. Kommissar Günda wusste um seine Schwäche, und auch deshalb war es eine gute Entscheidung gewesen, seinen Assistenten alleine auf den Königstuhl zu diesem unglücklichen Radler zu schicken. Eine schöne Gelegenheit für Freese, Verantwortung zu übernehmen.
Und zugleich für Kommissar Günda ein Aufschub. Denn er ahnte, was sich dort oben zugetragen hatte: Gewalt. Darauf war er nicht erpicht: *Isch kanns net hawwe.* Zufällige Gewalt, aus einer Laune heraus. Auch wenn die ihn nicht unbedingt überraschte in einem gesellschaftlichen Klima, das er als zunehmend aggressiv empfand. Überall. Besonders augenfällig auf den Straßen. Wo sich die Menschen, kaum waren sie in die Rolle des Verkehrsteilnehmers geschlüpft, lustvoll feindselig begegneten. Die ideale Spielwiese für allerlei Machtgebaren gegenüber dem anonymen Mitmenschen, der nur noch als eines begriffen wird: als Widersacher.
Auf dem Waldweg letztlich nicht anders als auf der Straße. Kommissar Günda hatte die Szene vor Augen: der gnadenlose Kampf um die Vorherrschaft im Gehölz. Das rumorende Mountainbike als Kriegserklärung an den flanierenden Naturfreund. Zu oft ist der schon gedemütigt worden, hat immer wieder Platz gemacht, auf sein gutes Recht verzichtet zugunsten des Dreisteren. Dieses Mal wird er nicht klein beigeben, dieses

Mal nimmt er den Fehdehandschuh auf, dieses Mal schlägt er zurück. Angestachelt von all dem, was sich bei etlichen solcher Begegnungen aufgestaut hat, macht er sich bereit zum Gegenangriff und nutzt die Gunst des arglosen Moments, da sich der andere überlegen fühlt und jede Vorsicht vermissen lässt. Genau dann heißt es *Druff un dewedda!*[13]

Sieg! Genugtuung. *Sauwa!*

Reue? Mitleid? *Gschiedem rescht, demm Sseckl.*
Sorge um den Unterlegenen? *Selwa die Schuld!*
Unrechtsbewusstsein? *Dea hot oogfange!*
Bissl Bamml, ob das die Polizei auch so sieht. *Abghaut.* Kein Vertrauen in den Rechtsstaat, der nicht erkennt, dass es sich hier um lupenreine Notwehr gehandelt hat.

Kommissar Günda hasste Gewalt, und es gab mehr und mehr Momente, in denen er sich nicht damit abfinden konnte, dass es sie immer und überall gab. Auch wenn er sich dann sagte, es sei wenigstens seine Aufgabe, dagegen anzugehen.

Aber wie war die Gewalt überhaupt in die Welt gekommen? Wieso gelang es den Menschen nicht, sie endlich zu verbannen? Warum gab es offenbar für so viele in ihrem Leben unentwegt nur zwei Möglichkeiten: Täter oder Opfer?
Und wie brachten es die Menschen ohne Unterlass fertig, die Schuld bei allen anderen zu suchen? Und zu finden.

Er hoffte, es handelte sich bei dem Vorgang auf dem Königstuhl um einen Unfall. Doch sein Gespür widersprach dem. Und in diesem Moment hatte er überhaupt *kää Luscht*, recht zu behalten.

---

[13] drauf und dagegen

Begünstigt worden war Kommissar Gündas Entscheidung, sich zumindest zunächst herauszuhalten, durch einen Anruf aus der Zentrale. Der kam von Axel Kornfeld.
A nää, bidde net, hatte Kommissar Günda gedacht. Kornfeld hatte eilfertig die Sokodo informiert, wahrscheinlich, weil er die Chance auf einen lockeren Tag an der frischen Luft mit vorzeitigem Feierabend gewittert hatte: *Zwee Stund voa Ortt, bissl gugge, bissl babble un donn glei mol schää vabrunze*[14].

Bestimmt hatte Kornfeld auch seinem Ruf als *Dummbabbla* wieder alle Ehre gemacht, ein ebenso wichtiger Grund, den Königstuhl an diesem Tag weiträumig zu meiden. Der arme Freese hatte vermutlich nicht einmal die Hälfte der Schmu-Schmonzetten verstanden. Kommissar Günda musste schmunzeln. *Was solls*, es konnte nicht schaden, wenn Freese sich wieder stärker mit dem Dialekt auseinanderzusetzen hatte. Nachdem er zwischendurch ganz hoffnungsvolle Ansätze gezeigt hatte, war er in letzter Zeit doch reichlich unkonzentriert erschienen. Warum auch immer.

Kommissar Günda bemerkte, wie ihn ein einsamer Spaziergänger schon von Ferne ins Visier genommen hatte.
A nää, bidde net!
Er wandte den Blick ab und schaute angestrengt ins Leere. Vergebens.
„Na, auch ein Päuschen?"
Ihm stand gerade nicht der Sinn nach Konversation, Kommissar Günda blickte krampfhaft auf den Boden und schwieg.
„Ich sagte: Na, auch ein Päuschen?"
Offenbar hielt ihn sein Gegenüber für schwerhörig.
Des wolle ma doch mol sehe. Jetz binnisch mol daab[15] *wie ä Nuss*, dachte

---

[14] eigentlich: verpinkeln, hier: aus dem Staub machen
[15] taub

er und bemühte sich, auf jede Regung zu verzichten in der Hoffnung, der Fremde gäbe die Kontaktaufnahme auf.
„Oh, Verzeihung. Ich wollte Sie nicht stören.“

Der Unbekannte hatte endlich verstanden. Doch Kommissar Gündas Vorfreude war voreilig.
„Ich habe schon davon gehört, ich finde das toll. Ich muss zugeben, ich könnte das nicht. Alle Achtung. Darf ich?“
Unaufgefordert nahm der Mann neben dem nun leidvoll Dreinblickenden Platz.
„Ich verspreche, ich werde Sie auch nicht weiter in Versuchung führen.“

Kommissar Günda stutzte. Versuchung? In welche Versuchung wollte ihn dieser untersetzte, kahlköpfige Endsechziger bringen?
„Ach, ich bin ja so neugierig, ich hätte so viele Fragen.“
Ihm fiel keine einzige Frage ein, die in diesem Moment zwei alte Männer auf dem Letzenberg umtreiben könnte.

„Wenn es Ihnen nichts ausmacht, Sie dürfen ja nicken oder mit dem Kopf schütteln, das ist doch erlaubt, oder?“
Eine Antwort war dem Mann entbehrlich, denn sogleich fuhr er fort: „Zu allererst möchte ich wissen: Wie lange schweigen Sie schon? Verzeihung, falsche Frage, ich Dummerchen! Ich bin den Umgang mit Ihresgleichen eben nicht gewöhnt. Dieses Schweigegelübde, dieses Schweigen, bringt das einem was?“
Der Befragte hob erst verwundert den Kopf und nickte dann umso energischer.
„Ich meine, über den Pilgerweg hinaus.“

Nun verstand Kommissar Günda. Er hatte gelesen, dass seit einigen Jahren der Jakobsweg über den Letzenberg führte. Es handelte sich hier also um einen Pilgergenossen, jedenfalls aus dessen Sicht.

Ein Blick auf Kleidung und Ausrüstung des Neuankömmlings bestätigte diese Einschätzung: graues, akkurat geschnürtes Wanderschuhwerk, eine neonfarbene Outdoorjacke, deren ins Auge springende Marke den geübten Trapper ausweisen sollte, dazu ein überdimensionaler Rucksack mit zahllosen Reißverschlüssen. Am Hosenbund, der sich unsichtbar unter den ausladenden *Ronze*[16] gequetscht hatte, baumelte ein Kompass neben dem größten Schweizermesser, das Kommissar Günda je gesehen hatte.

„Ich liebe den Film *Jetzt bin ich mal unterwegs*. Köstlich. Schon der Titel. Wissen Sie, ich laufe ja auch alleine. Man kommt so mit sich ins Reine. Manchmal führe ich auch Selbstgespräche. Na ja, es halten einen ja viele für verrückt, dass man diese Strapazen auf sich nimmt. Dieses Schweigen wäre für mich sowas wie das i-Tüpfelchen. Aber ich glaube, ich bräuchte in dieser Hinsicht einen Ansporn, jemanden, der es mir leicht macht, der mich motiviert. Sie haben es vielleicht nicht bemerkt, aber ich bin im Grunde meines Herzens ein kommunikativer Mensch."
Kommissar Günda schüttelte energisch den Kopf.
„Doch, doch, aber erst wenn man sich besser kennenlernt, dann fasse ich Vertrauen. Das dauert, dafür braucht es Zeit. Aber die nehme ich mir mittlerweile."
Un die nimmsch du am libbschde alle annare, dachte Kommissar Günda.
Er ahnte, worauf dieser Mann hinauswollte, sein Kopfschütteln war die vorauseilende, eindeutige Antwort auf die drohende Frage, ob sie den Weg nicht von nun an gemeinsam beschreiten sollten: *Im Leewe net!*

„Ich stelle mir das wunderbar vor, gemeinsam schweigen. Oder auch mal gemeinsam übers Schweigen reden."

---

[16] Bauch

Kommissar Gündas Einstellung zum Thema drang offenbar nicht durch.
„Sie haben recht. Wir würden uns prima ergänzen."
Der gerade zum zweieiigen Zwilling Auserkorene schaute gequält, wozu er sich nicht zwingen musste. Der Pilger hielt es für prüfend und lächelte einladend: „Sie sind wie ich, zurückhaltend, nicht vorschnell, ein bisschen scheu. Vertrauen Sie mir so wie ich Ihnen, und ich bin sicher, wir können uns einander noch weiter öffnen."

Als noch weida?, dachte Kommissar Günda und hoffte inständig, dass sich noch etwas anderes auftäte: die Erde unter seinem Gegenüber.

„Wissen Sie, was ich noch niemandem erzählt habe?"
Kommissar Günda steckte in einer Zwickmühle. Schüttelte er den Kopf, würde sein Gegenüber ausholen. Nickte er, dann erst recht. Bräche er sein Schweigen, interpretierte der das als endgültigen Schulterschluss und als den Beginn einer wunderbaren Pilgerfreundschaft. Selbstverständlich würden sie eisern durchhalten bis zum Ende, aber Kommissar Günda wäre bereits ab Speyer tot. Damit hätte sich allerdings auch das Wohnproblem erledigt.

Unvermittelt erhob er sich. Ihm lag ein anspornendes *Alla!* auf den Lippen, aber für diesen norddeutsch Klingenden würde das auf dem Pilgerweg und angesichts der Kapelle möglicherweise einen sonderbaren Eindruck machen und weiteren Gesprächsbedarf wecken. Das wollte Kommissar Günda auf keinen Fall riskieren.
„Sie haben recht, mein Freund", entgegnete der Mann entschlossen und straffte sich. „Wir sollten weitergehen, der Tag neigt sich schon bald dem Ende zu. Ich hatte schon Sorge, es heute nicht mehr bis Speyer zu schaffen. Nun allerdings, mit

dir – ich darf doch *du* sagen –, mit dir bin ich zuversichtlich."

Kommissar Günda ließ mit großzügiger Geste den Vortritt und folgte zögerlich dem energischen Schrittes losstapfenden Pilger, der versprach, jeden ihrer Wege mit seiner grenzenlosen Erzählkunst zu begleiten: „Du inspirierst mich, ich merke, es sprudelt geradezu aus mir heraus …"

Kommissar Günda ließ sich langsam zurückfallen. Wenn er Glück hatte, würde der Fabulant sein Fehlen erst hinter *Altlusse*[17] bemerken.

---

[17] Altlussheim

Fritjof Freese stand vor einem größeren Gebäudekomplex auf dem Boxberg. Hier war Martin Seegard gemeldet. Erste Recherchen hatten ergeben, dass er alleinstehend war.

Eine ältere Dame nestelte vor dem Hauseingang an einem Schlüssel. Freese ging auf sie zu: „Entschuldigung …“
Sie kam seiner Frage zuvor: „Zwemm?“
„Bitte?“
„Zwemm?“
Freese scheute sich, seine Frage zu wiederholen, und beließ es bei einem Stirnrunzeln.
„Zu wemm dass Sie wolle?“
„Ach so, Seegard. Martin Seegard. Nummer 36b. Mein Name ist Freese, Fritjof Freese, Kriminalpolizei, Sokodo.“
„Gehe Sie mol hea!“

Das war eine Formulierung, die Freese schon früh Mühe bereitet hatte. *Gehen Sie mal her!* Ja, was nun? Was war nach einer solchen Aufforderung zu tun? Herkommen oder weggehen?
Wie so oft hatte es Kommissar Günda oblegen, seinen Assistenten über diese sprachliche Besonderheit der Region aufzuklären. In diesem Fall jedoch war er nach Freeses Einschätzung über das Ziel hinausgeschossen. So hatte er sich verstiegen, die scheinbar widersprüchliche Anweisung als poetisch-philosophischen Ausdruck menschlicher Hin- und Hergerissenheit zu deuten:
„Mia Mensche, mia kenne uns schlescht entscheide. Mia saache hii un mähne hott.“
„Hüh!“
„Hä?“
„Wir sagen hüh.“
„Saachisch doch: hii.“
„Egal. Weiter!“
„Awwa mia mähne hott. Odda waa des jetzat aa widda falsch?“

„Nein, nein.“
„Dann is jo guud. Un desdaweje saache mia des: Auf!“
„Was auf?“
„Auf! Geh mol hea!“
„Den Zusammenhang verstehe ich nicht.“
„Des is doch äfach, Freese. Mia saache des, weil mia wolle unsa Ruh hawwe. Awwa net alläa sei. Desdaweje heeßt des: Geh mol hea!“
„Das ist also ernst gemeint?“
„A sebvaständlisch! Ganz annaschda ibbrigenz wie des: Heb misch mol hinnerum!“

Freese hatte erhebliche Zweifel, ob an dieser weltanschaulichen Überhöhung etwas dran war, aber er nahm es hin. Wie so vieles in dieser ihm immer wieder fremd und eigenartig erscheinenden Welt.

„Gehe Sie mol hea!“
Freese trat zu ihr heran.
Sie sah sich um, senkte die Stimme und raunte ihm verschwörerisch zu: „Nämme Sie mol die Dasch!“
Offenkundig hatte sie erkannt, dass Freese bei ihrer Unterhaltung der gestischen Unterstützung bedurfte, und deutete auf ihr Gepäck. Freese griff nach dem Einkaufswägelchen.
„Mooment. Des net, des Käiischl bleibt imma do unne. Bloß die Dasch nämme.“
Überraschend schwer war sie, die Einkaufstasche. Erleichtert erblickte Freese im Flur einen Aufzug, der günstigerweise schon bereitstand.
„Auf, ea[18] widda fortt is.“
Artig folgte er ihr. Sie machte sich am Bedienungsfeld zu

---

[18] ehe er

schaffen. Nichts geschah. Mehrfach drückte sie ungeduldig und ohne ersichtliches System verschiedene Knöpfe. Der Aufzug rührte sich nicht.
„Des is vleischt än Kees mit demm Glumb[19], andauand gabudd. Was hawwe Sie gsacht? Seegardd?“
„Genau, Seegard, Martin Seegard.“
„Achda Stock.“

Die Dame erwies sich als erstaunlich rüstig, wie sie vor ihm eine um die andere Stufe erklomm. Freese dagegen spürte zunehmend die Last ihres Einkaufs.
„Was haben Sie denn in der Tasche? Briketts?“
„Ä-ä. Gadoffl[20]. Ware im Ogeboot. Zwonzisch Killoo.“

Endlich hatten sie es geschafft. Freese rang nach Luft.
„Grad hinne duasch uff de Balkoon. Grad ableeje.“
Freese tat wie ihm geheißen, drängte nun jedoch zur Klärung der ausstehenden Personalie: „So, das hätten wir. Wo wohnt denn nun der Mann, dessen Wohnung ich suche?“
„Wea?“
„Seegard, Martin Seegard.“
„Soän junge? Mit Baat?“
„Genau, ein Mann etwa in meinem Alter mit Bart.“
„Kää Ahnung. Mia hawwe kähn mit Baat. Seegardd? Nie gheat.
„Aber ich bin mir sicher, Martin Seegard wohnt in 36b.“
„Eewe drum. Des is sechsedreißisch aa. Sechsedreißisch bee, des wäa neewedroo[21]. Alla! Moment, wenn Sie runnagehe, kenne Sie grad denn leere Wassakaschde mit runnanämme!“

---

[19] Plunder

[20] Kartoffeln

[21] nebenan

Auf dem Weg zum Roten Ochsen hatte Kommissar Günda einen Schlenker gemacht. Wie der Straßenname vermuten ließ, lag der Kapellenweg im Ortskern von Glickerbach und umfasste lediglich ein paar Häuser. Kommissar Günda schlenderte betont unauffällig durch die schmale, verwinkelte Gasse und bemühte sich, keinem der Anwesen besondere Aufmerksamkeit zuteil werden zu lassen, schließlich wollte er *bloß mol gugge*.

Rasch meinte er, das fragliche Haus ausgemacht zu haben. Etwas schief, ausgeblichene Farbe, bröckeliger Putz, das Gebäude war ersichtlich in die Jahre gekommen. Unauffällig spähte er durch das Tor, das einen Spalt offenstand.

„Suche Sie was Bstimmdes?"
Die Stimme kam von hinten.
„Ou, de Härr Kommissaa. Was machen Sie do? Is was bassiat?"
„Nää …"
„Des mit de Ärnna, des is schun ä Weil hea, dass die gstorwe is. Dreiäneinzisch issi worre. Obwohl dass die Zugga ghabt hot. Morddszugga soggaa. Awwa des Härzz, des hot irgendwann nimmi gwodd[22]. Odda mähne Sie, do hot ebba[23] droo gedreht?"
„Nänää, des hot mit demm nix zum du."
„A so, Sie indressiere sisch fa des Haisl vun de Ärnna?"
„Nää, isch wollt bloß …"
„Auf, gehe Sie hea, isch zeigs Ihne."

Friedhelm Busch erwies sich als profunder Kenner des Anwesens. Er verfügte zwar nicht über einen Schlüssel, wusste jedoch, wo ein solcher deponiert war.
„Des wisse derre ia Kinna bis heit net. Die hawwe sisch jo nie blicke glosst. Aa net, wied Ärnna so aiig kronk worre is."

---

[22] gewollt
[23] jemand

Alles sah so aus, als hätte die Bewohnerin das Haus gerade eben erst für den Kirchgang verlassen. Selbst das Geschirr stand noch auf der Spüle, daneben ein alter Kohlenherd. Kommissar Günda fühlte sich zurückversetzt in Zeiten, da er die Sommerferien bei seinen Großeltern auf dem Land verbracht hatte. Sympathisch war das Haus, aber es musste bestimmt etliches in die Sanierung gesteckt werden. Viel konnte man dafür nicht verlangen.

Friedhelm Busch schien seine Gedanken gelesen zu haben: „Was wollen die hawwe fa die Buag? Mea wie zwonzisch deed isch net zahle. De Kella is bissl feischt[24], duaschs Dach reats[25] aa nei, die Fenschda: Kaddaschdroof. Ibbrigenz, wenn Sie ähna brauche, isch hab ähna on de Hand. Än Idaljäna, dea hot des alles druff, Dach degge, de Bodde abschleife, Elegdrigg, bleddlä[26], mescht dea alles. Un günschdisch. Ou, derf isch des iwwahaupt saache? Odda wärrisch jetz glei vahaft?“
„Nänää, kää Ängscht. Dann weeß isch Bscheid. Donge.“
„Unn? Nämme Sies?“
„Des? A, des is grad net akduell.“

---

[24] feucht
[25] regnet es
[26] Fliesen legen

Im Nebenzimmer vom Roten Ochsen erwartete ihn bereits sein Assistent. Fritjof Freese erstattete Bericht, doch Kommissar Günda war nicht recht bei der Sache.
„Es spricht also alles für einen Unfall. Bis auf eine Kleinigkeit."
„Subba, Freese. Alles klaa, des hosch du gut gemacht."
„Tschief, wollen Sie gar nicht wissen, um was es sich bei dieser Kleinigkeit handelt?"
„Hä? Was fa Klähnischkeit? Was zum Esse? Guude Idee!"
„Sie haben mir gar nicht zugehört."
„Doch, doch, sebvaständlisch. Die Sach ist klaa, än Ufall, fäddisch."
„Ja, aber eines ist merkwürdig, in Seegards Wohnung ist möglicherweise eingebrochen worden."
„Seegardd, Seegardd, wea is jetz des widda? Freese, du musch dia mol oogwehne, imma schää bei ähnare Sach bleiwe."
„Seegard, das ist der Radfahrer, der auf dem Königstuhl ums Leben gekommen ist."
„A so, sachs doch glei. Un bei demm is eigebroche worre? Koomisch."
„Sag ich doch. Aber jetzt kommt das Merkwürdigste. Die Wohnungstür stand offen, sie war unbeschädigt."
„Proffi hald."
„Oder jemand, der einen Schlüssel zur Wohnung hatte. Vielleicht sogar Seegards Schlüssel. Denn der trug, als man ihn fand, keinen Wohnungsschlüssel bei sich."
„Deboniat. Unna de Blumevaas."
„Seegard wohnt in einem Hochhaus im 3. Stock."
„Abgewwe beim Nochba."
„Machen Sie das?"
„Ugärnn, aiig ugärnn."
„Sehen Sie."
„Du mähnsch, demm hot ähna denn Schlissl abgenumme, drowwe, uffm Keenischstuhl."
„Genau. Und wenn das der Fall ist, hat er es vermutlich vorher

darauf angelegt, ihn außer Gefecht zu setzen."
„Apropoo, wie bischn mim Weize klaakumme?"
„Weize? Wer soll das denn sein?"
„A, de Kornnfeld. Mia saache als Weize zu demm. Äschdenns, wejem Kornn. Weize, vastehsch? Un zweddens, weils stimmt. Dea petzt als mol ganz schää paa zwee vun denne Weize. Unn?"
„Was und?"
„Wie bischn mit dem klaakumme? Dea kann babble, hä? Hosch alles vastanne?"
„Teils teils."
„Gell, dea is aiig. Dea kummt vun Kruune[27] drunne. Alda Freind, do muss isch aa manschmol uffbasse, dass isch alles mitkrigg bei demm."
„Er wird ja hoffentlich seinen schriftlichen Bericht auf Hochdeutsch abliefern."
„Schaad eigendlisch. Klähna Witz. Unn?"
„Was und?"
„A, Freese, wudefu hawwe mias grad ghabt, vum Eibruch. Is was geglaut worre?"
„Kann ich schlecht beurteilen, ich wollte auch keine Spuren verwischen. Ich hatte jedenfalls den Eindruck, der Schreibtisch ist durchsucht worden. Seegard hatte in seiner Wohnung wohl ein kleines Büro. Aber ich habe keinerlei technische Geräte gesehen. Kein Computer, kein Laptop, kein Handy."
„Keent bei mia sei. Isch brauch des Glumb aa net."
„Bei allem Respekt, Tschief, das ist eine Frage der Generation. Seegard war Mitte 30. Da ist es völlig undenkbar, dass er auf solche Gerätschaften verzichtet hat, es sei denn, er war in einer technikfeindlichen Sekte."
„Du mähnsch die *Gündarana*."
„So ähnlich. In meiner Generation, also, wir sind zwar keine Digital Natives …"

---

[27] Kronau

„Was seid ia net? Dittsche was?“
„Digital Natives, das sind die Leute, die von Kindesbeinen mit Computern groß geworden sind. Seegard ist mein Jahrgang, wir hatten es noch schwer, wir haben ja quasi noch die Steinzeit erlebt. Mein erstes Handy war so ein Klotz! Wie ein Backstein.“ Er deutete die entsprechende Größe an. „Das können sich die Kids heute gar nicht mehr vorstellen.“
Kommissar Günda verdrehte die Augen, doch Freese legte nach: „Mein erster Computer hatte einen Prozessor, den finden Sie heute nur noch im Museum.“
„Weesch was moin äschde Kommbjuuda waa, Freese?“
„Na?“
„Än Rescheschiewa.“
„Auf jeden Fall, ich würde gerne die Spurensicherung auf Seegards Wohnung ansetzen.“
„Guude Idee, do freit sisch de Weize.“
„Wollen wir zusammen hinfahren?“
„Äh … Annamol gärnn.“
„Wegen dem Weizen?“
„Des aa, awwa isch muss was aleedische. Bissl u-oogenähm.“
„Wieso? Ist was passiert?“
„Net direkt. Isch muss was kleare.“
„Das klingt doch unproblematisch.“
„Was absaache.“
„Oh, ach so.“

Es klopfte.
„Ah, das ist bestimmt unsere Marijonne mit dem Kaffee.“
Freese öffnete die Tür, tatsächlich stand die Wirtin vom Roten Ochsen mit einem Tablett in den Händen im Türrahmen.
„Ou, de Tschief is jo aa doo. Wenn isch des gewisst heed, heedisch glei nochä Tässl Kaffee mea gemacht.“
„Des wäa zwaa guud, Marioon, awwa, äh … Was annares, weje derre Sach …“

„Heb schun gheat, Tschief. Mia krieje Nachwuchs, do in Glickabach. Sauwa. Des gfällt mia. Aiig."
„Äh …"
Kommissar Günda setzte zu einer Erklärung an.
„Moment, Tschief, isch bring glei noch Kaffee. Sticklsche Kuche dodezu?"
„Äh … Annamol, mia misse leida glei fortt. Gell, Freese? Saach dei Sach!"

„Sagen Sie mal, Tschief, was hat Sie nun doch bewogen mitzufahren?"
„So halt."
„Sie wissen schon, dass ich bei der Kriminalpolizei bin. Diese Antwort verrät, dass es dafür einen gewichtigen Grund gibt. Darf ich den erfahren?"
„Nää. Du kannsch misch ibbrigenz am näckschde Eck wieder naus losse."

Freese hielt weisungsgemäß an, aber entließ den Kommissar noch nicht: „Ich hatte den Eindruck, Sie scheuen das Gespräch mit der Marijonne."
„Freese, du ma die Lieb, isch kanns net hawwe."
„Wieso? Frau Helche hat mir angeboten, sie beim Vornamen zu nennen."
„Awwa doch net so, Freese. *Marijonne*, odda wie du des sesch, wie des klingt! Wie ä Beleidischung. De Noome[28], dea is so wischdisch, do muss ma sisch schun bissl Mieh gewwe."
„Wenn ich mich recht erinnere, haben Sie mich vorhin Friedhof genannt."
„Haha, gell, des waa net schlescht, odda? Tschuldischung. Awwa hea mol, vleischt kummt des jo wiaklisch dodefu?"

---

[28] Name

„Was kommt woher?"
„Fritjof vun Friedhof. Kann doch sei. Isch deed misch mol kundisch mache."
„Sie lenken ab, Tschief."
„Isch? Des wüssdisch awwa. Äh, was annares, was meschtn eigendlisch die Muddi?"
„Meiner Mutter geht es gut, danke. Ich warte, Tschief."
„Uff was?"
„Auf eine Erklärung."
„Des is priffaaht, Freese. Sgeht um mei Woohnung."
„Um Ihre Wohnung in Seckenheim?"
„Die kennsch du?"
„Kennen nicht, Sie haben mich ja noch nie zu sich eingeladen. Abholen durfte ich Sie. Raufkommen noch nicht. Im Unterschied zu mir. Meine Wohnung kennen Sie."
„Stimmt. Bessa gsacht, die Woohnung vun deinare Muddi, weil du, du woohnsch jo noch bei de Muddi. Apropoo, funzioniat des als noch mit eisch? Du mit deinare Muddi?"
„Jetzt reden wir schon wieder über mich. Dabei wollten Sie mir doch etwas erzählen."
„Du hosch dodemit oogfange mit deinare Muddi, Freese, net isch."
„Sie haben recht." Freese wurde plötzlich nachdenklich: „Stimmt schon irgendwie."
„Hawwisch mias doch gedenkt. Unn?"
„Was und?"
„Funzioniats noch?"
Freese druckste: „Also gut, in letzter Zeit gab es etwas Spannungen."
„Weje warum? Mia kannschs saache. Isch deed aa mit deinare Muddi schwetze."
„Das würden Sie für mich machen?"
„Sebvaständlisch, du weesch, mia zwee, dei Muddi un isch, mia hawwe ä guudes Vahältnis. Also net soä Vahältnis. Annaschda.

Mea gschmacklisch. Doas, Pink Floid, de Jangs Niil[29] …“
„Also, Tschief, ich glaube, ich würde Ihr Angebot tatsächlich annehmen. Vielleicht können Sie besser mit ihr reden als ich. Bei mir geht sie immer gleich an die Decke.“
„Klaro.“
„Dabei … Ich finde, das muss sie doch verstehen.“
„Des vakläa isch derre schun, mach da kää Sogge.“
„Da wäre ich Ihnen wirklich dankbar, wenn Sie ihr das ausreden könnten. Seit zwei Wochen fängt sie dauernd davon an. Meinen Sie, Sie schaffen das, dass sie das akzeptiert?“
„Hea mol, Freese, des is des Nommalschde vun derre Welt.“
„Genau! So sehe ich das nämlich auch. Sohn ist Sohn, und Mutter ist Mutter.“
„Do sachsch du was.“
„Also, wenn Sie das schaffen, haben Sie was bei mir gut, Tschief. Egal, wie Sie es machen, reden Sie ihr das bitte aus …“
„Uff jedn Fall.“
„Das ist wirklich eine hirnrissige Idee …“
„Uumeeglisch!“
„Dass ich bei ihr ausziehen soll.“
„Bidde?“

[29] The Doors, Pink Floyd, Neil Young

Freeses erster Eindruck hatte nicht getrogen. In Martin Seegards Wohnung hatte sich tatsächlich jemand Zutritt verschafft und sämtliche Schränke und Schubladen durchsucht, das belegte der Bericht der Spurensicherung. Begehrt waren vermutlich Bargeld sowie elektronische Geräte, die samt und sonders verschwunden waren. Selbst das Festnetztelefon fehlte. Einzig ein klobiger Laserdrucker fand sich unter dem Schreibtisch. Auch vor Datenträgern war nicht Halt gemacht worden. Eine Schatulle für USB-Sticks war leer.

Die Wohnungstür zeigte keinerlei Merkmale eines Einbruchs, der oder die Täter hatten offenbar einen Wohnungsschlüssel benutzt. Ein solcher war jedoch weder bei der Leiche noch in der Wohnung gefunden worden.

Am Toten selbst, so der Bericht, habe man keinerlei Anzeichen von Gewalteinwirkung entdecken können. Die Obduktion sei freilich in dieser Hinsicht erschwert durch die massiven Verletzungen infolge des Sturzes den Hang hinab im Unterholz über eine Strecke von mehr als zehn Metern. Die Chance, ein Fremdverschulden nachweisen zu können, sei unter diesen Umständen gering.

Axel Kornfelds Bericht schloss mit der Mutmaßung, dass es sich um einen oder mehrere Täter gehandelt habe, die ausgesprochen professionell vorgegangen seien. Zu denken sei an eine gewerbsmäßige Bande, die sich auf derlei Raubzüge spezialisiert habe und über entsprechende Absatzkanäle verfüge. An sich sei der Markt für gebrauchte Elektronik kein einträglicher, aber in solchen Fällen mache es oft die Masse.
Dass von Seiten der Täter keine Skrupel bestanden hätten, die Gesundheit ihres Opfers aufs Spiel zu setzen, sei leider kein ganz neues Phänomen. Die Hemmschwelle für Gewalt aus Habsucht sinke beständig.

„Das hat dieser Kornfeld geschrieben?“, staunte Freese.
„Gell, do guggsch. Unsan Weize! Wenna will, kanna. Ea will leida bloß so selde. Awwa ähns is uff jedn Fall mol klaa: Mia hawwe än neie Fall.“
„Ich muss zugeben“, räumte Fritjof Freese ein, „damit habe ich nicht gerechnet, als Sie mich auf den Königstuhl geschickt haben.“
„Intuizioon, Freese, des lärnnsch du aa noch. Jetz deedisch mol saache, mia sollde rausfinne, was des fa ähna waa, de Seegardds Maddien.“
„Nun, Tschief, da kann ich Ihnen schon einiges berichten, ich war bereits fleißig.“
„Desdaweje simmia jo soä subba Tiim[30]. Isch mit meinare Intuizioon un du mit …“
„Ja? Jetzt bin ich gespannt.“
„Demm annare.“
„Ich nehme das mal als Kompliment.“
„Unn?“
„Was?“
„Was hoschn rausgfunne iwwa denn?“
„Seegard war Doktor, so geht es schon mal los.“
„Un donn fällt dem nix Bessas ei, wie denn Keenischstuhl nunnazumbreddare? Sauwa. Wahrscheinz hodda sisch aa als selwa obariat.“
„Nein, kein Arzt, Tschief. Ein Doktor phil.“
„Hm?“
„Doktor phil.“
„Aa, Doggda Vill. Än Hochstabla aa noch. Sauwa. Vleischt nochän Heiratsschwindla, des wäas.“
„Doktor phil.“, wiederholte Freese, nun mit dem ihm eigenen leicht belehrenden Unterton, in den er gerne verfiel, wenn er sich besserwissend wähnte.

---

30 Team

„Eewe, Doggda vill-leischt, isch habs schun vastanne."
„Tschief, ein Doktor phil., das ist ein Akademiker, der an einer Universität studiert hat. Philosophie, Germanistik, Politikwissenschaft, Soziologie …"
„Nää! Ealisch? Des gibts alles? Hea mol, du kennsch disch jo subba aus. Gibts eigendlisch aa Sokodologgie? Des deedisch glei mol studiere, wenns gähngt."
Freese wurde rot.
„Tut mir leid."
„Waas?"
„Das war eben gedankenlos und ziemlich arrogant von mir. Das war keine Absicht."
„Doch. Des waas. Gönau des." Kommissar Günda wurde ungewohnt scharf. „Du hosch gedenkt, o, de Tschief, dea alde Dabbes."
„Das habe ich nicht gedacht."
„Dea imma denn dabbische Dialekt schwetzt, dea hot doch kää Ahnung vun nix. Schun gaa net vum Studiere, gell?"
„Das würde ich nie denken."
„Vazehl nix."
„Tschief, ich kann Sie nur …"
„Stimmt. Des kannsch du. Du kannsch misch mol hinnerum heewe."

Sprachs und verließ das Nebenzimmer im Roten Ochsen, ohne sich umzudrehen, und hinterließ einen reichlich bedröppelten Freese.

Er hatte überreagiert, das wusste Kommissar Günda schon in dem Moment, da die Tür vernehmlich ins Schloss fiel. Aber er war nicht gewillt, das Freese gegenüber einzugestehen. Es war nicht das erste Mal, dass der mit dieser blasierten Art auftrat. Nicht selten wurde das auch zum Problem bei Ermittlungen, Kommissar Günda hatte ein ums andere Mal beschwichtigend zu wirken. Auch seinem Vorgesetzten gegenüber hatte Freese schon den angemessenen Respekt vermissen lassen. Nicht häufig, aber in diesem Fall eben ein Mal zu viel. Sollte er ruhig einmal darüber nachdenken. Vielleicht war auch bei einem Mittdreißiger noch ein Lernprozess möglich.

Kommissar Günda spürte, dass ihn der Vorfall über Gebühr gekränkt hatte. Dabei war er derlei Kummer doch eigentlich gewöhnt. Wie oft kam es vor, dass Gesprächspartner ihn herablassend behandelten, sobald sie hörten, dass er Dialekt sprach. Was ihn jedes Mal erst recht dazu anstachelte. Bisweilen genoss er es geradezu, unterschätzt zu werden. Insbesondere in seinem beruflichen Umfeld. Sei es von Verdächtigen, die ihn als Ermittler nicht ernst nahmen. Bis er sie lässig überführte. Sei es von Kollegen, die in Sitzungen seine Äußerungen unverhohlen belächelten. Bis er sie in gleicher Runde *gonz newebei* auf einen kapitalen Denkfehler aufmerksam machte. Sei es von Medienvertretern, die sich, ausgestattet mit der branchen-üblichen Selbstüberschätzung, in Pressekonferenzen einen Spaß daraus machten, seine Erklärungen zu hinterfragen: *Verzeihung, aber ich habe nicht ein Wort verstanden. Könnten Sie das ins Deutsche übersetzen?* Bis er an gleicher Stelle nicht ohne Genugtuung verkünden durfte, auch diesen Fall gelöst zu haben.

Gerade das Prosperieren der Region hatte dazu geführt, dass sie immer häufiger in Milieus ermittelten, die mit der hiesigen Mundart herzlich wenig zu tun und schon gar nicht im Sinn hatten. Neubürger auf Zeit, auf Abruf, die sich überhaupt nicht dafür interessierten, wo sie gerade lebten, in welches Umfeld sie geraten waren, Hauptsache, Verdienst und Infrastruktur waren zufriedenstellend. Doch diese Entwicklung betraf auch *Leit vun doo*, die zu Geld und damit zu Ansehen gekommen waren und die die Sorge umtrieb, sie könnten sich durch den Dialekt als das entlarven, was sie trotz allem waren und blieben: *Sseftl.*

Kommissar Günda glaubte sich nach all den Jahrzehnten doch eigentlich längst immun gegen die Herablassung der hochdeutsch Sprechenden, gegen den Dünkel der Dödel. Er war selbst überrascht von seiner heftigen Reaktion angesichts einer Lappalie. Denn um eine solche hatte es sich doch gehandelt. Die altbekannte, herrlich simple Gleichsetzung: Dialekt kennzeichnet das schlichte Gemüt mit mangelnder Bildung. Das allerdings aus dem Munde seines Assistenten, der es doch besser wissen müsste nach den Erfahrungen mit seinem Vorgesetzten. Freese, der ja nun endlich verstanden haben sollte, dass es sich beim Dialekt nicht um einen Defekt, sondern um eine eigene Sprache mit eigener Grammatik handelte, worunter er ja wahrlich oft genug zu leiden hatte, wenn er wieder einmal nichts verstand. Oder noch schlimmer, wenn er etwas zu verstehen glaubte, was sich aber als Trugschluss entpuppte.

Wie damals, als Freese das erste Mal mit dieser wunderbar vielschichtigen, dabei denkbar knappen Formulierung zu kämpfen gehabt hatte: *Geh fortt!*
Der Gedanke daran ließ Kommissar Günda selbst in diesem Moment schmunzeln.

Geh fortt!, das hatte den noch unerfahreren Freese während der Vernehmung einer Verdächtigen verwirrt. Das Protokoll gehörte zu den Klassikern im Präsidium und wurde gerne zu später Stunde bei Betriebsausflügen vorgetragen. Worüber Freese bis heute nicht lachen konnte.

Er hatte es damals mit einer vierschrötigen, polizeibekannten Frau zu tun gehabt, die er bei der Vernehmung mit einem Tatvorwurf konfrontierte: „Sie sind von Zeugen beobachtet worden, wie Sie den Zugschaffner beschimpft und tätlich angegriffen haben."
„O, geh fortt!"
„Bitte?"
Die Angesprochene insistierte: „Geh fortt!!!"
„Nun …" Freese war verwirrt: „Ist das Ihr Ernst?"
Er wusste, dass ein Angeklagter in der Verhandlung das Recht hatte, einen Richter abzulehnen mittels eines Befangenheitsantrages. Was ihm in dieser Stresssituation nicht klar war, ob eine Verdächtige es entsprechend zurückweisen konnte, durch ihn vernommen zu werden. Er reagierte vorsichtig: „Wünschen Sie eine Frau?"
Was wiederum die Beschuldigte falsch verstand.
„Hä?"
„Möchten Sie eine Frau haben?"
„Hea mol, binnisch do bei de Bollezei odda im Zinggles-Dreff?"
Freese bemühte sich um Sachlichkeit: „Also, wenn ich Sie richtig verstehe, grundsätzlich haben Sie nichts gegen mich. Als Mann."
„Äh … Nää."
„Gut." Er blieb verunsichert und versuchte es zu überspielen, indem er auf das Erlernte in Sachen Vernehmungstaktik setzte. Direkte Fragen, fester Blick in die Augen des Gegenübers: „Bin ich Ihnen zu jung?"

Das war mit Abstand Kommissar Gündas liebster Moment. Eine bald zwei Meter große, gut fünfzigjährige, mehrfach vorbestrafte Gewalttäterin, und ihr gegenüber Fritjof Freese, einsachtzig, smart, Berufsanfänger.
„Zu jung? Nää. Eigendlisch net."
„Meinen Sie, ich hätte nicht genügend Erfahrung?"
„Äh …"

„Also, ich bin beileibe kein Anfänger."
„Hm."
„Ich sehe vielleicht nicht so aus, aber ich habe das schon mal gemacht. Glauben Sie mir das?"
„Pfff."
„Dann sind Sie also einverstanden, wenn wir fortfahren."
„Wu noo?"
„Bitte?"
„Fortt-fah-ren. Woo hiin?"
„Nein, ich meine weitermachen. Hier."
„Woomit?"
„Na, was wir eben begonnen haben?"
Die Verdächtige zögerte kurz: „Flädde[31]?"

Freese hörte das Wort zum ersten Mal, wollte jedoch das gerade in Gang gekommene Gespräch nicht gleich wieder ins Stocken bringen.
„Genau."
„O, geh fortt!"
„Sie müssen sich schon entscheiden. Ich oder ein anderer?"
Die zu Vernehmende schaute ihn entgeistert an.
„Des glaabt mia kähna, des derfisch kähm vazehle. Alla guud, wenn hebbdan noch? Wea issn noch im Ogeboot?"
„Wer ist was?"
„Im Aan-ge-boot."
„Also mein Chef wäre bestimmt verfügbar, Kommissar Günda."

Der ins Spiel Gebrachte, der das Geschehen hinter einer einseitig durchsichtigen Glasscheibe verfolgte, hob instinktiv abwehrend die Hände: „Oh liewi Zeit, bidde net."
„De Tschief? A donn deedisch schun liewa Sie nämme."
„Lieber mich."

---

[31] Flirten

„Gönau.“
„Gut. Also, wo waren wir stehengeblieben?“
„Beim Flädde.“
„Äh, richtig. Wollen Sie übrigens etwas trinken, einen Kaffee, ein Wasser?“
„Hebbda aa än Prozeggo?“
„Prosecco? Wie kommen Sie darauf?“
„A, weje de Ramondik[32].“

Wieder so ein unbekanntes Wort für Freese. Was ihn dabei besonders irritierte, das war die Stimme der Verdächtigen, die nun leicht ins Gurrende spielte.
„Un jetzat …“, der Tonfall blieb der Gleiche, aber sie winkte Freese zu sich heran.
Der rechnete mit einem Geständnis: „Na also! Endlich! Geht doch.“

Hätte es im Vernehmungsraum eine Kamera gegeben, wäre Kommissar Günda möglicherweise der Versuchung erlegen, es auf das Unvermeidliche ankommen zu lassen, *än digge, fedde Schmatza*, denn die Verdächtige schien drauf und dran, Freese dafür über den Tisch zu ziehen, so aber wollte er seinem jungen Assistenten ein gewiss traumatisches Erlebnis ersparen. Rüde unterbrach er die Vernehmung: „Hea, alla, des langt fa heit. Feiaowett. Sie sin vahaffdet.“
„Hea!“ Die Verdächtige schaltete augenblicklich in den alten Empörungsmodus. „Fa waas? Mia langts, isch will hähm, isch hab nix gmacht.“
„O, geh fortt, Sie bleiwe doo!“, schleuderte ihr Kommissar Günda entgegen und zwinkerte seinem Assistenten zu.
Freese runzelte die Stirn.

---

[32] Romantik

Diese Mienenposition behielt er auch dann noch bei, als die Frau von einem Beamten aus dem Vernehmungszimmer gebracht worden war.
„O, geh fortt!“, wiederholte Kommissar Günda genüsslichst.
„Sie sagen *gehe fort*, und sie weiß, sie soll dableiben?“
„Du hoschs afasst, Freese! Gugg mol, des is des Leewe. Mia saache *hii* un mähne …“
„Hott.“
„Ä-ä. Hajo!

Und wieder hatte Fritjof Freese eine Lektion gelernt.

Eine große Runde durch Glickerbach war Kommissar Günda gelaufen, während ihm all das durch den Kopf gegangen war. Mittlerweile war sein Zorn verraucht. Und so kehrte er zurück zum Roten Ochsen, wo ihn sein Assistent sogleich mit einer reumütigen Entschuldigung begrüßte: „Tschief, es tut mir leid. Sie wissen, ich schätze Sie sehr. Das mit dem Doktor phil., das ist mir vorhin so rausgerutscht, das war nicht böse gemeint. Wenn ich eines durch Sie gelernt habe, dann dass Dialekt überhaupt nichts mit mangelnder Bildung zu tun hat.“
„Stopp! Freese, isch sach da bloß ähns!“

Da standen die beiden, still und heimlich durch den Türspalt beobachtet von Marion Helche, die die Auseinandersetzung mitbekommen hatte.

Ein Team, wie es unterschiedlicher nicht sein könnte. Optisch sowieso, aber auch in jeder anderen Hinsicht. Hier der junge, wortgewandte, ehrgeizige, engagierte, alerte Nachwuchskriminalist, nicht nur nach Marion Helches Einschätzung *gonz schää schnuggelisch*, da der erfahrene, abgeklärte, bisweilen ruppige, oft *bissl sendimendaale alde Sseckl* mit dem großen Herzen.

Was war das Geheimnis, dass es nach anfänglichem Zaudern, nach Vorbehalten von beiden Seiten ziemlich rasch funktioniert, ja harmoniert hatte? Vielleicht lag es daran, dachte Marion Helche, dass Freese für Kommissar Günda wie der Sohn war, den er nie gehabt hatte. Und dass umgekehrt Freese in seinem Vorgesetzten jemanden hatte, zu dem er auch einmal aufsehen konnte, ohne sich herabgesetzt zu fühlen.
Vielleicht lag es aber auch daran, dass Kommissar Günda über eine besondere Gabe verfügte: Er traf bei den unterschiedlichsten Menschen den richtigen Ton. Ohne sich anzubiedern und zu verbiegen. Auch wenn Freese diesen Ton nicht immer und schon gar nicht in allen Einzelheiten zu verstehen vermochte.

„Geh mol hea, loss disch mol drigge!"
Marion Helche war gerührt, wie sich die beiden Männer nun linkisch und zögerlich umarmten. Sie hätte gerne beiden anerkennend den Kopf getätschelt, wollte aber den Moment nicht stören. So beließ sie es bei einem zufriedenen Lächeln und schloss vorsichtig die Tür.

„Unn, Freese!" Kommissar Günda nahm wieder Platz. „Was hoschn rausgfunne?"
„Seegard …"
„Doggda Seegardd, bidde!", korrigierte Kommissar Günda spöttisch.
„Dr. Seegard war Historiker. Er war ein paar Jahre Assistent an der Uni."
„Uniffasitäät, so sacht ma doch glaawisch rischdisch, gell?"
Freese überging den Einwurf geflissentlich.
„Er hatte sich wohl Chancen ausgerechnet auf einen Lehrstuhl."
„Leastuhl? Was issn des fa koomisches Wortt. Leastuhl. Gibts eigendlisch aa än Vollstuhl? Des deed misch mol indressiere."

„Tschief, bitte!"
Kommissar Günda merkte, dass es an der Zeit war, das Albernsein zu beenden: „Hosch rescht. Auf, weida!"
„Aber das hat wohl nicht geklappt. Er hat die Uni…versität verlassen und anschließend freiberuflich gearbeitet. Als Fachjournalist. Hat Artikel geschrieben für verschiedene Zeitschriften, es gibt übrigens gar nicht wenige für historisch Interessierte."
„Wemm sachsch du des. Sgibt Zeitschrifde, die gibts gaa net. Fa alles, fa jedes Hobby, fa jedes Indresse un nadierlisch aa fa jedn Kees. Isch froog misch, wea des alles keeft. Waasch du schun mol in de Buchhandlung? Im Boohouf[33]?"
„Es gibt eine Buchhandlung im Bauhof? Ich bin beeindruckt. In jeder Stadt oder nur in Glickerbach?"
„De Boohouf, Freese, des is …"

Kommissar Günda stutzte, merkte aber sogleich, dass Freese ihn gefoppt hatte und sehr wohl den Unterschied zwischen *Boohouf* und *Bauhof* kannte.
„Oukey, Ausgleisch, Unentschiede. Äh, was annares, waa des sei eigini Woohnung?"
„Nein, gemietet. Wie kommen Sie darauf?"
„So hald."
„Nein, wohlhabend war er nicht, er hat sich so durchgeschlagen. Gelegentlich hat er auch Auftragsarbeiten übernommen für Firmen."
„Was mache?"
„Für Jubiläen, Festschriften, Artikel zur Firmengeschichte."
„Hea mol, Freese, wuhea weesch du des schun alles?"
„In der Wohnung fanden sich die Buchhaltungsordner und ein Schuhkarton mit aktuellen Belegen. Zu unserem Glück kein Online-Banking, sonst wäre es schwieriger geworden. Liegt

[33] Bahnhof

vielleicht am Historiker. Die sind bestimmt eher konservativ, um nicht zu sagen fortschrittsfeindlich."
„Hä? Isch mach des aa net, denn Onlainkees. Un isch bin kähn Hischdooriga."
„Sie? Sie sind ein Sonderfall."
„Donge. Weida!"
„Seegard war gebürtiger Heidelberger."
„Än gonz eschde Heidlbäiiga Neggaschleima? Sauwa."
„Seine Eltern sind früh gestorben, Geschwister hatte er keine. Die nächste Verwandte ist eine Cousine zweiten Grades, die in der Nähe von Rostock lebt und sich derzeit auf einer Kreuzfahrt befindet. Karibik."
„Reschbeckt, Freese, schää reschaschiat. Un aiig schnell."
„Sie kennen mich. Und der Weizen war übrigens durchaus hilfreich."
Kommissar Günda wollte schon zu einer Belehrung ansetzen, beschloss dann aber doch großzügig über diesen dialektalen Ausrutscher hinwegzusehen: „Ausnahmsweis."
„Was ausnahmsweise?"
„Nix, nix."

Freeses forsches Vorpreschen hinsichtlich angeblich mangelhafter Bildung seines Vorgesetzten hatte Kommissar Günda vom eigentlichen Thema abgelenkt: die Wohnungsfrage. Der wollte er sich daheim in Ruhe widmen. Nach dem Feierabend holte er sich von seinem Lieblingsitaliener eine Pizza zum Mitnehmen – *Sallaat? Brauchischnet!* –, öffnete eine Flasche *Brimmidiffoo*[34] und beschloss, seine Wohnung einmal ganz bewusst wahrzunehmen. Er aß in der Küche, was er sonst nur morgens tat; diesmal setzte er sich an die gegenüberliegende Seite des Tisches. Ein ungewohnter Blickwinkel, der vor allem eines offenbarte: *Spinnebuddl*[35]. Überall.

Wie er bald feststellen musste, gab es die auch im Wohnzimmer, zugleich sein Schlafraum. Die Ausziehcouch hatte er ewig nicht mehr eingeklappt, er entdeckte einen vergessenen Rotweinfleck. Und Band Eins des Rocklexikons, den er lange schon vermisst hatte.

Die ungewohnte Perspektive in der Hocke ließ seine Wohnung geradezu fremd erscheinen. Er nahm diese Warte spaßeshalber auch im Arbeitszimmer ein, bis ihn seine Knie im Stich zu lassen drohten. Was überraschend schnell der Fall war und ihn daran erinnerte, dass er mehr Sport treiben sollte. Besser gesagt, überhaupt welchen. Spontan fiel ihm *Billjadd um halwa de zähne* ein.

Das Arbeitszimmer beherbergte neben dem Schreibtisch auch den Kleiderschrank sowie eine Kommode. Und die Stereoanlage, das Herzstück seiner Wohnung.

Akribisch geordnet waren bei Kommissar Günda von allen Utensilien lediglich seine Schallplatten, Kassetten und CDs. Tonträger mit der Musik, ohne die das Leben für ihn nicht

---

[34] Primitivo

[35] Spinnweben

vorstellbar war. Sein Blick fiel auf einen noch nicht einsortierten Sensationsfund: Taste. Und wieder verlor er sich.

Auf seine neueste Errungenschaft war er durch Zufall gestoßen. Nach jahrelangem Drängen seines Umfeldes hatte er sich vor Kurzem erstmals ein Hörbuch gekauft. Er hatte nie einen Sinn darin gesehen, sich von jemandem vorlesen zu lassen. Ihm, der prinzipiell jede Buchverfilmung ablehnte, weil sie seinem Wunsch nach ungezügelter Vorstellung zuwiderlief, ging selbst das zu weit. Mochte die fremde Stimme auch einen gewissen Wohlklang beisteuern, die eigene Phantasie wurde doch gleichzeitig beschnitten durch die Interpretation des Sprechers, durch dessen Betonungen, Pausen, Sprachmelodien.
Das ließen die eingefleischten Hörbuchfreunde natürlich nicht gelten: *Awwa des is gonz aiig braggdisch, du kannsch kwassii lese, wenn du gaa kää Zeit hosch zum Lese, Günda. – Fa waas?*

Doch Diskussionen über technische Neuerungen hatten sich für ihn schon lange als fruchtlos erwiesen, und so fügte er sich irgendwann: *Alla guud. Teschde ma denn bald mol, denn neimodische Kees.*

Zu seinem Leidwesen hatte sich die CD als defekt entpuppt. Er hatte sie postwendend in den Elektronikmarkt zurückgebracht und sich dort vom jugendlichen Verkäufer belehren lassen müssen: „Das Hörbuch ist eine mp3-CD. Die ganz alten CD-Spieler können das nicht abspielen."
„Was heeßtn des, gonz alt?", hatte er den Verkäufer gefragt.
„Keine Ahnung, so zehn Jahre, schätze ich."
„Zäh Joa un schun alt", hatte Kommissar Günda den Kopf geschüttelt.
„Die Entwicklung der Technik ist rasant. Wenn Sie heute ein Gerät kaufen, ist es morgen überholt."
„Gut zum wisse", hatte er geantwortet. „Äh, was annares,

kannisch des donn bei eisch umdausche?“
„Sie können auch das Hörbuch zurückgeben, dann erstatten wir Ihnen den Kaufpreis.“
„Nänää, isch find was annares.“

Kommissar Günda war angenehm überrascht, der Verkäufer war nicht nur sehr bemüht, er blieb auch bei der Sache und interessierte sich dafür, was sein Kunde stattdessen kaufen würde.
„Des!“ Voller Stolz und ein bisschen aufgeregt ob des musikhistorisch bedeutsamen Fundes zeigte ihm Kommissar Günda seine Wahl.
„Taste. Live auf der Isle of Wight 1970. Sehr gut“, würdigte der Verkäufer die Entscheidung, und es klang nicht nur floskelhaft.
„Gell! Dass die des uffgenumme hawwe dorttmols! Un dass die des jetz widda rausgebrocht hawwe! Soggaa mit Bonnusdräggs[36]! Sensazioon! Awwa hea mol, Sie kenne des? In Iam Alda? Reschbeckt. Guuda Gschmack.“

Kommissar Günda wunderte sich, der Mann war vielleicht Anfang zwanzig.
„Nein, ich selbst habe es nicht gehört“, räumte der Gelobte offen ein. „Aber mein Opa, der war ganz begeistert.“
„Doin Oobaa, do gugg“, erwiderte Kommissar Günda nachdenklich. „Donn saach mol än schääne Gruß fa doin Oobaa.“

Nun war endlich eine wunderbare Gelegenheit, dieses Stück Musikgeschichte in aller Ruhe zu genießen. Er legte die CD ein und nahm in seinem Ohrensessel Platz, ein Glas Rotwein in seiner Linken.

---

[36] Bonustracks

„Alt“, murrte er. „Moin CD-Spiela un alt! Pff. Dea hot soggaa schun ä Färnnbedienung. Un jetz due!“

Das Gerät schnurrte willig und startete dann problemlos die Wiedergabe. Kommissar Günda berauschte sich am Rotwein und an Rory Gallagher. Die nicht unerhebliche Lautstärke sorgte dafür, dass er die Nachricht auf dem Anrufbeantworter erst am nächsten Morgen vernahm:
„Tschief? Isch bins, die Marioon. Die vum Roode Ochse. Dud ma leid, dass isch um die Zeit noch ooruf. Folgendes. Deede Sie mogge mol uffs Rothaus kumme, ganz korzz, so um Zähne, bevor dass Sie ins Birroo gähne? Dauat net long. Swäa wischdisch. Alla. Schääna Owett!“

Freese hatte beschlossen, die unglückliche Episode mit Kommissar Günda durch besonderen Einsatz wettzumachen. Noch einmal wollte er den Tatort aufsuchen und parkte dazu sein Auto auf dem Königstuhl am Märchenparadies.

Indes, ganz so emsig und ehrgeizig war seine Initiative nach Feierabend nicht, denn er war nicht allein. In seiner Begleitung befand sich eine Frau, die etwas fertiggebracht hatte, was Freese so noch nie widerfahren war und was er sich noch immer nicht recht eingestehen wollte: Er war verliebt. Ernsthaft verliebt.

An Frauenbekanntschaften hatte es ihm nie gemangelt, er konnte sich an keine einzige Phase ab sechzehn erinnern, in der er keine Beziehung hatte. Gut, mit zwanzig hatte er eine Leistenbruchoperation und war damit eine knappe Woche außer Gefecht gesetzt gewesen. Aber er war sich sicher, hätte sein Krankenhausaufenthalt auch nur einen Tag länger gedauert, eine der Schwesternschülerinnen wäre ihm verfallen.

Alsbald hatte er den besonderen Reiz der Parallelbeziehungen entdeckt und schätzen gelernt, raffinierte Strategien und Techniken entwickelt zur Koordinierung und zur Vertuschung. Sollten diese doch einmal entdeckt zu werden drohen, so gereichte ihm das nie zum Schaden. Bevor er aufflog, hatte er regelmäßig bereits selbst entschieden: Abflug.

Hier war es anders. Genau besehen handelte es sich noch gar nicht um eine Beziehung. Er kannte diese Frau kaum. Gut, das war nun wahrlich kein Kriterium und hatte intimste Begegnungen nie erschwert. Es war seltsam, fast unheimlich. Etwas, worauf er eigentlich überhaupt keinen Wert legte, zog sich bereits über Wochen hin, das Kennenlernen, das sich Annähern. Das Abtasten. Und das noch nicht einmal im wörtlichen Sinne.

Sie verabredeten sich per Mail und trafen sich. Es gab keine schmachtenden oder anzüglichen Nachrichten auf dem Handy, wie sollte es auch, sie hatten ihre Nummern nicht ausgetauscht. Wozu auch?
Sie wussten nichts voneinander. Und wenn schon.
Sie hatten sich noch nie berührt, geschweige denn geküsst. Doch! Sie gaben sich die Hand, zur Begrüßung und zum Abschied. Es hätte nur noch gefehlt, dass sie sich siezten. Auch das hätte er klaglos in Kauf genommen.

Kennengelernt hatten sie sich über eine Single-Börse, deren Dienste Freese gelegentlich unterstützend in Anspruch nahm, nicht aus Not, rein aus Neugier, was sich auf dem Markt so alles tummelte. Bianca Franke war auf den ersten Blick eher unscheinbar. Als ihn seine Mutter gebeten hatte, sie ihr zu beschreiben, war er dazu nicht in der Lage gewesen.

Das erste Treffen hatten sie für die Strahlenburg in Schriesheim vereinbart. Es dauerte eine Stunde. Exakt. Dann brach Bianca Franke auf. Wie geplant. Das schien ohnedies eines ihrer Kennzeichen zu sein: Prinzipientreue. Wie vorgesehen, so geschehen. Fritjof Freese saß im Anschluss noch eine gute Viertelstunde alleine dort, denn die Begleitung zu ihrem Wagen hatte sie abgelehnt: „Nein danke", hatte sie ohne jegliches Anzeichen einer Gefühlsregung bestimmt. „Nicht nötig."
Er war ebenso verwundert wie fasziniert. Von ihr, aber auch von sich. So hatte er sich mit einer Frau noch nie erlebt. Sie hatten sich gleich bei dieser ersten Begegnung auf Anhieb gut unterhalten. Ihr Thema waren Brücken gewesen. Brücken, erst im verkehrstechnischen, bald im weiteren, übertragenen Sinne. Freese wusste nicht, wie sie darauf gekommen waren.

Die nächsten Treffen verliefen ähnlich, sie redeten über Gott und die Welt, aber nie über sich. Das empfand Freese erst als

befremdlich, aber bald als anregend und durchaus verbindend. Sie gerieten jedes Mal alsbald in den Sog ihrer Phantasie. Dabei hatte er nie den Eindruck, dass sie mit ihm über etwas sprach, das sie bereits andernorts durchdacht und diskutiert hatte.
Es war, als bemühten sie sich beide strikt, Neuland zu betreten, auf gemeinsame Entdeckungsreise zu gehen, ohne einander etwas beweisen zu müssen. Kein Konkurrieren um den pfiffigeren Gedanken, kein sich Präsentieren, kein Für-sich-Werben und vor allem, und das überraschte ihn nach jedem der Treffen in der Rückschau immer wieder am meisten, ohne ein Ziel.

Zwischen ihnen schien alles zufällig und doch auf seltsame Art selbstverständlich und einvernehmlich.

Obwohl sie einander körperlich fern blieben, übte diese Frau eine besondere Anziehungskraft auf ihn aus. Oder gerade deswegen? Er ertappte sich ständig, dass sich seine Gedanken um sie drehten. Dabei wahrten sie diese Distanz gänzlich ungekünstelt.

Doch es war an der Zeit, daran etwas zu ändern.

Bianca Franke zeigte sich sehr angetan vom Königstuhl. Er hatte sich vorgenommen, sie für sich einzunehmen mit seinem Blick für die Schönheiten der Landschaft, und er wollte auch nicht ausschließen, sie am Ort eines mutmaßlichen Verbrechens mit seiner Profession zu überraschen, ihr vielleicht sogar ein klitzekleines bisschen zu imponieren.

Es kam nicht dazu. Er fand die Stelle mit dem Radfahrer nicht gleich, und ehe er sich intensiver der Suche widmen konnte, verloren sie sich stattdessen in Betrachtungen über Schatten. Ausgelöst durch einen emsigen Specht, der schneller zu picken schien als sein monochromes Abbild.

Freese war wie verzaubert, dass sich diese Frau gänzlich anders verhielt als alle, die er kannte – und er kannte viele. Er ließ sich nicht einnehmen von Biancas Beruf, ihrem sozialen Status, verfiel nicht ihrem Aussehen, ihren körperlichen Vorzügen, ihrem Charme, ihrem Witz, ihrem Verstand. Freese hätte noch tausenderlei Vorzüge nennen können, die ihm bei anderen Frauen sofort ins Auge stachen. Bei Bianca interessierte er sich für nichts davon, doch für alles andere. Für das Übrige. Für den Rest. Freese vermutete, es musste der Kern sein. Bianca pur gewissermaßen. Konnte das nicht nur eines bedeuten? Liebe.

„Grad die Trepp nuff, donn hinne reschts.“
Kommissar Günda wollte gerade zu einer längeren Erklärung ansetzen, dass er auch nichts Näheres wüsste, außer dass man ihn hier irgendwo im Rathaus erwarte, doch die Dame an der Pforte war erkennbar bereits über seinen Besuch informiert: „Zimma hunnatzäh.“
Ihr anhaltendes, durchtriebenes Lächeln empfand er als etwas unpassend, er vermutete, die Rathausmitarbeiter waren dazu angehalten, den Servicegedanken, der ja erst vor gar nicht allzu langer Zeit in der öffentlichen Verwaltung Einzug gehalten hatte, stets auch mimisch zu unterstützen.

Kommissar Günda hatte *kää Ahnung*, was man hier im Rathaus von ihm wollte. Vielleicht wollte man ihn gewinnen, irgendwo einen Vortrag zu halten. In einer Schule etwa, zum Thema Drogen. Wahrscheinlich ging es eher um einen Seniorennachmittag zum Thema Betrug mit dem alten Enkeltrick. Er quittierte den Gedanken mit einem Seufzer. Dafür gab es doch Experten, das war bei der Polizei Sache der *Präffenzioon*, und da arbeiteten Leute, die er sehr schätzte.

Nein, es musste sich um eine heikle Aufgabe für die Sokodo direkt handeln. Am Ende gab es gar im Rathaus selbst einen Fall zu lösen, verschwundene Locher, untergegangenes Kopierpapier. Er würde sich die Angelegenheit schildern lassen und dann großzügig seinen besten Mann zur Verfügung stellen. Er musste schmunzeln bei dem Gedanken an seinen Freese als Büroklammerndetektiv. Aber bestimmt machte der auch im Glickerbacher Rathaus eine gute Figur.

Eine Herausforderung würde es allemal sein. Denn dieses Städtchen bot schon ein paar Besonderheiten, allem voran den

Bürgermeister. Der war hier eher zufällig ins Amt geraten[37]. *De Schneiders Gerd,* früher Abteilungsleiter in einem namhaften Unternehmen, war aus undurchsichtigen Gründen vorzeitig in den Ruhestand versetzt worden. Man munkelte etwas von Differenzen über die Dehnbarkeit des Begriffes Spesenerstattung und eine üppige Abfindung. Die Sorglosigkeit in finanzieller Hinsicht hatte ihm jedoch nicht darüber hinweghelfen können, keine Aufgabe mehr zu haben, vom Bedeutungsverlust ganz zu schweigen. So hatte er die Jahre vor seiner unverhofften Amtszeit als Bürgermeister weitgehend damit verbracht, vom Fenstersims aus seinen Mitmenschen auf die Nerven zu fallen und sie auf unerlaubtes, ungebührliches Verhalten hinzuweisen: *Do derfe Sie net paiike!*

Offenkundig hatte er ein ähnliches Betragen auch in seiner Ehe an den Tag gelegt, denn seine Frau hatte ihn binnen drei Monaten nach seiner Pensionierung kurzerhand und endgültig verlassen.

Als nun bei der letzten Bürgermeisterwahl die eigentlich auserkorenen Kandidaten einen Rückzieher gemacht hatten und die Fraktionen niemanden so kurzfristig aus dem Hut hatten zaubern können, hatte irgendjemand die ursprünglich scherzhaft gemeinte Idee gehabt, Gerd Schneider ins Spiel zu bringen, wirkte der doch gewissenhaft, ordnungsliebend, und schien er doch, wie sein Fensterguckertum zeigte, die Öffentlichkeit nicht zu scheuen. Was bei den einen auf Heiterkeit, bei den anderen auf völliges Unverständnis gestoßen war: *Dea? Hea mol, hackts?*

Irgendwann jedoch hatte sich der Gedanke verselbstständigt und war schließlich mit achselzuckendem Wohlwollen aufgenommen worden: *Wärdd Zeit, dass dea vun de Gass kummt.*

---

[37] siehe *De Schorle-Peda*

Dennoch waren die meisten überrascht gewesen, als Schneider gleich im ersten Wahlgang gewählt worden war, aber irgendwann war auch bei den letzten das Unbehagen dem Stolz gewichen, mit Gerd Schneider einen echten Mann aus dem Glickerbacher Volk gewählt zu haben. *Ähna vun uns.*

Und so ward aus einer Schnapsidee am Stammtisch im Roten Ochsen ein neuer Bürgermeister. Und siehe da, der Mann veränderte sich. Das Amt zeigte erstaunliche Wirkung. Sein Nörgeln schwand gleichsam über Nacht, denn nun sah sich Schneider seinerseits mit den Anliegen und Beschwerden seiner Bürgerinnen und Bürger konfrontiert: *Hea, Gerd, äh, Sie, Härr Bürgameischda, hawwe Sie des schun gsehe? Uumeeglisch!*

Anfangs hatte er noch regelmäßig aus guter alter Gewohnheit aus seinem Rathausbüro geblickt, um nach dem Rechten zu sehen, doch bald war er geradezu öffentlichkeitsscheu geworden. Es hatten ein paar dürre Bemerkungen genügt, ihn vom Fenstersims zu vertreiben: *Ah, guud dass isch Sie seh, Folgendes …*

Binnen Kurzem war Bürgermeister Schneider geradezu ein Ausbund staatsmännischer Gelassenheit geworden, zu einem Abwiegler und Befrieder. Wie er zu früheren Zeiten in erster Linie Konflikte hatte entfachen können, so vermochte er sie nun im Keim zu ersticken. Sätze wie *A, hea doch uff!*, *Vazehls de Klobrill!* oder das glaubensbekenntnisartige *S is wies is* galten bald als die großen Leitlinien der Glickerbacher Innen- wie Außenpolitik und standen für Kontinuität, Stabilität und Wandel durch Unerschütterlichkeit.
Was wollten die fortschrittsmüden Seelen mehr?

Auch für das gesamtgesellschaftliche Klima war seine Wahl sehr von Vorteil. Wann immer ein Mitbürger durch fortgesetzten Griesgram unangenehm auffiel, genügte die Mahnung: *Hea, bass bloß uff. Wenn du weida so muffzisch*[38] *bisch, wähle ma disch zum Bürgameischda.*

Einzig die neue Frau an seiner Seite zeigte unangenehme Züge, wenn sie sich ein ums andere Mal als *Fäst Läddii*[39] aufspielte. So wurden auf ihr Betreiben alsbald Diener, Knicks und Handkuss bei allen offiziellen Anlässen eingeführt. Das hätten die Glickerbacher, Freigeister allesamt, natürlich niemals mitgemacht, würde sie nicht ihr Bürgermeister inständig darum gebeten haben: „Sei so guud, du ma die Lieb, machs halt, sunscht mescht die misch fäddisch, un ia misst eisch widda än neie Bürgameischda suche.“

Kommissar Günda musste feststellen, dass Zimmer 110 der Sitzungssaal war, und das konnte schlechterdings nicht richtig sein. Er suchte die nächste Tür und klopfte. Keine Reaktion. Er pochte ein weiteres Mal und öffnete kurzerhand. Das Büro war leer. Er ging den Gang hinunter und bemerkte, auch die anderen Büros waren nicht besetzt. Machte das Rathaus einen Betriebsausflug? Hatte er einen Feueralarm überhört? Gab es eine kollektive Frühstückszeit, morgens um zehn im Glickerbacher Rathaus?

Er wollte gerade wieder die Treppe zur Pforte hinuntergehen, als er ein plingendes Geräusch vernahm: der Fahrstuhl. Dessen Türen öffneten sich, und er sah zunächst nur einen gewaltigen, grellgelben Hut. Das Gesicht blieb verborgen unter einem schwarzen Netz. Ein fleischfarbenes Kostüm füllte fast die gesamte Aufzugskabine. Die Erscheinung erinnerte Kommissar Günda erst an einen Imker, dann an einen Film: *Besuch der alten Dame*, Dürrenmatt.

---

[38] muffelig

[39] First Lady

„Ah, dea Härr Kommissaa!“

Die Stimme kam ihm bekannt vor. Die diffuse Erinnerung löste vor allen Dingen eines aus: *Muffesause. Bissl.*

Gemessenen Schrittes begab sich die Unbekannte auf ihn zu und streckte ihm die weiß behandschuhte Rechte entgegen.
Kommissar Günda wunderte sich darüber, wie sie die Hand gehoben und abgeknickt hatte. Er vermutete, es handelte sich um ein Begrüßungsritual, wie es mittlerweile unter männlichen Jugendlichen üblich war. Er ballte seinerseits die Rechte zur Faust und stieß diese sacht gegen die seines Gegenübers.
„Er ist ein Schelm!“, flötete daraufhin die Frau, wobei der durchdringende Ton eher einer C- denn einer Altflöte entsprach.
„Wea, ea?“, wollte er gerade fragen, aber da hatte sich die Geheimnisvolle schon bei ihm untergehakt und bugsierte ihn mit Nachdruck Richtung Sitzungszimmer.

„Pscht“, zischte sie bestimmend und legte den linken Zeigefinger auf die knallrot geschminkten Lippen, was auf dem weißen Handschuh durch das Netz einen angenagten Eindruck hinterließ.

Vor der Tür angekommen räusperte sich seine Begleiterin vernehmlich: „Aufgemacht, Purschen! Mia sinds!“
„Wea wia?“, wollte Kommissar Günda gerade fragen, aber da tat sich bereits die Tür auf.
Es erscholl eine Filmmusik, so viel meinte Kommissar Günda herauszuhören, als er den Blick über die rund zwanzig Musikanten der Stadtkapelle schweifen ließ auf der Suche nach dem vertrauten Gesicht von Marion Helche. Er schwankte, ob es sich bei der Musik um *Der weiße Hai*, *Psycho* oder *Fluch der Karibik* handelte, wollte sich unbedingt schon einmal lösen, doch seine Begleiterin hielt seinen Arm mit eisernem Griff umklammert

und zwang ihn, mit ihr den Saal abzuschreiten. Bei jedem der Anwesenden blieb sie kurz stehen und streckte die Hand aus. Nun wusste er auch, was sie von ihm erwartet hatte: einen Handkuss. Die Männer entboten ihn artig, gefolgt von einem Diener, die Frauen machten einen Knicks.

Das Begrüßungsritual zog sich, was der Stadtkapelle eine weitere Filmmusik erlaubte. Kommissar Günda tippte von der Stimmung her auf *Das Schweigen der Lämmer*.

Schließlich gelangten sie zu einer sargförmigen, aber ungleich größeren Kommode. Kommissar Günda wäre nicht überrascht gewesen, wäre dieser nun Graf Dracula entstiegen – wobei er eine Table-Tänzerin vorgezogen hätte –, doch der Sarg blieb geschlossen und entpuppte sich als eine Art Bundeslade mit Altarfunktion. Demgemäß stand daneben ein Mann mit Talar, offenbar der Pfarrer. Sollte er etwa jetzt und hier mit dieser Fremden vermählt werden? Was hatte er sich zu Schulden kommen lassen, dass er solchermaßen bestraft wurde? Er kannnte diese Frau nicht. Oder doch? Er betrachtete sie aus den Augenwinkeln. War das am Ende Marion Helche? Nein, die hatte eine ganz andere Statur. Also doch das düstere Ritual einer Sekte, der ganz Glickerbach verfallen war? Dafür sprach der vereinnahmende, gnadenlose Griff seiner Begleiterin. Würden sie ihn also zu guter Letzt opfern?

Zu seiner Erleichterung entdeckte er endlich im handverlesenen Publikum Marion Helche, immer wieder verdeckt von einer wankenden Tuba. Doch seine Vertraute strahlte ihn nur erwartungsvoll an. War sie also perfiderweise Teil des Komplotts, Handlangerin der hämischen, hexerischen Henkersleute?

Auf jeden Fall war er ausgeliefert, niemand wusste, dass er sich hier befand. Bis Freese ihn vermisste und sich auf die Suche machen würde, hätten sie ihn längst mit der gewiss im Herzen dunklen Seele vermählt.

Seine Begleiterin klatschte in die Hände, ohne ihn loszulassen: „Auf, auf! Wohlan!"
Ein Mann löste sich aus der Runde: der Bürgermeister. Kommissar Günda hatte ihn nicht gleich erkannt in seiner tannengrünen Phantasieuniform, behängt mit zahlreichen gleißenden Orden. Seine Bewacherin löste sich augenblicklich und gesellte sich zu ihm.
Kommissar Günda verspürte das drängende Bedürfnis, seine angespannten Muskeln zu schütteln, hatte aber das Gefühl, diese Geste könnte als Affront empfunden und umgehend hart bestraft werden.

Die geheimnisvolle Behütete drängte sich nun an den Bürgermeister, lüpfte ihre Kopfbedeckung ein wenig, um näher an dessen rechtes Ohr zu gelangen, und soufflierte diesem offenkundig.
„Liewe Glickabacha un … ihre Ehefraue!", hob der Bürgermeister an. „Ia kennt misch, isch bin kein großa Froind von großen Worten … Aba heude ist … ein großa … Ahnlass. Ein Monn … Ein fremda … äh, ein brominenda Monn … begehrt … die Aufnahme … in unsare Gemeinde. Wir haben uns die Entscheidung … nicht leischt gemacht. Aber isch … äh sie … äh … moine Fraa wäa einvastanden."
„Bravo!" Ein voreiliger Ruf aus der Runde, der mit einer unmissverständlich abwürgenden Geste seitens der Souffleuse quittiert wurde.
„Wir begrüßen damit … als unsaren neuen Mitbürga …: denn doo! Applaus!"

Beifall brandete auf. Die Stadtkapelle intonierte *One Moment in Time*. Kommissar Günda schwante Ungemach.

„Stopp!" gellte es durch den Saal und schlagartig wusste er, wer seine Begleiterin gewesen war. Er kannte nur eine Stimme, die in der Lage war, ein zwanzigköpfiges Bläserensemble zu übertönen: die der Gemeindevollzugsdienstmitarbeiterin Gertrud Menzlerschweikert[40].

Die Instrumente erstarben nacheinander und gequälten Tones, der Bürgermeister setzte erneut an: „Isch bin so dabbisch äh … er ist so … isch mähn, unsa neua Mitbürga ist … Äh … Kommissar Günda. Härzzlischen Glickwunsch! Applaus! Jetz awwa!"

Kommissar Günda schaute zu Marion Helche, die strahlte nun sogar noch ein wenig mehr. Die Begleiterin des Bürgermeisters sorgte mit einer herrischen Geste für Ruhe.
„Un wie imma …", fuhr der Bürgermeister nun deutlich gequält fort, „lässt es sisch die Fäst Läddii von Glickabach, die wo meine Gaddin is, nischt nehmen, zu diesem Ahnlass das rischdische Lied vorzutragen. Wittnie Hustn! Biddeschööön!"

Als nach einer Ewigkeit endlich der letzte Ton verklungen war, gab es noch einen weiteren *Moment in Time*, den der vollkommenen Stille. Zweierlei schwang in diesem mit: Dankbarkeit, etwas überstanden zu haben. Aber auch Angst vor der Zugabe. Das einte das Plenum und lähmte es zugleich. Dann, nachdem ihm die Sängerin einen unmissverständlichen Stoß in die Seite versetzt hatte, klatschte der Bürgermeister entschlossen und so setzte erneut Applaus ein, den Gertrud Menzlerschweikert abrupt beendete: „Er darf die Fäst Läddii nun küssen!"
„Wea ea?", fragte Kommissar Günda und schaute sich hoffnungslos um.
„Dea Neubürga nadierlisch! Auf!"

---

[40] siehe *De Schorle-Peda* S. 120 f.

Sie hob aufreizend langsam das Netz und hielt ihm die rechte Wange hin.

Einem Eichelhäher gleich zielte und nickte Kommissar Günda in Richtung der dargeboteten Wange, doch unversehens drehte sich Gertrud Menzlerschweikert zu ihm und seine Lippen landeten unausweichlich im Rot.

Ein Raunen ging durch den Saal, von dem Kommissar Günda nicht wusste, ob es anerkennend, bedauernd oder warnend gemeint war. Die Stadtkapelle flüchtete sich in ein Roland Kaiser-Medley: *Sieben Fässer Wein können manchmal die Rettung sein.* Auffallend viele summten mit.

Der Rest der Zeremonie verlief rasch und eher nüchtern. Zunächst überreichte ihm der Bürgermeister eine Urkunde. Hierauf hatte Kommissar Günda am wuchtigen Tisch in der Ecke des Raumes Platz zu nehmen und etliches zu unterschreiben. Er hatte keine Chance, jede Unterschrift wurde mit einem Tusch erst herbeigesehnt und sodann artig mit Beifall bedacht. In Anbetracht der Fülle verzichtete er bald darauf, die Dokumente auch nur zu überfliegen, geschweige denn, sie sorgfältig zu lesen. Mit dem Seitenblick erhaschte er Begriffe wie *Bürger von Glickerbach*, *Eigentumsübertragung* und *Kreditvertrag*, aber er vertraute darauf, dass ihn sein Beruf und sein Amt schon davor bewahren würden, in diesem Kreis über den Tisch gezogen zu werden. Vornehmlich aber war ihm daran gelegen, so schnell wie möglich den Glickerbacher Klauen zu entkommen.

Ähnlich schienen zwei gleich grimmig Dreinblickende zu denken, die ebenfalls etwas zu unterzeichnen hatten, ohne voneinander Notiz zu nehmen.

Als er das Rathaus verließ, schwante Kommissar Günda, dass er etliche Verpflichtungen eingegangen war. Es scherte ihn nicht weiter. In diesem Moment überwog ein Gefühl unendlicher Freiheit. Was ihn einzig bekümmerte, war die Sorge, möglicherweise im Ruf zu stehen, etwas mit der *Fäst Läddii* zu haben. Was beunruhigenderweise niemanden zu stören schien. Am allerwenigsten den Bürgermeister.

Kurz darauf gab es im Roten Ochsen gewisse Unstimmigkeiten mit der Wirtin, die mit einigem Stolz bekannte, die Sache eingefädelt zu haben.
„Unn, was saache Sie jetzat, Tschief? Wie hawwisch des gemacht?“
„Sauwa.“
„So schnell kriggt des sunscht kähna hie, des kannisch Ihne saache. Do hawwisch misch schun bissl oogstrengt.“
„Donge!“
„Sie sehe gaa net so glicklisch aus, Tschief, was issn lous? Zu deia? Billischa wie die fuchzischdausend wäa des mit demm Haisl net gonge.“
„Doch.“
„O. Was wollde Sien zahle?“
„Isch? Nix. Am libbschde gaa nix.“
„A, wie sollen des gehe? Gschenkt? Fa umme?“
„Gonz äfach. Indähm isch die Hitt gaa net kaaf.“
„Wie? Saache Sie bloß, Tschief, Sie wollde des gaa net hawwe.“
„Gönau.“
„Awwa Sie hawwe mia doch gsacht, dass Sie do heaziehe wolle.“
„Hawwisch net.“
„Hawwe Sie doch.“
„Ich hab bloß net gsacht, dassisch net do heaziehe will.“
„Allo!“
„Hea mol, kamma net mol nix saache? Isch muss ärschda mol

bissl iwwaleje."
„Awwa Sie hawwe doch gsacht, dass Sie do gärnn sin. Odda?"
„Hajo."
„Aba?"
„Hea mol, Marioon, isch hab vleischt noch ä Woohnung in Seggene?"
„Isch weeß."
„Wuhea?"
„A, vun Iam Frischling[41]."
„Indressant. Un was machisch jetzat mit derre Woohnung in Seggene?"
„Kää Probblähm."
Kommissar Günda stutzte: „Was heeßtn des jetz widda? Saach bloß, do hebda aa schun was ogganisiat!"
„Äh …"

---

[41] Marion Helches Spitzname für Fritjof Freese

„Was machen Sie denn hier, Herr Wei…, ich meine, Herr Kornfeld?“
Freeses Begeisterung für diesen unverhofften Besucher der Sokodo hielt sich in Grenzen.
„O, hea uff, isch weeß doch, wie die alle zu mia saache. Misch steat des net weidas mit demm Weize. Mia saache jo aa net Freese zu Ihne.“
„Ach ja? Das höre ich zum ersten Mal. Wie sagt man denn zu mir? Lassen Sie mich raten, nach meinen Getränkevorlieben beim Betriebsausflug vielleicht Chardonnay?“
„Nää.“
„Oder Hugo?“
„Abba.“
„Ich habs, Lumumba.“
„Ä-ä. Annaschda.“
„Oh. Aha. Interessant. Annaschta. Wieso nicht. Gefällt mir gut. Fritjof Freese ist ja auch für hiesige Verhältnisse eher ungewöhnlich und ziemlich sperrig. Im Italienischen gibt es ja auch Andrea als männlichen Namen. Annaschta. Schön. Ist das bei Ihnen die männliche Form von Anastasia?“
„Hä?“
„Nun, wir wollen jetzt keine Namensforschung betreiben, ist ja auch egal. Machen wir es doch einfach offiziell, was unter der Hand längst Usus ist.“ Freese reichte die Rechte. „Wenn es so leichter über die Lippen geht, Herr Weizen: Von jetzt an bin ich für Sie der Herr Annaschta.“
„Äh, oukii-doukii. Wie Sie wolle. Vun mia aus.“
„Nehmen Sie Platz, Herr Weizen! Haben Sie eigentlich meinen Chef gesehen, der wollte längst hier sein.“
„De Tschief? Dea is grad abghaut. Soän Hals hodda ghabt. Isch meine, so oinen Hals hat er gehabt.“
„Ich habe schon verstanden, ich kenne diese Stimmung bei ihm, da sollte man ihm besser aus dem Weg gehen. Wissen Sie, was vorgefallen ist?“

„Kää Ahnung."
„Seis drum, was gibt es Neues? Ich habe Ihren Bericht gelesen über Martin Seegard, den Toten vom Königstuhl. Weitere Fingerabdrücke in der Wohnung?"
„Bloß vun demm."
„Das bedeutet zweierlei: wenige bis gar keine soziale Kontakte, und es waren Profis am Werk."
„Scheinz."
„Und was führt Sie heute hierher. Oder wollten Sie …"
„… bloß mol gugge. Gönau. Des is also eia Sokodoo. Schää."

Er ließ den Blick über das Nebenzimmer im Roten Ochsen schweifen. Mittlerweile gab es dort auch die eine oder andere technische Errungenschaft, sogar zwei Computer, selbst wenn sich Kommissar Günda lange dagegen gewehrt hatte: *Des brauchisch net, denn Kees.*

Bei aller Technik und etlichen Aktenbergen, der Nebenraum vom Roten Ochsen hatte im Hinblick auf das Mobiliar seinen Gastwirtschaftscharakter bewahren können. Was ganz in Kommissar Gündas Sinne war und was auch den enormen Vorteil hatte, dass es völlig unproblematisch gelang, den kleinen Saal binnen weniger Stunden wieder für Familienfeiern und kleinere Vereinssitzungen herzurichten.

Für die Bürger blieb damit die Sokodo eine vertraute Anlaufstelle, es gab keinerlei Hürde gegenüber der Staatsmacht. So war gelegentlicher Besuch seitens der Glickerbacher nichts Ungewöhnliches: *Unn, Buuwe, was gibtsn Neies? Wenn hebdann heit schun widda vahaft?*

Axel Kornfeld nickte anerkennend: „Des gfällt mia. Schaffe in de Kneip. Härrlisch. Des deedisch aa gärnn. Un wisse Sie, was mia bsunnas gut gfällt?"

Es klopfte an der Tür, und Marion Helche erschien. Axel Kornfeld zwinkerte Freese zu.

„Tschuldischung, awwa isch muss glei fortt. Wenn Sie noch was brauche deede, drauß steht alles. Bediene Sie sisch ruisch. Die Kaffeemaschien dud aa widda. Allo, Härr Freese, bis späda."

„Danke, Frau Helche. Ach, Moment! Eines noch."

„Kuche steht im Kihlschronk."

„Ich habe gerade erfahren, wie mein allgemeiner Spitzname lautet, den dürfen Sie natürlich auch gerne benutzen."

„Aha. Nämmlisch?"

„Herr Annaschta."

„Ähä." Marion Helche nickte zustimmend. „Des basst."

„Nicht wahr? Finde ich auch."

„Allo, Härr Annaschda, alla!"

Marion Helche zog die Tür geräuschlos hinter sich zu.

„Aldale. Die hawwisch gemähnt voahiin. Des is jo än schääne Fegga. Alda Freind. Is des die Chefin doo?"

„Ja."

„Hea mol, unna uns, hot die ähna? Isch moine: hat die oinen? Än Monn?"

„Das entzieht sich meiner Kenntnis, Herr Weizen, aber wir haben eine eiserne Grundregel in der Sokodo: Frau Helche ist tabu."

„Vasteh schun, resaffiat fa de Tschief. Isch kenn denn. Des kann dauare. Bis dea mol akdief[42] wärdd, do wärdd jo de Goldfisch ronzisch."

„Zweifelsohne ein schönes Bild, Herr Weizen, aber", Freese wollte keine Zweifel an seiner Loyalität aufkommen lassen, „Kommissar Günda geht es vor allem um Professionalität."

„Dea un Proffi? Bei de Fraue? Do keendisch Ihne Gschischtlin

---

[42] aktiv

vazehle. Was mia mit demm schun alebt hawwe. Schennonnt[43] is dea, des gibts uff kähm Tretboot."
„Herr Weizen, nehmen Sie es mir nicht übel, aber ich habe doch noch das eine oder andere zu tun. Wenn es nichts Neues gibt, würde ich mich gerne verabschieden."
Um seinen Worten Nachdruck zu verleihen, erhob sich Freese.

„Allo, Härr Annaschda. Tschüssl. Un Gruß on de Tschief. Er soll mol bissl uff Tuure kumme. Vastehsch? Uff Tuure …"
Er knuffte ihn in die Seite.
„Ähns noch, jetz heedischs halwa vagesse: de Seegardd, dea hot jo gschafft fa vaschiedene Leit …"
„Das haben Sie in Ihrem Bericht erwähnt. Er hat als Wissenschaftler, als freier Historiker gearbeitet für Firmen, Institute …"
„Un ibbrigenz auch füa Glickabach. Allo, servela."

[43] genant

Diesmal war der Himmel wolkenlos über dem Letzenberg. Kommissar Günda saß etwas entfernt von der Kapelle unter einem Baum. Sein Unmut war schon auf dem Weg gewichen. Es war eine gute Entscheidung gewesen, sein Auto in Malsch stehen zu lassen, um zu Fuß hierher zu gelangen. Das hatte ihn schon allein dadurch auf andere Gedanken gebracht, dass für ihn selbst der sanfte Anstieg in der Schwüle nicht mühelos war. Und so war er leicht verschwitzt oben angelangt, eins mit sich und froh, es geschafft zu haben. Er verspürte nun wie der Mann auf der dänischen Bierdose vor allem eines: *Dorscht*[44] *wien Frosch!*

So unpassend es hier sein würde, ein Kiosk wäre ihm gerade sehr gelegen gekommen. Oder ein fahrender Händler wie die Eisboten, die ihre Runden durch die Dörfer machten, oder wie die Melonenverkäufer an südlichen Stränden. Nur eben mit einem der Situation angemessenen Angebot: *ä Bierle. Odda liewa glei zwee.*

Kopfschüttelnd und durchaus belustigt besah er sich die Unterlagen, die er bei diesem denkwürdigen Neubürgerempfang erhalten hatte. Ob das bei jedem so war? Wohl kaum. Ob Glickerbach seit Ewigkeiten niemanden mehr aufgenommen hatte und darum auf eine solche Jahrhundertzeremonie verfallen war? Abwegig, gab es dort doch gleich mehrere Neubaugebiete.

Der Festakt war allem Anschein nach eigens für ihn inszeniert worden. Fragte sich nur, ob dabei sein Amt oder seine Person im Vordergrund stand? Sofern sich das überhaupt trennen ließ. Ein ganzes Konvolut an Urkunden und Dokumenten hielt er in Händen, was er wie am Fließband und unbesehen unterzeichnet hatte. Neben den Kauf- und Kreditverträgen für das Haus fanden sich Sanierungspläne für das Gebäude, das sein neues

---

[44] Durst

Heim werden sollte, jedenfalls, wenn es nach den Glickerbachern ging. Was schlechterdings noch Jahre in Anspruch nehmen würde, betrachtete man den Zustand des Gebäudes realistisch. Er hatte also alle Zeit der Welt, erst einmal seine bisherigen Angelegenheiten zu ordnen. Es bestand überhaupt keine Veranlassung, etwas hinsichtlich seiner Seckenheimer Wohnung übers Knie zu brechen. Die Zinsen waren zudem derzeit günstig, er hatte durch seinen Beamtenstatus regelmäßige, verlässliche Einnahmen, hatte keine Familie, keine Kinder zu ernähren, und es gab keinerlei Anzeichen für gesundheitliche Einschränkungen. Hieß es nicht zudem immer, Grund und Boden seien die einzig vernünftige, sinnvolle, sichere Geldanlage?
Vielleicht könnte man langfristig tatsächlich aus dem alten Gebäude ein schmuckes Zuhause zaubern. Ganz von der Hand zu weisen, war der Gedanke nicht. Seine bisherige Wohnung lag im dritten Stock. Wenn er irgendwann in nicht allzu fernen Tagen gebrechlich würde, nicht mehr gut zu Fuß, dann würde er dort oben isoliert sein, gleichsam gefangen. In Glickerbach dagegen könnte er sich ohne Weiteres in den nächsten zehn, zwanzig Jahren eine altersgerechte Behausung schaffen, ebenerdig, barrierefrei.
Noch dazu war ein verlockendes zweites Zuhause gleich um die Ecke, der Rote Ochse. War das nicht eine Fügung?
In einigen Jahren, wenn Freese die Sokodo leiten würde – dafür wollte er sich mit aller Macht einsetzen –, residierte der dann dort, und Kommissar Günda, pardon, Ex-Kommissar Günda würde vorbeikommen, nicht, um nach dem Rechten zu sehen, sondern bloß *uff Bsuch. Vleischt brauchda jo mol än Tipp*, der junge Kollege, der dann auch nicht mehr ganz so jung sein würde.

Die Idealvorstellungen vom Ruhestand waren eben verschieden. Der eine würde es gerne krachen lassen am Mittelmeerstrand, der andere liebäugelte mit Rentnerschach in Glickerbach.

Musste man nicht manchmal zu seinem Glück gezwungen werden? Auch aus dem Hof könnte man etwas machen. Er war ja gar nicht so einsiedlerhaft, wie er allen erschien. Seine Wohnverhältnisse ließen es einfach nicht zu, Einladungen auszusprechen. Das könnte er dort ändern. *Heit Hof-Feschtl beim Günda!* Er könnte sogar kleine, feine Konzerte veranstalten, exklusiv und *anblagd*[45].

Eines stand jedenfalls fest: um all das anzugehen, hatte er Zeit, sehr viel Zeit.

Er packte den ersten Wust an Unterlagen zurück in die Klarsichtfolien und verstaute diese wieder in seiner alten, abgegriffenen Aktentasche. Mal schauen, was er noch alles unterschrieben hatte: *Der kleine Tierfreund* im Zehnjahresabonnement? Sein Blick fiel auf ein besonders eindrucksvolles Dokument. Dickeres Papier mit Prägung, das das Logo der Glickerbacher Heimatfreunde e. V. zierte. *Feierliche Vereinbarung* prangte dort in schnörkelig-güldenen Lettern: „Hiermit verpflichtet sich unser verehrter Neubürger Herr Kommissar Günda …"

Er packte das Blatt beiseite. Davon wollte er in diesem Moment nichts wissen. Womöglich sollte er im Heimatmuseum Vorträge halten: Kriminalität in Glickerbach im Spiegel der Jahrhunderte. Von Mundraub zu Ehebruch. *Bidde, kennda hawwe.*
Oder wollten sie ihn als neuen Museumsführer? Die wertvollen Exponate präsentieren wie *Huddlwisch*[46] und *Boddschamba*[47]. Vielleicht gab es auch Sonderausstellungen der hiesigen Kunstmaler, spezialisiert auf *Dampfnuudl mit Gadofflsubb* als Stillleben.

---

[45] unplugged
[46] Lappen zum Auswischen der Holzkohlenreste im Backofen
[47] Nachttopf

Wahrscheinlich handelte es sich ja überhaupt nicht um eine Verpflichtung im strengen Sinne, sondern um die automatische, kostenfreie Mitgliedschaft im Glickerbacher Heimatverein – nur im ersten Jahr kostenfrei, versteht sich –, die man ihm als Neubürger hatte angedeihen lassen.
Alla guud, vun mia aus.

Schön war es, die Gedanken so unbeschwert schweifen zu lassen. Wo könnte das besser gelingen als hier auf dem Letzenberg? Er verschränkte die Arme genießerisch hinter dem Kopf, sah in den Himmel und folgte mit dem Blick einem Flugzeug in weiter Ferne.
„Isch kumm mit", flüsterte er. „Un bleib doo."

Schon geraume Zeit hatten sich die beiden Ermittler nicht gesehen. Freese brannte darauf, seinem Chef die Neuigkeiten zu verkünden, auch wenn die nicht unbedingt etwas mit der Lösung des Falles Seegard zu tun haben mussten. Kurios war es allemal, dass es da eine Verbindung zu Glickerbach gab.

Freese machte sich einen Kaffee, forschte im Kühlschrank nach Leckereien und wurde fündig. Gerade als er sich bereits auf dem Weg ins Büro über den Käsekuchen hermachen wollte, scholl es ihm von seinem Chef entgegen: „A, du lesch das jo gutgehe!"
Automatisch hatte er das Gefühl, sich rechtfertigen zu müssen: „Tschief, Frau Helche hat mir erlaubt, mich selbst zu bedienen. Für Sie auch etwas?"
„Des Gleische, wenns geht."

Während Freese sich erneut an der Kaffeemaschine zu schaffen machte, nahm Kommissar Günda am Stammtisch Platz.
„Ausnahmsweis. Do isses gemiedlischa. Was gibtsn Neies?"
Freese erzählte ihm vom Besuch der Spurensicherung und hob sich die Glickerbacher Pointe bis zum Schluss auf: „Raten Sie mal, für wen Martin Seegard auch gearbeitet hat?"
„Loss misch mol iwwaleje … Fa Glickabach, fadd Gemeinde?"
„Woher wissen Sie das?" Freese konnte seine Enttäuschung nicht verbergen.
„Gonz äfach. De Weize hot misch oogerufe. Hea mol, hosch du demm mei Häändiinumma gewwe? Du weesch, isch kanns net hawwe, wenn misch ähna ooruft."
„Aber dafür ist doch das Handy da."
„Meins net. Äh, was annares …"
„Ja?"
„Kriggisch noch soä Sticklsche Kuche?"
„Ou, do binnisch awwa froh", trompetete es aus dem Flur. „Isch hab schun gedenkt, vun mia wolle Sie nix mea oonämme, Tschief."

Marion Helche hatte den Gastraum betreten, stemmte die Hände in die Hüften und betrachtete den Kommissar spöttisch.
„Hea mol, Marioon, dud ma leid, dass isch voahien so bissl uffgregt waa."
„Uffgregt? Des is awwa schää unnatriwwe. Isch hab gedenkt, Sie springe mia glei ins Gsischt. Dodebei hawwischs doch bloß gut gemähnt."
„Des weeß isch doch. Mia is des bloß bissl zu horddisch[48] gange."
„Des vasteh isch, Tschief. Isch hab jo aa net gewisst, was die fan Ziaguss[49] oostelle vun de Gemeinde. Simma widda guud?"
„Hajo, Marioon! Äh, was annares, seit wonn sinnen eigendlisch die Trombeede vun Jerrischoo widda do?"
„Hä?"
„A, die Menzlaschweikat. Hea mol, is die jetzat mit eiam Bürgameischda vaheiat?"
„Moment, Tschief: Frau *von* Schneider-Menzlerschweikert, bidde."
„Adlisch is die jetz aa noch?"
„Des glaabt sie jednfalls scheinz. Wie wenn des audomadisch wäa mim Bürgameischda. Awwa schää gsunge hot sie, odda net?"
„Finsch? Mia schebbats imma noch in de Oahre."

Freese vermochte der Unterhaltung nur bedingt zu folgen: „Habe ich was verpasst, Tschief? Etwas, das mit unserem Fall zu tun hat?"
„Nänää. Iwwahaupt net, blouß priffaaht."

Er erinnerte sich an eine diesbezügliche Bemerkung Kornfelds über seinen Kommissar und gab sich diskret: „Wenn Sie etwas

---

[48] schnell
[49] Zirkus

Privates zu besprechen haben, will ich nicht weiter stören."
Und er wandte sich zur Tür.
„Hogg disch, Freese. So priffaaht isses aa widda net. Leida."
„Des stimmt." Marion Helche musste grinsen. „Mia hawwe bloß bissl was gerägglt fa de Tschief."
„Bissl was is guud. Großgrundbesitza binnisch. Kabbidalischt. Haus- un Grundstickseigetüma."
„Aha. Wo?"
„A doo, in Glickabach."

Die beiden berichteten Freese, was sich in der Zwischenzeit zugetragen hatte. Marion Helche schlug vor, sich Kommissar Gündas Neuerwerbung gleich gemeinsam anzuschauen, was der eher vertagt wissen wollte: „Des leeft uns net fortt, die Buag. Äh, was annares, isch hab gheat, ia braucht än Gschischtlinschreiwa?"
„Historiker", berichtigte Freese. „Ja, Marijonne, das interessiert uns jetzt tatsächlich für unseren aktuellen Fall. Wie wir erfahren haben, beschäftigt Glickerbach einen Historiker. Warum?"
„Kää Ahnung. Vleischt wejem Jubiläum."
„Jubiläum, welles? Welsches?" Kommissar Günda betrachtete nachsichtig seinen Assistenten und wandte sich dann wieder an die Wirtin: „Weesch Marioon, moin Assischdent, dea schwäschlt als widda bissl mim Dialekt seit Neischdem. Ea hot kwassii alles valernnt, was isch demm beigebrocht hab. Du jo aa.[50] Allo, was gibtsn fa Jubiläum do in Glickabach?"
„Wisse Sie des net, Tschief? Glickabach feiat groß. Näckscht Joa wärre mia zwelfhunnat Joa alt."
„Ia alle? Awwa du net, Marioon, odda?"
„Tschief, des wüssdisch awwa. Obwoohl, vleischt bin isch jo doch schun so alt. Manschmol fihl isch misch bissl so."
„O, hea uff! Was soll ischn saache?"

---

[50] siehe *Die Luddarisch Brick* S. 128 f.

„Wea weeß, vleischt binnisch schun efdas uff die Welt kumme. In de Steinzeit, beim Napoleoon, im Middlalda."
„Des glaawisch net."'
„Isch aa net, Tschief."
„Willsch du nochmol gebore wärre, Marioon? Isch net. Rum is rum. Odda, Freese? Willsch du im näckschde Leewe widdakumme, zum Beispiel als Gaaß[51]?"
Der Angesprochene zuckte hilflos mit den Achseln.
„Stimmt, Tschief, dea vasteht nix, Ian Frischling. Net mol die äfachschde Wördda. Koomisch. Uff jedn Fall, des wärdd groß gfeiat bei uns. Vleischt brauche die desdaweje soän Gschischtlinschreiwa, än Hischdoorigga. Wisso wolle Sie des iwwahaupt wisse?"
„Nun", Freese war sich nicht sicher, ob sie hierauf eine Antwort geben durften. „Das ist noch nicht für die Öffentlichkeit bestimmt, es handelt sich um laufende Ermittlungen."
„Do gugg, jetz hodda widda was vastannc. Hca mol, Freese, kä Ängscht, des is unsa Marioon. Die derf des wisse. Folgendes. Mia hawwe ä Leisch gfunne."
„Ä Leisch? Doo? Bei uns? In Glickabach?"
„Gönau, in meim Haisl. Klähna Witz. Nää, uffm Keenischstuhl."
„Uffm Keenischstuhl? Un was hot des mit uns zum du?"
„Nix. Wahrscheinz. Bloß dass …"
„Dass der Tote als Historiker auch in Diensten der Gemeinde Glickerbach stand", nahm Freese den Faden auf. „Wissen Sie vielleicht, wer uns dazu etwas sagen könnte?"
„Ou!" Marion Helche überlegte kurz und strahlte dann: „Do gibts bloß ähni."
„Gebongt! Freese, die iwwanämmsch du."
Fritjof Freese nahm die Bürde auf sich und zog mit büßerhaftem Gang von dannen.

---

[51] Ziege

„Schaam mit Daam[52]“, fasste Kommissar Günda nicht ohne Häme zusammen, was Freese aller Voraussicht nach zu erwarten hatte.
„Alladings“, gab Marion Helche mitfühlend zurück. „Was hoddan Ihne gemacht, Tschief, dassa des vadient hot?“
„Nix. Awwa ähna musses halt mache, odda? Un des Guude am Freese is jo, dea kanns äfach mit de Fraue. Jednfalls bessa als wie isch.“
„Ealisch gsacht, do binnisch ma nimmi so sischa.“
„Wisso? Dea steht doch noch guud do.“
„Hm.“
„Isch kann des jo net so rischdisch beuadeile als Monn, awwa finsch des net, du als Fraa, Marioon?“
„Hm.“
„Odda hodda schun nochglosse? Gonz ealisch! Isch kann dodemit leewe, isch deeds vakraffde. Saach dei Sach!“
„Nää. Awwa ea hot sisch schun so bissl vaännat, Ian Frischling. Schnuggelisch, des issa als noch. Awwa mia is was annares uffgfalle.“
„Nämmlisch? Auf, Marioon! Isch bin demm soin Tschief, isch muss des wisse, wenn was is mit demm!“
Marion Helche druckste: „Ea … ea guggt nimmi so.“
„Wie? Gugge?“
„A so rischdisch. So wie die Männas halt gugge. Isch hab schun gedenkt, sliggt vleischt on mia. Awwa wie voahien de anna do waa …“
„De Weize?“
„Wea?“
„Egool, de anna halt. Was waren mit demm?“
„A, dea hot glei mol geguggt.“
„Wie?“
„A uff misch. Wie die Männas halt sin.“

---

[52] Charme mit Darm

„Vasteh isch net. Isch aa?“
„Nää. Sie net, Tschief.“
„Donge. Is des jetz guud odda net so guud?“
Marion Helche ignorierte die Frage.
„A, uff de Bobbes beispielsweis gugge die.“
„Hä? Uff de Bobbes gugge? Fa waas?“
„Eewe drum, Sie kenne des net.“
„Moment, isch keent des aa. Awwa fa was? Was bringtn des?“
„Kää Ahnung. Plässia.“
„Finsch?“
„Fa misch net, fa die Männas halt. Fa die annare.“
„Hm. Indressant. Des mussisch ma mol meiike.“
„Hawwe Sie des nie gemacht, Tschief?“
„Doch. Fria. Bissl. Klää bissl. Awwa isch hab mias abgegwööhnt. Waa net weidas schwea, isch habs imma efdas vagesse.“
„Odda …“ Marion Helche legte nach. „Des owwerum.“
„Owwerum? Wue?“
„Tschief, Sie wisse schun.“
„Isch weeß gaa nix. Un des langt mia.“
Marion Helche konnte sich ein Grinsen nicht verkneifen. „Sie sin so goldisch, Tschief.“
„Donge. Hea mol, un de anna, voahiin, dea hot glei mol geguggt?“
„Gönau.“
„Un de Freese?“
„Nimmi.“
„A, vleischt, weilas schun kennt“, mutmaßte Kommissar Günda.
„Tschief, so geht des net. Des is denne Männas worscht, die gugge imma. Aa wenn sies schun kenne.“
„Un was heeßtn des jetzat?“
„Sgibt zwee Mööglischkeide.“
„Nämmlisch?“
„Äschdens: Ea hot ähni.“

„De Freese? Ähni? Dea hot imma ähni. Mindeschdens. Isch kenn denn gaa net annaschda. Un zweddens?"
„Die anna Mööglischkeit: ea wea kronk."
„Des glaawisch net."
„Odda …" Sie senkte die Stimme. „Isch glaab jo, Ian Freese, dea hot was Ärnschdes: Lieweskumma. Awwa *Lieweskumma loohnt sisch net, mei Daalin*[53]. Mia wisse des schun long, gell, Tschief?"
„Hea, Marioon, jetz wu dus sachsch. Des keent basse. Weje warum? Mia is uffgfalle, obwohl dass dea schun so gut waa im Dialektvastehe, dea is nimmi bei de Sach."
„Sehe Sie. Un jetz schicke Sie denn aa noch zu demm …"
„Schärwe[54]?"
„Des hawwe jetz Sie gsacht, Tschief."

[53] Hit für Siw Malmquist 1964
[54] sehr derb für unansehnliche Frau

Kommissar Günda spähte vorsichtig, ob ihn auch ja niemand beobachtete, bevor er ganz sachte das Tor zu seinem neuen Eigentum öffnete. Ein wenig plagte ihn schon das schlechte Gewissen gegenüber Freese, aber andererseits war der doch erwachsen genug. Und er kannte die *Fäst Läddii* ja bereits von früheren Begegnungen.

Seine Neugier das Haus betreffend war denn doch zu groß. Er blickte sich um. Es würde bald dämmern. Eine gute Zeit für eine heimliche Stippvisite. Niemand war zu sehen, in der Nachbarschaft war man offenbar mit sich beschäftigt. Er schloss das Tor mit der gleichen Vorsicht, wie er es geöffnet hatte, und vergewisserte sich mit einem abschließenden Rundblick nochmals, unbemerkt geblieben zu sein. Dann angelte er den Hausschlüssel aus der Blumenschale und schloss leise die Tür auf.

Im Inneren des Gebäudes lag weiterhin der muffige Geruch, der ihm schon beim ersten Mal den Atem geraubt hatte. Noch war es hell genug, sodass er keine Beleuchtung benötigte; er wollte unbedingt vermeiden, dass etwas auf ihn aufmerksam machte.

Alles war noch an seinem Platz. Ob die Kinder der Verstorbenen keinerlei Interesse an deren Hinterlassenschaften hatten? Oder war bereits alles von Bedeutung entfernt worden?
Wertgegenstände konnte er keine entdecken. Dafür jede Menge Geschirr. Töpfe, Besteck. An den Wänden hingen Löffel und Kellen in verschiedenen Größen. Neben der Spüle stapelweise Handtücher. Eine fein säuberlich gestärkte Schürze hing am Türhaken. Auf einem kleinen Regal thronte eine alte Kaffeemühle. Die Schränke waren allesamt schlicht, gepflegt und gut erhalten, wenn auch wie alles staubüberzogen. *Spinnebuddl* gab es hier in Massen. Das letzte Geschirr war nicht gespült. Die alte Dame hatte noch einen Apfel gegessen. Kommissar Günda

beseitigte die Reste, *de Butze*[55].

Im Schlafzimmer stand ein gewaltiges Doppelbett, das fast den gesamten Raum einnahm. Die rechte Seite benutzt, die linke sorgsam gemacht, die Zudecke aufgeschlagen. Wahrscheinlich ein Ritual seit dem Tod des Ehemannes. Der Schrank barst beinahe von Kleidern, Blusen und Kostümen. Lavendelgeruch entströmte dem ehrwürdigen Einrichtungsgegenstand aus Kirschholz.

Im Wohnzimmer befand sich der mit Abstand jüngste Gegenstand des Hauses, ein Flachbildfernseher. Auf dem Beistelltisch mit der Spitzendecke lag ein altes Fernsehprogramm. Das Kreuzworträtsel war zum Gutteil gelöst. Es fehlten für das Lösungswort zwei Buchstaben. Ausgelobter Hauptgewinn: eine Flusskreuzfahrt auf der Loire für zwei Personen.
Die Schrift der alten Dame wirkte ungelenk, wohl dem Alter geschuldet. Die Buchstaben sahen nicht aus wie das Krickelkrakel der Jungen, die das Schreiben mit der Hand kaum geübt hatten.

Seltsam, dass keines der beiden Kinder das Bedürfnis verspürte, hier nach dem Rechten zu sehen. Oder die beiden waren tatsächlich so hoffnungslos zerstritten, dass sie argwöhnisch darüber wachten, dass der andere ja keinen Fuß alleine in das Gebäude setzte.

Dabei waren wahrscheinlich auch sie hier verewigt. An den Wänden hingen sorgfältig gerahmte Schwarz-Weiß-Fotos. Winzige Aufnahmen von Hochzeiten, Taufen, vom Militärdienst.

---

[55] das Kerngehäuse

Auf dem Wohnzimmerschrank mit der Glasvitrine befand sich ein ausgestopfter Bussard. Oder war es ein Falke? Kommissar Günda hatte so gut wie keine ornithologischen Kenntnisse.

Musik schien in diesem Haus keine Rolle gespielt zu haben, es gab keine Schallplatten, geschweige denn CDs. Was Kommissar Günda überhaupt nicht verstehen konnte, die Stereoanlage war stets das erste Inventar, das er installierte, wenn er eine Wohnung bezog. Dann entdeckte er im Esszimmer etwas Besonderes, ein Harmonium. Er vermutete zunächst, es handele sich bloß um ein Möbelstück. Dagegen sprach ein wichtiges Indiz: das Gesangbuch, aufgeschlagen. Liednummer 503: *Geh aus, mein Herz, und suche Freud.*

Behutsam drückte er ein paar Tasten, die sich zäh zu wehren schienen und mangels Luft nur ein Quietschen hervorbrachten. Aber auch das begleitete den Moment für seine Begriffe irgendwie angemessen.

Beim Bücherregal blieb er schließlich hängen. Die alte Dame war offenbar Mitglied in einem Buchclub und hatte ihre regelmäßigen Pflichtexemplare artig einsortiert. Hatte sie sie auch gelesen?
Schließlich entdeckte er, was er womöglich instinktiv gesucht hatte: das Heimatbuch der Gemeinde, erschienen zum letzten großen Jubiläum vor 50 Jahren: *Unser Glickerbach.*
Er schlug es auf, links oben mit Füller in akkurater Handschrift der Name der Eigentümerin. Er überlegte, ob er das Buch einfach so mitnehmen durfte, es gehörte streng genommen nicht zum Inventar des Hauses, sondern zu den persönlichen Gegenständen. Nun gut, er könnte es sich ausleihen und bei Gelegenheit den Erben zurückgeben. Falls sie darauf überhaupt Wert legten. Vermisst hatten sie es bislang wohl nicht. Wie alles in diesem Haus.

Plötzlich beschlich ihn eine Traurigkeit. Würde es bei ihm eines Tages genauso verlassen und verloren aussehen? Dem Gedanken wollte er nun doch nicht weiter nachgehen, er schob das Buch zurück ins Regal und machte sich auf den Noch-Heimweg *uff Seggene*.

Draußen wurde er bereits erwartet: „Unn, schun bissl eigelebt?"

Die Sorgen, die sich Marion Helche und Kommissar Günda bezüglich Freese gemacht hatten, die eine mehr, der andere bedeutend weniger, diese Sorgen waren gänzlich unbegründet. Nicht etwa, weil Kommissar Gündas Assistent keinen Termin bei Glickerbachs First Lady erhalten hatte, der wurde ihm sogar umgehend gewährt, nein, alles, was Freese in dessen Folge zu hören bekam, rauschte an ihm schlicht und einfach vorbei. Und das aus einem einfachen Grund: Bianca hatte sich gemeldet und ein nächstes Treffen vorgeschlagen. Der Gedanke daran nahm ihn derart gefangen, dass selbst die Stimme von Gertrud Schneider-Menzlerschweikert nicht zu ihm durchzudringen vermochte. Und das, obwohl diese ihn kurzerhand ins Zentrum der Glickerbacher Geschichtsforschung geschleppt hatte, ins Heimatmuseum, wo er ihr völlig ausgeliefert war.

„Wolle Sie sisch nix uffschreiwe?", hatte sie ihn irgendwann mit einer für sie völlig untypischen Verunsicherung gefragt.
„Bitte?"
„Aufschreiben. Mache Sie des net bei de Bollezei? Isch hab fria, wie isch noch akdief waa, imma alles uffgschriwwe. Sie hawwe des alles im Kopf? Reschbeckt."
Ein letzter hilfloser Versuch, einen Anknüpfungspunkt für ein persönlicheres Gespräch zu finden. Vergebens. Ihr Gegenüber wirkte geradezu teilnahmslos, sediert. Stand er unter Drogen? Sie schnüffelte an ihm. Er ließ auch das einfach geschehen.
Seufzend gab sie auf.
Vorsichtshalber stattete sie Freese dann doch mit allen erdenklichen Schriften, Prospekten und nicht zuletzt mit dem neuesten Angebot der Heimatfreunde aus: einer Stadtführung durch den neuen Nachtwächter.
„Wea des is, unsan neie Nachtweschda, des is noch ä Geheimnis. Wolle Sies wisse?"
„Vielen Dank, Frau Menzlerschweikert, Sie haben uns wirklich sehr geholfen."

Am nächsten Morgen wurde Kommissar Günda unsanft geweckt. Der Abend war bedeutend länger geworden und gänzlich anders verlaufen als vorgesehen. Friedhelm Busch verfügte nicht nur über profunde Kenntnis, was das Nachbargrundstück betraf, sondern auch über einen ausgezeichneten Kartoffelschnaps – *Selwa gebronnt, awwa pscht!* –, dem sie beide über Gebühr zugesprochen hatten. Kommissar Günda hatte das zunächst zu verhindern versucht mit dem Hinweis, er müsse noch fahren, hatte sich aber sehr bald einer bestechenden Logik ergeben müssen: „Fahre? Wisso? Sie hawwe doch ä Haisl do."

Er hatte keinerlei Erinnerung, wie er in das Doppelbett im Kapellenweg 3 gelangt war.

Und nun sah er sich einer nicht unbeträchtlichen Lärmkulisse ausgesetzt, die offenbar von einem Fahrzeug direkt vor seinem Haus rührte. *Mei Haisl*, der Gedanke, dass er das Possessivpronomen schon so ohne Weiteres verwendet hatte, erschreckte ihn.

Draußen klang es nach dem gnadenlosen Wirken einer Abrissbirne, was seinen stechenden Kopfschmerz befeuerte, und er machte sich widerwillig auf, das Schlimmste zu verhindern. Ein Lastwagen hatte direkt vor dem Hof geparkt. Dessen Fahrer bediente mithilfe zweier Hebel einen Kran und setzte gerade scheppernd und krachend einen zweiten Müllcontainer in den Hof.

„Hä, was gibtn des?", rief Kommissar Günda.

„Geht alles in Orddnung, Härr Kommissaa." Der Kartoffelschnapsspender war bereits auf den Beinen, auffallend munter, und ließ keinerlei Ausnüchterungsanzeichen erkennen: „Alles im Griff. Die hole grad des Glumb ab."

Zwei Männer in Overalls mit robusten Handschuhen entstiegen

einem Kleinlaster mit der Aufschrift *Die Trödelkings* und schoben sich an Kommissar Günda vorbei ins Haus. Es zeigte sich, dass die Erben vollstes Vertrauen in deren Urteilsvermögen hatten. Keiner der beiden hatte es für nötig befunden aufzutauchen und der Entsorgung des Hausrates beizuwohnen. So oblag es Kommissar Günda bei dem einen oder anderen Stück Einhalt zu gebieten. Alles sollte unbesehen in die Container wandern. Auch wenn er keinerlei Beziehung zur Vorbesitzerin hatte, das mochte Kommissar Günda nicht zulassen.
„Momendemol!"
„Waas?"
„Des Regal bleibt do. Büschas schmeißt ma net fortt! Foddo aa net. Un des Hamoonium schun mol iwwahaupt net."
„Des was?"
„Des Ha-moo-niii-um."
Fragende Blicke.
„Mussisch. Alles mit Mussisch bleibt schää doo. Allo, isch muss donn, ia wisst Bscheid."
„Isch kimma misch, Tschief. Unn, was meschdan, de Magge un des unnerum? Moi Schnäpsl butzt gonz schää duasch, gell?"
„Ach Gott", erwiderte Kommissar Günda unbestimmt und machte sich auf den Weg zum Roten Ochsen.

„Ou, de anna!" scholl es ihm unterwegs immer wieder entgegen, mehr naseweis als teilnahmsvoll. Für Kommissar Günda das untrügliche Zeichen, dass sich seine nächtliche Eskapade bereits herumgesprochen hatte. Wie sich zeigte, sogar bis zum Roten Ochsen.
„Kaffee, Tschief? Heit liewa schwarzz?"
„Bischen Schatz, Marioon. Hosch du vleischt aa was fa moin Deez?"
„Stischts so? Vornne reschts?"
„Gönau. Wuhea weesch du des? Bisch du jetz aa noch

Hämmobaadin[56]?"
„Ä-ä. Isch weeß des. Des mescht demm Friedhelm soi Zeigs, wemma des net gegwööhnt is. Do gibts bloß ähns, am beschde glei noch ähna hinnaheakippe. Isch heed ähna doo. Wolle Sie, Tschief?"
Kommissar Günda schüttelte sich unwillkürlich, lehnte dankend ab und schlurfte sichtlich gequält in sein Büro. Er war ganz froh, dass sein Assistent noch nicht da war. Jedwede Ansprache war ihm an diesem Morgen zu viel.
Auf seinem Schreibtisch lag das Glickerbacher Heimatbuch. Er schlug es auf und entdeckte eine Widmung:

Für die Schülerin Helche. Mögest du immer anständig und fleißig bleiben.
Karl Müller, Konrektor

„Donge fa des Buch, Marioon!"
Die fürsorgliche Wirtin im Roten Ochsen brachte neben dem Frühstück auch ein Glas mit einer sprudelnden Flüssigkeit.
„Sauwa. Des hosch du gschenkt kriggt, des Buch? Wahrscheinz, weil du so guud waasch in de Schul, gell? Gradliada[57]!"
„Nää, Tschief, des is moinare Mudda ia Buch."
„A so. Un vun wemm is die Widmung?"
„Die is vum Lehra Milla, dea hot die meischde Sache gschriwwe in demm Buch. Zamme mim Webas Hons, dea waa bei de Zeidung. De Milla, dea waa fria de Konrekdoa bei uns uff de Schul. Awwa dea muss scheinz bissl u-oogenähm gwest sei. Sacht mei Mudda. Die hot sisch aa imma uffgreegt weje derre Widmung."
„Hä? Wisso?"
„Iwwahaupt. Zimmlisch streng solla gwest sei, dea hot als aa mol hinnad Oahre gewwe odda mim Stock uff die Finga."

---

[56] Homöopathin
[57] Gratuliere dir

Kommissar Günda entsann sich gut, auch in seiner Schulzeit war das noch gelegentlich vorgekommen.
„Oostännisch, des is jo demm sei Lieblingswortt gewest. Un dea hots grad needisch ghabt. Mei Mudda sacht, des issn alde Nazi gwest fria. Des hot sie gewisst vun moim Oobaa, dea waa jo bei de Eschbedee[58]. Mit demm hoddas als ghabt, awwa dea is frih gstorwe, moin Oobaa, un späda hott des kähns mea indressiat."
„Odda indressiere gwollt", sagte Kommissar Günda mehr zu sich.
„Un donn schreibt dea des zu meinare Mudda, wie wenn nix gwest wäa. Tibbisch. Dea Sseckl. Mei Mudda wollts als rausreiße, awwa des geht jo net, s is jo uffm Babbedeggl[59]. Außadähm, des is schun ä schäänes Buch iwwa Glickabach, des muss ma demm losse, dem Milla."
„Derfisch mol neigugge in des Buch?"
„A, dodefoa hawwischs Ihne doch hieglegt, Tschief. Un wenn Sie doch noch son schääne Korzze hawwe wolle, saache Sie Bscheid."

Kommissar Günda winkte müde ab und machte sich über das Frühstück her. Umsichtig, wie sie war, hatte Marion Helche ihm auch Rührei mit Speck gemacht. Dazu gab es zwei Scheiben Graubrot und einen Apfel. *Goldisch*, dachte er dankbar und ward schon gleich bedeutend munterer.

Anständig, eines dieser Worte, die durch die Nazizeit verdorben waren. *Sei anständig!*, das löste in der Folgezeit aus gutem Grunde reflexartig Widerspruch aus, wenn es vom Heranwachsenden gefordert wurde. Kommissar Günda erinnerte sich genau. Wie einen auch jedes Mal Unbehagen überkam, wenn die Altvorderen verkündeten, auf irgendetwas stolz zu sein. Weil das

---

[58] SPD
[59] hier: Einband

Wort eben nicht mehr unbelastet war, sondern für alle Zeiten gebrandmarkt, verbunden mit unseligem, verbrecherischem, menschenverachtendem Gedankengut. Die strikte Ablehnung solcher Begriffe wiederum galt den Alten als Verrat. Am liebsten gleich am ganzen Vaterland. Auch das einer dieser ungehörigen Begriffe. Doch es war nicht nur der Missbrauch solcher Worte, es war das Knechtende, das aus ihnen sprach, weil man sich zu etwas zu bekennen hatte, bedingungslos und nie hinterfragend. Es war erstaunlich, so dachte Kommissar Günda, erstaunlich und erschreckend zugleich, wie in diesen zwölf Nazi-Jahren ganze Arbeit geleistet worden war, selbst bei der Sprache. Und bis heute gab es trotz aller Abscheu auch das Faszinierende dieses Düsteren. Am Leben gehalten mit jedem überflüssigen Hitlerbild in Zeitungen und Zeitschriften, die sich doch nur eines davon erhofften: Verkaufssteigerung. Der Nimbus jener Tage schien ungebrochen: Inbegriff des Bösen. Des Bösen in seiner Perfektion.

Für Kommissar Günda bedurfte es endlich eines anderen Ansatzes. Nicht noch eine weitere Dokumentation des perfiden, vollendet-fehlerlosen Schreckensregimes, er hätte sich stattdessen Publikationen gewünscht mit dem Titel *Das Dritte Reich – Pleiten, Pech und Pannen.*

Immerhin einen Begriff hatte er nach Jahrzehnten der von Abscheu getragenen Ablehnung wieder für sich entdecken können, den der Heimat. Wonach sich doch jeder sehnte und ungestraft sehnen dürfen sollte. Und so betrachtete er Marion Helches Buch *Unser Glickerbach* nicht nur mit Wohlwollen, sondern mit einem warmen Gefühl der Dankbarkeit, überhaupt eine solche Heimat zu haben. Denn wenn man sie erst einmal verloren hatte, was war damit gewonnen?

Fritjof Freeses schlechtes Gewissen hielt sich in Grenzen. Zwar wusste er, dass er seinem Auftrag zur Befragung der Glickerbacher First Lady nicht annähernd gerecht geworden war. Genau genommen hatte er aus der Begegnung keinerlei Erkenntnis geschöpft. Na und? Er war überzeugt, dass es sich hier um ein rein privates Vergnügen seines Vorgesetzten handelte, der offenbar dabei war, Glickerbach zu seinem künftigen Lebensmittelpunkt zu machen. Dafür hatte er wohl besonderes Interesse an seinem neuen Wohnort, wenn auch nicht zu heucheln, so doch sich selbst einzureden. Ein Gespräch über das Gemeindejubiläum, über alles, was mit der Glickerbacher Geschichte zusammenhing, das konnte jedoch schlechterdings für ihren aktuellen Fall nicht von Belang sein.

Es gab weit drängendere Aufgaben. Zum Beispiel hätte es sich längst empfohlen, intensiv nach Zeugen zu suchen, die an jenem Morgen auf dem Königstuhl zugegen waren und den oder die Täter möglicherweise gesehen hatten. Aber nein, das schien dem Herrn Kommissar ja völlig unwichtig zu sein. Freese verstand das nicht. Erst hatte ihn sein Chef mit seiner vielgepriesenen Intuition auf die Spur gebracht, dass es sich nicht um einen Unfall, sondern eben doch um ein Gewaltverbrechen handelte, dann jedoch unternahmen sie nichts, um diese Spur zu verfolgen. Stattdessen arbeitete man sich ab an altbekannten, fragwürdigen und vor allem enervierenden Persönlichkeiten. Wem wollte er damit imponieren? Plante er vielleicht selbst, in Glickerbach eine öffentliche Rolle zu spielen? Frönte er einem Hobby?

Freese war es schon früher aufgefallen, dass Kommissar Günda geschichtsversessen war. Keine Gelegenheit ließ er aus, sich mit Land, Leuten und insbesondere deren Sprache auseinanderzusetzen. Das blieb ihm ja unbenommen, aber doch bitte in seiner Freizeit und schon gar nicht auf Freeses Kosten.

Nun hatte er also auch noch eine Führung durch das Glickerbacher Heimatmuseum über sich ergehen lassen. Von seiner hatte Kommissar Günda schon oft plastisch erzählt[60]. In der Tat, die Stimme der Museumsführerin war und blieb unerträglich, den Inhalt indes, den hatte er spielend ausgeblendet. Bemerkenswert.

Und selbst das, was er irgendwie vernommen hatte, hatte er nicht recht verstanden. Es stimmte wohl, dass sein doch eigentlich im Laufe der Zeit geschultes Ohr in dieser Hinsicht gelitten hatte. Schwerer denn je fiel es ihm, diesen merkwürdigen Dialekt aufzunehmen. Selbst in durchdringender Lautstärke. Freese führte das darauf zurück, dass er langsam Prioritäten zu setzen hatte in seinem Leben. Er war Mitte dreißig, und es ging gerade um seine Zukunft. Um seine private Zukunft. Ein gänzlich neuer Gedanke, der ihm noch nie gekommen war, der aber dank Bianca Franke drängend und zentral anmutete. So vieles empfand er in dieser Lebensphase als unwichtig, ja hinderlich. Würde Bianca ihn fragen, ob er mit ihr auf eine einsame Insel zöge, er würde nicht eine Sekunde zögern. Was scherte ihn da Glickerbach? Was kümmerte ihn die Vergangenheit, die Historie überhaupt? Er fabrizierte gerade seine eigene Geschichte. Zum ersten Mal. Was gab es Bedeutenderes?

Darüber hinaus nahm er übel, dass Kommissar Günda das Versprechen nicht eingelöst hatte, ein Gespräch mit Freeses Mutter zu führen. Dass ein solches nicht erfolgt war, schloss er aus deren gleichbleibend kompromisslos forderndem Auftreten ihm gegenüber.
Beseelt war er von seinem Treffen mit Bianca nach Hause gekommen, hatte sich noch zu seiner Mutter gesellt, die ihn erst mit Verwunderung, bald mit Vorwürfen konfrontiert hatte.

---

[60] siehe *De Schorle-Peda* S. 213 f.

„Und?“, hatte sie scheinbar arglos interessiert begonnen.
„Was und?“
„Wie wars?“
„Schön, sehr schön.“
„Und weiter?“
„Was weiter?“
„Wo ist deine neue Freundin?“
„Zu Hause, nehme ich an.“
„So. Das nimmst du an. Fritti …“ Wiebke Freese hatte ihren Sohn ins Visier genommen. „Fritti, ich mache mir Sorgen. Ernsthaft. Große Sorgen.“
„Weshalb?“
„Das ist doch nicht normal.“
„Was?“
„Du weißt genau, was ich meine.“
„Nein, das weiß ich nicht, Wiebke. Das weiß ich beim besten Willen nicht. Entschuldige, ich habe einen anstrengenden Tag hinter mir und einen wunderschönen Abend, und das Letzte, was ich brauchen kann, das sind Vorwürfe. Was willst du von mir?“
„Ich will, dass du glücklich wirst.“
„Ich bin glücklich, Wiebke.“
„Woher willst du das wissen? Das kannst du überhaupt nicht beurteilen.“
„Aber du, Wiebke.“
„In der Tat, ich habe meine Zweifel. Und du gibst keinen Anlass, die zu zerstreuen.“
„Wie könnte ich das deiner Meinung nach tun?“
„Wir haben schon darüber gesprochen.“
„Du willst, dass ich ausziehe.“
„Genau.“

Freese verstand die Welt nicht mehr. Jahrelang waren er und seine Mutter ein eingespieltes Team gewesen. Jeder hatte seine eigenen Räumlichkeiten, seinen eigenen Bereich. Sie hatte Männergeschichten, er zahllose Freundinnen. Nie war es diesbezüglich zu Unstimmigkeiten zwischen ihnen gekommen. Gut, zu Anfang war er vielleicht ein wenig eifersüchtig gewesen, als Kind. Spätestens als er selbst ins beziehungsfähige Alter kam, tauchte dieses Problem nicht mehr auf. Im Gegenteil, leben und leben lassen. Nicht selten erzählten sie einander in aller Offenheit von ihren Liebschaften, und er konnte ihrem Rat vertrauen so wie sie seinem.

Und nun? Ausgerechnet jetzt gab es Probleme. Dabei kannte sie Bianca überhaupt nicht.
„Hast du was gegen Bianca?“
„Entschuldige, Fritti, ich kenne die Frau nicht. Du hast sie mir ja noch nicht vorgestellt.“
„Du kennst 80 Prozent meiner Freundinnen nicht, weil sich das meist überhaupt nicht rentiert hat, so kurz, wie die Geschichten waren.“
„Was habt ihr heute gemacht?“
„Was heißt gemacht. Wir haben geredet.“
„Aha. Worüber?“
„Keine Ahnung. Gott und die Welt. Wind, glaube ich, ja, über den Wind haben wir geredet.“
„Ich mache mir Sorgen, Fritti. Ist sie in einer Sekte?“
„Warum?“
„Habt ihr euch schon mal geküsst?“
„Nein.“
„Siehst du.“
„Was?“
„Würdest du sie gerne küssen?“
„Ich glaube schon. Ja.“
„Was hindert dich?“
„Es … sie … Gar nichts.“
„Aber? Warum tust du es nicht?“

„Weiß nicht. Es hat sich nicht ergeben."
„Genügt dir das?"
„Nein, natürlich nicht. Wiebke, entschuldige, ich habe mit sehr vielen Frauen geschlafen. Ich weiß, wie das geht."
„Ich weiß. Ich übrigens auch."
Freese war kurz irritiert. „Aha. Interessant. Du kannst tun, was du willst, Wiebke."
„Du auch, Fritti."
„Genau das tue ich ja."
„Das tust du eben nicht. Du tust nichts."
„Doch! Wir reden."
„Über den Wind."
„Genau."
„Willst du sie wiedersehen?"
„Unbedingt."
Stille.
„Sag bloß, du bist eifersüchtig, Wiebke."
„Pah!", die Antwort kam einen Hauch zu schnell. Freese hatte instinktiv an seine Verhörschulungen denken müssen.
„Soll ich sie mitbringen, soll ich sie dir vorstellen? Soll ich sie anrufen?"
„Das kannst du doch gar nicht, Fritti."
„Wieso nicht?"
„Du hast ja nicht einmal ihre Telefonnummer."
„Woher weißt du das, Mama?"

Es war ihm einfach so herausgerutscht: Mama. Und er hatte keine Ahnung, wieso. Seit Kindertagen nannte er seine Mutter bei ihrem Vornamen, Wiebke. Das hatte sich ergeben, weil sie ihn alleine großgezogen hatte, weil es Ausdruck ihres guten Verhältnisses war, ihrer Vertrautheit. Mama, Papa, da schwang nicht Respekt mit, sondern Distanz.
Und nun das aus seinem Munde: Mama. Was kam als nächstes? Mutter?

Unmittelbar darauf hatte das Gespräch ein abruptes Ende genommen. Wiebke Freese war aufgestanden, um das Wohnzimmer zu verlassen: „Es steht fest, Fritti: Du ziehst aus. Oder ich tue es. Gute Nacht."

Freese nahm sich seinen Laptop und tippte mechanisch eine Mitteilung an *Rhein-Neckar-Zeitung*, *Mannheimer Morgen*, *Kurpfalzradio* und die übrigen Regionalmedien:

Zeugen gesucht! Die Kriminalpolizei bittet um Mithilfe. Am vergangenen Montag kam es in den frühen Morgenstunden auf dem Heidelberger Königstuhl zu einem Gewaltverbrechen an einem Mountainbike-Fahrer. Wer hat etwas Verdächtiges bemerkt? Sachdienliche Hinweise bitte an die Sokodo …

Mama hin, Mutter her. Er wusste, dass dies längst fällig war, dass sich ihre Ermittlungen tunlichst darauf konzentrieren sollten, Zeugen zu finden, wenn sie denn in diesem Fall weiterkommen wollten. Es erfüllte ihn mit Erleichterung, dass wenigstens etwas Sinnvolles getan war, als er auf Senden gedrückt hatte.

Und doch verspürte er einen Stich angesichts des herunterfahrenden Computers. Er wusste, weshalb er ihn überhaupt gestartet hatte: um eine einzige Nachricht zu erhalten. Von Bianca. Vergebens.

„Was sollen dea Kees jetzat?"

Vorwurfsvoll deutete Kommissar Günda auf die aktuelle Ausgabe der *Rhein-Neckar-Zeitung*, in die Freeses Aufruf gerade noch Eingang gefunden hatte.

„Tschief, das ist allemal wichtig. Vielleicht ist der Täter oder die Täterin beobachtet worden."
„Hawwisch dia des vleischt uffgetraache?"
„Nein, haben Sie nicht."
„Donn bisch du selwa uff die Idee kumme?"
„Ja, das bin ich."
„Sauwa. Weesch was?"
„Na?"
„Donn kannsch des aa alläa ausbade. Du weesch, was kummt?"
„Ja, ich weiß, dass wir jetzt ziemlich viel Arbeit haben werden. Und es werden bestimmt auch einige Hinweise eingehen, die uns nicht weiterbringen."
„Einige? Net weidabringe? Pff."
„Nun, da werden wir eben filtern müssen."
„Mia? Du! Du, moin Liewa. Gonz alläa du. Viel Spass. Heit mogge hawwe schun bstimmt zwonzisch oogerufe."
„Und was haben Sie gesagt?"
„Dass isch net doo bin."

Das Telefon läutete.
„Aa, sgeht schun widda los." Kommissar Günda nahm das Telefon ab. „Sokko-doo-ä, waas kaan isch füa Sie tuhen?"
Freese verdrehte die Augen und bot an, das Gespräch zu übernehmen, aber Kommissar Günda winkte ab.
„Wegen dem Maun-tähn-balalaika. Genau. Da sind Sie genau rischdisch bei mir. Und? Was haben Sie beob-hachtet? – Aha. – Aha. – Aha. – Ähä. – So. Also einen Serien-tä-ta. Mit Messer. Und Gapel. – Ach, nischt Gapel, Skal-pell! Noch besser. – Und

nackisch war er auch? Schöön. – Ja, das kann ich mir vorstellen. Sehr gut kann ich mir das sogar vorstellen. – Ja, das habe isch notiat. Dann möschte isch Sie bitten, dass Sie bei mir vorbeikommen. Am besten gleisch. Freese mein Name. Friedhof Freese. – Ja, genau, wie Fronleischnam. Und bringen Sie doch Ihre ganze Famillje mit. Oder besser noch alle, die Sie kennen. – Nein, ahnziehen müssen Sie sisch nischt. Auf keinen Fall. Bloß nischt. – Tanke. Isch freue misch auch. Riiiissisch."

„Das war ein Scherz eben, Tschief, oder?"
„Hä?"
„Geben Sie es zu, das war kein echter Anruf. Da hat sich einer verwählt."
„Stimmt, hosch rescht. Isch gebs zu, des waa de Weize. Dea vasteht des, dea hot als aa ähna sitze."
„Jetzt mal im Ernst, halten Sie das wirklich für völlig abwegig, Zeugen zu suchen?"
„Nää, des is schun rischdisch."
„Aber ich hätte Sie fragen sollen."
„Des isses, Freese. Du hoschs afasst. Do gehts ums Prinzipp."
„Dann ist die Sache ausgeräumt, und wir können weitermachen?"
„Klaro. Awwa dass ähns mol klaa is, du weesch wies is, do melde sisch aa imma glei paa vun denne mit Huuitt[61]. Weeschwassischmähn? Die iwwanämmsch alle du. Du derfsch denne aa saache, isch wäas. Also du wäasch isch. Ibbrigenz, mia gfällt des guud als du, als Freese. Aiig."
„Freut mich. Aber es wäre ganz nett, wenn Sie das mit dem Friedhof lassen würden."
„Wisso? Des stimmt doch."
„Ach ja, wer sagt das?"
„A, dei Indanett. Dei Guugl. Isch hab des eigäwwe."

[61] Wortschöpfung des Kommissars für schräge Vögel

„Was haben Sie eingegeben?“
„Doin Name: Fritjof. Un weesch, was dei Indanett dann gsacht hot?“
„Na?“
„*Meinten Sie Friedhof?* Hawwisch gsacht: Gönau. Sicksch.“

Freese ahnte, was ihn erwartete, aber er war eigentlich sogar froh um diese gewaltige Aufgabe. So war er wenigstens abgelenkt. Einzig, er hätte sich doch ein wenig Unterstützung erhofft durch seinen Chef, aber der ließ sich, wie angekündigt, nicht dazu herab. Offensichtlich hatte er weiterhin nur die Glickerbacher Geschichte im Kopf, man sah ihn stets mit dem Heimatbuch. Schließlich verabschiedete er sich auch noch vorzeitig ins Wochenende und überließ Freese dem zu erwartenden Ansturm.

Der fühlte sich durchaus gewappnet. Aber auch im Stillen über die Maßen euphorisiert. Bianca hatte sich doch noch gemeldet. Kurz, nüchtern, wie es eben ihre Art war, und dennoch verheißungsvoll, denn sie hatten sich für den kommenden Dienstag verabredet.

Freese hatte den potenziellen Zeugen gleich mehrere Telefonnummern zur Verfügung gestellt. Wohlweislich hatte er in der Pressemitteilung darauf verzichtet, die Anschrift der Sokodo zu erwähnen. Immerhin das hatte Kommissar Günda ausdrücklich lobend erwähnt.

Die Aufgabe erwies sich jedoch sehr bald als überfordernd für einen Bearbeiter. Erstmals hätte sich Freese eine Sekretärin gewünscht. So war er erleichtert, als Marion Helche eine Besucherin ankündigte. Er ging davon aus, Kommissar Günda hätte in weiser Voraussicht und Kollegialität im Präsidium um eine solche als Aushilfe gebeten.
„Gottseidank!“
„Hä?“ Marion Helche wunderte sich.
„Jemand aus der Zentrale.“
„Nää.“
„Nicht? Sondern?“
„Sie sacht, sie deed Sie kenne. Guud kenne …“
Schlagartig verspürte Freese helle Aufregung: Bianca! Sie hatte

nicht an sich halten können und recherchiert. Ganz einfach war es gewiss nicht gewesen, aber unter Aufbietung aller Kräfte und obskurster Quellen hatte sie schließlich herausgefunden, wer er war, was er tat und wo man ihn finden konnte. Er wusste, er spürte, sie war es. Genau zum rechten Zeitpunkt. Sie hatte gemerkt, dass er sie brauchte. Das hatte sie veranlasst, verlockt, getrieben. Sie war eben eine ganz besondere Frau. Er konnte sich auf sie verlassen. Ohne ein Wort. Freese war ergriffen. Er versuchte, sich gegenüber der Überbringerin der frohen Botschaft nichts davon anmerken zu lassen.
„Bitten Sie sie doch herein, Frau Helche!"
Sein Herz schlug bis zum Hals. Bis zu diesem Moment hatte er dieses so gerne in Kitschromanen bemühte Phänomen für ein Märchen gehalten. In Wahrheit war es untertrieben, er spürte das Pochen bis in die Schläfen. Gleich würde sie das Zimmer betreten, sie würden sich erkennen und … Freese genoss diesen Augenblick der Erwartung, der Vorfreude. Er wünschte sich sehnlichst, sie zu sehen, und hatte zugleich Angst, er könnte so viel Glück nicht ertragen.

Seine Furcht war unberechtigt. Bianca erschien nicht.
„Hai!"
Die Frau im Türrahmen strahlte. Freeses frohe Erwartung gefror augenblicklich. Tonlos hörte er sich fragen: „Kennen wir uns?"
„Weipert, Feräänaa."
„Äh, helfen Sie mir bitte. Woher kennen wir uns?"
„A, saache Sie bloß, Sie a-innare sisch net. Sie hawwe mia doch Ia Kaad gäwwe. Eckschdraa."
„Meine Karte?"
Freese hatte unzähligen Frauen seine Visitenkarte gegeben, ausschließlich die dienstliche, eine andere hatte er gar nicht, denn es beruhigte ihn, eine gewisse Distanz und damit Unverbindlichkeit zu wahren. Das hatte ihm immer behagt. Bislang jedenfalls.

„A, uffm Keenischstuhl!“ Die Stimme wurde eindringlicher. „Die Sach mit demm Hannebambl, dea wu geje denn Boom gedunnat is … Denns zalegt hot …“

Jetzt endlich schaltete Freese. Er war zu sehr auf Bianca eingestellt gewesen, gleichsam fixiert. Zudem hatte ihn das knallbunte Kostüm verwirrt, das sie trug, die Frauen auf dem Königstuhl waren ihm im modisch-grauen Sportdress begegnet, das veränderte einen Menschen.
„Sie sehen so anders aus“, sagte er in einem unkontrollierten Anflug von Ehrlichkeit.
„Wie? Wie seh isch aus?“
Seine Reflexe funktionierten noch, er wusste, was Sie hören wollte: ein Kompliment. Und er verfügte für solche Fälle über Dutzende von Formulierungen. Keine einzige fiel ihm in diesem Moment ein. Dafür ein Detail: „Nun – so ganz ohne Stöcke.“
„So. Mit oohne Steck. Do mussisch jo än gewaldische Eidruck hinnalosse hawwe.“

Das Telefon klingelte. Ein kurzer Aufschub. Zeitgewinn.

„Sokodo, was kann ich für Sie tun? – Ja, Moment!“
Er legte die Hand über die Sprechmuschel und versuchte auf diesem Wege, seiner Besucherin zu verstehen zu geben, dass es sich um ein vertrauliches Gespräch handelte. Sie möge doch bitte so lange draußen Platz nehmen. Die Botschaft drang nicht durch. Verena Weipert nahm stattdessen ihm gegenüber Platz.

„Aha. Sie sind also regelmäßig auf dem Königstuhl. Ja. Und weiter? – Sie möchten heute wieder dorthin? Aha. Und was ist Ihr Anliegen? – Ob Sie dort hinkönnen? Ja, ohne Weiteres, die Untersuchungen sind so weit abgeschlossen. Was wollen Sie noch wissen? – Wie das Wetter am Wochenende wird? Tut mir leid, da bin ich überfragt. Sie sind hier bei der Polizei, nicht beim

Wetterdienst. – Ja, sicher, das Wetter spielt auch für uns eine wichtige Rolle. – Ja, wenn das Wetter eine Rolle spielt, machen wir uns kundig. In diesem Fall besteht dafür keine Notwendigkeit. Tut mir leid. Danke und auf Wiederhören!"

Seine Besucherin blickte unverhohlen fasziniert: „Wie Sie des mache … Suffarään[62], saachisch do bloß."
„Vielen Dank. Und äh … Was kann ich für Sie tun, Frauä … Weipert?"
„Feräänaa, saache Sie ruisch Feräänaa. Des saache alle bei mia im Birroo."
Freese hielt inne.
„Sagten Sie gerade: im Büro …?"

Und so kam es, dass Freese an diesem Freitagnachmittag doch noch über zwei helfende Hände verfügte, denen er schließlich irgendwann alle drei Telefone anvertraute, denn die neue Kraft arbeitete sich erstaunlich rasch ein.
„Sokodoo, Feräänaa am Apparat, was kann isch für Sie tun? – Nein, der Härr Kommissar ist in einem Gespräsch." Sie zwinkerte ihm zu. „Nein, das kann dauern. Sie müssen mit mir vorliebnehmen …"

Verena Weipert schirmte ihn ab, fasste die Aussagen der Anrufer anschließend in Aktennotizen zusammen, die sie in freien Minuten in den Computer eingab. Zweifelsohne konnte sie viel besser mit den Anrufern umgehen als er. Sie war gewissenhaft, zuverlässig, aber, so meinte Freese untrüglich zu erkennen, sie schien auch ein bisschen verliebt. Nun, damit konnte er leben, war das doch in seinem bisherigen Dasein so etwas wie sein Lebenselixier.

---

[62] Souverän

Seine neue Mitarbeiterin erwies sich überdies als flexibel, umsichtig und anpassungsfähig: „Ja, genau, hier ist die Sokodo. – Isch? Isch bin die passööhnlische Assistenz der Geschäftsleitung. Feräänaa, moin Name. – Hä? Brigidde? Bisch du des? A, sachs doch glei! – Subba. – Ou nää, Brigidde, dud ma leid, des fällt unnas Betriebsgeheimnis. Isch muss donn. Alla! Bis späda. Uff jedn Fall!"

Der Tag ließ sich schließlich als so erfolgreich verbuchen, dass einer Fortsetzung am folgenden, dem Samstag, nichts im Wege stand.
Als Freese um 9 Uhr am Roten Ochsen eintraf, wartete Verena Weipert bereits auf ihn. Und mit ihr die beiden anderen Walkerinnen.
„Vastäiikung, Scheff!"
„Mia sin schun gonz gsponnt!"

Freese überlegte kurz und entschied sich gegen starre Dienstanweisungen und für flexible Handhabung der Personalpolitik im Dienste einer effektiven Ermittlungsarbeit. Die huldvolle Anrede – *Chef!* – seitens der Büro-Aspirantinnen mochte dabei durchaus eine begünstigende Rolle gespielt haben. Und auch das Auge hatte mitgehört.

Vor allen Dingen aber gab es sachliche Gründe, nun konnte er sich vollends dem Wesentlichen widmen, Sichtung der Informationen, Bündelung, strategische Überlegungen.

Dann gab es einen besonderen Anruf.
„Wer sprischt dort? Kommissar wer?" Verena Weipert bemühte sich um Klärung und wirkte sichtlich irritiert. „Unmöglisch, das muss ein Irrtum sein. Der Herr Kommissar sitzt direkt vor mir. Wer sprischt denn da? – Herr wie? Friedhof?"

Angesichts des erweiterten, noch jungen Teams folgte der diensthabende Büroleiter vorsichtshalber jedem Gespräch zumindest mit halbem Ohr, so auch diesem. Hastig griff Freese, das Original, nach dem Apparat: „Entschuldigung, Tschief! Ich bins. Sie hatten recht, entsetzlich viel zu tun. – Ja, Sie werden lachen, ich verfüge zum Glück über Hilfskräfte. – Nein, nicht direkt vom Präsidium. Tschief, kann ich Ihnen das ein anderes Mal erklären? – Ach, das interessiert Sie gar nicht? – Frau Helche? Keine Ahnung. Ist Frau Helche im Haus?"
„Helsche, welsche Helsche? Wea issn des jetzat?"
Die Frauen waren überfragt.
„Is des die vun drauß, vun de Kneip?"
„Die mit denne Hoa, denne gfäabte?"
„Tschief, ich schaue mal eben, bleiben Sie dran."

Währenddessen setzten sich die Mutmaßungen der Frauen fort:
„Isch sach da ähns, Brigidde, die is jinga, als wie dassie aussieht, des steht mol fescht."
„Soä Kneip, des schlaucht, des siehsch du, die Finga, de Hals, die Haut iwwahaupt."
„Wie isch noch geraucht hab, waa des bei mia aa so. Isch kann da saache, alles faschrumblt."

Außer Atem kehrte Freese zurück: „Tschief? Sind Sie noch dran? Frau Helche ist noch nicht hier. – Keine Ahnung. Der Rote Ochse öffnet ja erst in anderthalb Stunden. Worum geht es denn? – Probleme? Die haben wir hier auch. Vielleicht können wir später nochmal telefonieren. Ich muss weitermachen."
„Sokodo, Feräänaa am Apparat. Was kann ich für Sie tun?"

In der Tat, Kommissar Günda hatte an diesem Samstagvormittag eigene Probleme. Nach seiner groben Schätzung 200 an der Zahl. So viele Interessenten hatten sich nämlich vor seiner Wohnung versammelt. Zu einem Besichtigungstermin.
„Zum Be was?"

Er stand im lindgrünen Frotteebademantel vor dieser beträchtlichen Menschenansammlung, die sich durch das gesamte Treppenhaus und vermutlich bis auf den Gehweg staute. Nach dem Duschen und vor dem Rasieren hatte er sich, als es zwei Mal geklingelt hatte, nur rasch den Bademantel übergeworfen und war in Erwartung des Briefträgers in seine Hauspantoffeln geschlüpft.
„Ja, bidde?"
„Wir kommen zum Besichtigungstermin."
„Zum Be was?"
Er nestelte unentschlossen am Bademantelgürtel, ebenfalls in Grün.
„Wir kommen zum vereinbarten Besichtigungstermin."
„Un was wolle Sie besischdische? Misch?"
„Nein, haha, Ihre Wohnung natürlich. Herr Krämer kommt etwas später. Er hat gesagt, wir können schon ohne ihn beginnen. Darf ich?"
Die dralle Enddreißigerin schob sich an ihm vorbei, im Schlepptau einen hageren, dünnbärtigen Mann, der ein quäkendes Kind vor die Brust geschnallt hatte. Die ganze Kohorte drängte hinterher.
„Äh, Mooment, Kräma, wea sollen des sei?", wand Kommissar Günda überrumpelt ein.
„Maklerbüro Krämer und Krämer. Ich finde übrigens gut, dass Sie keinen der großen Makler beauftragt haben."
Ein kahler Mittfünfziger suchte gleich am Eingang das vertrauliche Gespräch.
„Wissen Sie, mir geht es um eine Kapitalanlage."

„Isch? Wenn sollisch be-ufftragt hawwe? Isch glaab shackt."

Doch Kommissar Gündas Einspruch ging ins Leere. Seine Wohnung war rasch vollständig besetzt, in allen Ecken drängten sich Menschen, die eines gemeinsam hatten: den misstrauisch prüfenden, missbilligenden Blick auf alles, was ihm lieb und teuer war. Kommissar Günda tippte zwischenzeitlich auf einen verdeckten Einsatz des SEK in Zivil, denn nichts war vor deren eingehender Untersuchung sicher. Alles wurde in Augenschein genommen, mit spitzen Fingern befühlt und durchweg für minderwertig befunden.

Er selbst sah sich verhörhaften Anwürfen ausgesetzt:
„Wie hoch sind die Nebenkosten?"
„Wann haben Sie die Heizung erneuert?"
„Wieso haben Sie die Küche gelb gestrichen?"
„Wann ziehen Sie aus?"
„Welche Renovierungen nehmen Sie noch vor?"
„Wie alt sind Sie?"
„Das Bad ist nicht Ihr Ernst, oder?"
„Wann haben Sie die Wohnung gekauft?"
„Kann es sein, hier fehlt eine Frau? Oder wird hier überhaupt gelegentlich geputzt?"
„Was kostet der Hausmeisterservice?"
„Bleibt der Grill auf dem Balkon?"
„Sieh nur, Schatz, da unten: ein Sandkasten, ein Sandkasten!"
„Habe ich richtig gehört, es gibt Kinder im Haus? Da verlangen wir einen gehörigen Abschlag."
„Wohnen Sie hier allein?"
„Warum?"

In seiner Not war Kommissar Günda irgendwann auf den Gedanken gekommen, Marion Helche anzurufen. Vielleicht wusste die etwas. Als sich niemand im Roten Ochsen meldete, hatte er es bei seinem Assistenten versucht. Auch dort schienen sich merkwürdige Ereignisse abzuspielen, um die er sich allerdings erst später würde kümmern können. Noch hatte er an einer Verteidigungsstrategie zu arbeiten. Dringend.

„Krämer von Krämer und Krämer. Freut mich."
Der Anzug des smarten Maklers wirkte, als habe er gerade auf einem Kreuzfahrschiff angeheuert, seine Stimme hatte den jovialen Klang des Conferenciers einer Ü-60-Mottoparty *I'm your yesterday man*. „Und, Herr Kommissar?", gurrte er jovial. „Na, wie läufts? Tolle Resonanz, oder? Und alle solvent."
Er machte ein obszönes Zeichen.
„A hea, was solln des?"
„Wie bitte?"
„Was gibtn des? Besischdischung. Fa waas?"
„Aber Sie haben uns doch den Auftrag zum Verkauf Ihrer Wohnung erteilt!"
„Isch?"
„Moment. Hier die Vereinbarung. Ist das Ihre Unterschrift?"
„Hm."
„Preis Verhandlungssache. Unter uns, Herr Kommissar, ich versichere Ihnen, ich hole stets das Beste für uns raus."

Daran hatte Kommissar Günda keinen Zweifel. Er überflog das Dokument, ließ den Blick resigniert über seine Wohnung schweifen, soweit das die sich drängenden Menschen zuließen, und landete schließlich wieder beim selbstzufriedenen Gesichtsausdruck des Maklers.
„So viele Interessenten! Und das nur auf unsere Internet-Seite hin. Nächste Woche erscheint die Anzeige im *Mannheimer Morgen*. Übrigens", raunte er väterlich: „Kleiner Tipp vom Experten: Ich würde beim nächsten Mal ein bisschen Ordnung schaffen. Und mich anziehen. Macht einen besseren Eindruck und steigert den Preis."

Er zwinkerte mit beiden Augen und straffte seinen massigen Oberkörper derart, dass Kommissar Günda jeden Augenblick damit rechnete, die goldenen Knöpfe am Sakko könnten abspringen wie die Ventile in einem unkontrolliert sinkenden U-Boot, wenn sie dem Druck nicht mehr standhielten. Fast war er enttäuscht, als nichts dergleichen geschah.
„Keine Sorge. Ich habe ein kleines Putzteam an der Hand, die bringen Ihre Bude in Nullkommanichts auf Hochglanz."

Kommissar Günda erwog kurz ein Widerwort, zog es dann doch vor, stumm zu nicken. Er warf einen letzten wehmütigen Blick auf die Knöpfe, gab sich einen Ruck, machte kehrt, bahnte sich mit einiger Mühe den Weg zur Eingangstür und nahm den Schlüssel vom Haken. Erst als er in sein Auto gestiegen war, erinnerte ihn das ungewohnte Gefühl an den Füßen daran, dass er Pantoffeln trug. Und immer noch lediglich seinen Bademantel.

„Feierabend, die Damen! 14 Uhr. Wir haben unser Soll mehr als erfüllt." Freese war erleichtert und zufrieden zugleich. „Alle Achtung! Eine ausgesprochen erfolgreiche Aktion. Vielen Dank! Ich weiß gar nicht, was ich ohne Sie gemacht hätte. Wie kann ich mich bei Ihnen revanchieren?"

Darüber ließ sich sehr schnell Einigkeit erzielen. Es wurde nur noch rasch der Anrufbeantworter neu besprochen:
„Hier sprischt die Sokodo, Feräänaa …"
„Melanieä …"
„… un Brigidde!"
„Bidde …"
„Spreschen Sie …"
„… nach dem …"
„Piiiiiiip!!!"
Letzteres gelang nach mehreren Anläufen sogar im Chor.

Kurz darauf fand sich die Runde auf der Terrasse vom Roten Ochsen ein und scharte sich um einen kleinen Bistrotisch.
„Dea Disch langt uns, mia hogge als mol gärnn uffenanna, stimmts, Meedls?"
„Stimmt!"
„Alladings."

Marion Helches Blick verriet wenig Begeisterung, als die Damen ihre Bestellungen aufgaben:
„Fa misch en Hukko[63]."
„Fa misch aa."
„Un fa misch desselwe. Awwa schää kalt, gell? Un die Minz schää frisch, gähngt[64] des?"
„Fa unsan Härrn Kommissaa aa, odda?"

---

[63] *Hugo*
[64] ginge

Freese schloss sich achselzuckend an. Er war tatsächlich den Frauen dankbar. Alleine wäre er nicht in der Lage gewesen, die vielen Hinweise entgegenzunehmen. Nun würde er mit ihnen noch eine, vielleicht anderthalb Stunden verbringen und anschließend die gewonnenen Erkenntnisse sichten und ordnen. Und bei der Gelegenheit den Anrufbeantworter neu besprechen.

Als Marion Helche mit den Getränken kam, hatte er das Gefühl, ihr eine Erklärung schuldig zu sein.
„Die Damen sind heute eingesprungen."
„Ähä."
„Ich hatte Telefondienst, das hätte ich alleine nicht geschafft. Und jetzt lade ich sie zum Dank zu einem Umtrunk ein."
„Indressant."
„Mia mache jo aa Sportt zamme", ergänzte Verena Weipert.
„Mach Sache."
„Do hawwe mia denn Härrn Kommissar jo aa kennegelernt, beim Sportt."
„Ähä."
„Mia hawwe nämmlisch die Leisch gfunne, die uffm Keenischstuhl."
„Awwa mia wares net, odda? Feräänaa. Gebs zu. Du waasch des!"
Die Getränke zeigten erste Wirkung.
„Do wärdda sisch bstimmt freie, de Tschief", gab Marion Helche unterkühlt zurück.
„Die Hoa sin gfäabt, eindeudisch", raunte Brigitte Sandritter ihrer Nachbarin zu.
Freese erhob das Glas: „Auf Sie, meine Damen. Nochmals meinen herzlichen Dank!"

Der Nachmittag wurde etwas länger als vorgesehen, es gab doch noch allerlei zu beprosten: *Uff des neie Drüm-Tüm*, *Uff die Sokodoo*, *Uff die Leisch!*

Freese bemühte sich um getränkemäßige Zurückhaltung, schließlich wollte er noch etwas arbeiten. Besonders eilig hatte er es nicht, nach Hause zu kommen und seiner Mutter Rechenschaft darüber abzulegen, weshalb er an einem Samstagsabend keine Verabredung hatte.

Mit dem Hinweis auf die fortgeschrittene Stunde und die auf ihn wartende Arbeit hob er die Runde schließlich auf.
„Sie können natürlich gerne noch bleiben."
Was ihm einen unverhohlen strafenden Blick seitens der Wirtin einbrachte.
„Schaad."
„So schaad."
„Aiig schaad."
Marion Helche verkündete, das Taxi warte bereits.
„Taxi? Hawwe mia des bstellt?"
„Isch net."
„Die Kosten übernehme selbstverständlich ich."
„Un Sie bleiwe noch im Birroo?"
„Misse Sie noch schaffe? Sie Äamschda!"
„Wu wohne Sie eigendlisch? Odda is des ä Geheimnis?"
„Ich?" Freese zögerte kurz. „Ich ... Ich suche gerade eine neue Wohnung."
Es überraschte ihn, wie sehr ihn diese Äußerung mit Stolz erfüllte.

„Kenne Sie eigendlisch schun des Haisl vum Tschief?"
Friedhelm Busch lehnte rauchend am Eingang vom Roten Ochsen.
„Nein", erwiderte Freese wahrheitsgemäß. „Nur von außen."
„Wolle Sies mol sehe?"
„Ich weiß nicht, ist er denn da?"
„Nää. Awwa mia hoddas alaubt."

Es gab nicht viele Anlaufstellen für Kommissar Günda in seiner Aufmachung. Zwar verfügte er ja nunmehr über eine Art Zweitwohnsitz, doch ein Auftauchen in Glickerbach im Bademantel verbot sich gleich aus mehrerlei Gründen, auch wenn sein neuer Kartoffelschnapsfreund gewiss passende Kleidungsstücke für ihn parat hätte. Natürlich nur um den Preis einer weiteren Trinkkur. *Nää, donge!*
Vielleicht gab es sogar in seinem neuen Haus irgendwo noch Anzüge des verstorbenen Ehemannes. Nein, er könnte niemals unbemerkt dorthin gelangen, und in diesem Outfit würde er seine Autorität als Ermittler vollends und für alle Zeiten untergraben. Das war eben der Unterschied zu seiner bisherigen Wohnsituation. Dort hatte niemand von ihm in seinem so augenfällig unpassenden Aufzug Notiz genommen, und wenn, dann hatte man sich wohl gesagt *Hauptsache, er spricht mich nicht an, und der Gürtel bleibt zu.*

Er könnte im Auto sitzen bleiben, das wäre vielleicht das Einfachste. Warten, bis die Invasion seiner Wohnung vorüber war. Das entsprach jedoch nicht seiner Gemütslage. Es käme einer weiteren Demütigung gleich, nachdem er sich schon ohne Widerstand aus seiner Wohnung hatte vertreiben lassen. *Uumeeglisch!*

Zu seinem aktuellen Lieblingsort konnte er erst recht nicht fahren. Was die Menschen denken würden, wenn da einer im Bademantel auf dem Letzenberg säße, das lag auf der Hand: *Sexy Exi, der Exhibitionist*, Georg Danzer. *Obwoohl, des kennt bstimmt aa kähna mea.*

Wohin konnte man also flüchten an einem Samstagmittag fern von Fastnacht in einem lindgrünen Bademantel mit Hausschuhen?
Dann fiel ihm tatsächlich jemand ein.

Bald darauf fand er sich vor der Wohnstatt seines Assistenten, von dem er wusste, dass der derzeit im Büro genug zu tun hatte.

Und nun? So weit hatte er nicht gedacht. Einfach aussteigen, klingeln: *Grüß disch, Wibbge. Loss disch net steere, hosch du vleischt fa misch was zum Ooziehe?*
Er würde sie ganz schön in Verlegenheit bringen, ihren Ruf aufs Spiel setzen. In diesem Wohnviertel funktionierte die soziale Kontrolle gewiss. Eine völlig abwegige Idee, der Chef des Sohnes begehrt am hellichten Tag bei dessen Mutter Einlass, notdürftig gehüllt in einen Bademantel. Was sollten die Nachbarn denken? Und was sollte erst Wiebke Freese denken?

„Egool. Was solls!", sagte er sich, stieg hastig aus, wodurch der Wind den Blick auf seine Beine freigab. „So schääne Fieß un so utzlische[65] Haxe", lamentierte er lakonisch.

„Günda? Du?" Wiebke Freese musterte ihn anerkennend. „Mach dass du reinkommst, du Schlawiner!"
Ohne mit der Wimper zu zucken und ohne zu zögern, zog sie ihn ins Haus. Um sich dann nochmals umzuschauen und den gewiss hinter den Gardinen verborgenen Nachbarn zuzurufen: „Damit ihr Bescheid wisst, ihr Spanner: Wir haben uns gestritten. Ich hatte ihn rausgeschmissen. Jetzt werden wir uns wieder versöhnen! Jetzt gleich!"

„Du gefällst mir, Günda. Du bist immer für eine Überraschung gut. Wie sieht sie aus?", überfiel sie ihn gleich im Flur. „Ich sage Fritti immer: Vorsicht! Vorsicht, wenn es heißt, keine Sorge, mein Mann ist übers Wochenende zu einem Kongress gefahren."

---

[65] hässliche

Kommissar Günda musste unwillkürlich grinsen, denn er fühlte sich geschmeichelt und das ohne jeden Grund.
„Weißt du, was mir besonders gut an dir gefällt, Günda?"
Er blickte fragend.
„Dass du dich nicht verstellst. Ich mag Männer, die Hausschuhe tragen und dazu stehen. Kaffee? Ich nehme an, das Frühstück ist heute ausgefallen. Hab ich recht? Gib mir zehn Minuten. Machs dir in der Zwischenzeit im Wohnzimmer bequem. Du kennst dich ja aus. Und – du suchst die Musik aus!"

In der Tat, Kommissar Günda kannte die Wohnung, und er hatte eine große Sympathie für deren Besitzerin. Er war bei seinem ersten Besuch[66] sehr angenehm überrascht gewesen von ihr. Einen matronenhaften Dragoner hatte er erwartet. Weit gefehlt. Wiebke Freese war adrett, sportlich, forsch, aber auch charmant und eloquent. Sie hatten sich bestens unterhalten. So gut, dass es Freese irgendwann zu viel geworden war. Sie teilten durch ihr ähnliches Alter viele Erfahrungen und vor allen Dingen ihren Musikgeschmack, was alles andere als selbstverständlich war. Wie sich herausgestellt hatte, war es weniger *die Muddi*, die ihren Sohn nicht loslassen konnte, sondern vielmehr der Sohn, der sich nicht abnabeln wollte, weil er gar keine Veranlassung sah und die Annehmlichkeiten zu schätzen wusste. Den Lebensstil des anderen respektierte man, Wiebke Freese den des Sohnes sogar noch mehr als er den ihren.

Und nun stand er also wieder im Wohnzimmer der Freeses und konnte erstmals ein bisschen mit ihnen mithalten, was amouröse Abenteuer anbelangte. Er war hin- und hergerissen, ob er mit der Wahrheit herausrücken sollte, aber er verspürte letztlich wenig Lust, seinen neuen Ruf aufs Spiel zu setzen. Überdies ließe sich mit dieser Geschichte auch jeder Verdacht zerstreuen,

---

[66] siehe *Muffzekopp* S. 178 ff.

irgendetwas Anzügliches seiner Gastgeberin gegenüber im Schilde zu führen, was ihm doch ein besonderes Bedürfnis war.

Sein Blick wanderte über das prall gefüllte Regal, und er fischte eine LP heraus, die er ewig nicht gehört hatte: Donny Hathaway live. *What's goin' on?* Was für ein Song, was für eine Version, was für eine gute Frage: *Was ischn do lous?*

„Schön, Günda! Gute Wahl! Gefällt mir übrigens besser als das Original von Marvin Gaye."
„Mia aa, Wibbge, mia aa. Gschmacklisch bisch du …" Er zögerte, denn das Wort, das er wählen wollte, war nicht angemessen, aber ihm fiel kein Besseres ein: „Einwandfrei."
„Danke, mein Lieber. Schön, dass du auf einen Sprung vorbeikommst und mich auserwählt hast für die gewiss pikante, aufregende Geschichte, die du zu erzählen hast. Ich weiß dein Vertrauen zu schätzen, nachher suche ich dir was zum Anziehen, ich müsste noch etwas von diesem Frankfurter Galeristen haben, das dir passen dürfte, aber erst will ich alles erfahren: Schieß los!"

Das tat er, erst stockend, dann immer flüssiger. Und er bediente sich dabei einer Technik, die er bei Verhören kennengelernt hatte: *Uffschneidales.* Interessanterweise gab es immer wieder Menschen, die sich eines Verbrechens bezichtigten, das sie nicht begangen hatten. Um damit zu prahlen. Ganz anders war seine Motivation nicht, wenn er ehrlich war.

So erzählte er die Geschichte von einer auffallend gutaussehenden Frau, die er über das Internet kennengelernt hatte. Alleinstehend. Man habe sich sonst immer im Hotel getroffen. „Du weesch, wies is." Er war für seine Begriffe bereits weit weltmännischer geworden.
„Das weiß ich wohl, das weiß ich nur zu gut, Günda."

„Uff jedn Fall, geschdan hawwisch die des ärschde Mol bsucht dehähm in Dääke."
„?"
„Dääke, Düakheim."
„Aa, Bad Dürkheim."
„Saachisch doch."
„Weil der Mann auf Geschäftsreise war", vermutete Wiebke Freese.
„Nää."
„Oh! Sieh an. Sie führt also eine offene Ehe."
„Nää. Des aa net. Än Monn hot die gaa net."
„Sagt sie. Aha. Aber? Wo war dann das Problem?"
„Plötzlisch, mia hawwe grad … du weesch schun …"
„Erzähl weiter, Günda!" Sie stand auf und ging zum Plattenspieler. „Mir fällt spontan zu deiner Geschichte ein Song ein: *Get Ready*, Rare Earth. Einverstanden?"
„Klaro. Awwa leif[67]."
„Was sonst? So, du warst gerade dabei zu erzählen, wie ihr beide zugange wart."
„Äh, kwassii. Un plötzlisch geht die Dia uff …"
„Die Tür geht auf?"
„Gönau."

Kommissar Günda meinte, in diesem Moment tatsächlich Geräusche an der Eingangstür vernommen zu haben.
„Weiter, Günda, das ist echt spannend. Plötzlich geht also die Tür auf, und jemand steht vor euch. Lass mich raten: ihr Ex-Mann!"
„Nää."
„Ihr zweiter Liebhaber?"
„Nää."
Kommissar Günda überlegte fieberhaft, wen er nun ins Spiel

[67] live

bringen könnte. Volkszählung, Postbote, Bofrost, er hatte doch keine Ahnung von solchen Dingen. Er entschied sich für: „Derre ian Soohn."

In diesem Moment öffnete sich die Tür zum Wohnzimmer, und Fritjof Freese sah zwei Menschen einträchtig auf der Couch sitzen: seine Mutter und seinen Chef. Sie im Hosenanzug, er nicht.

Der Sonntag bescherte den näheren und ferneren Angehörigen der Sokodo einiges an Ruhe und dringend notwendiger Erholung.

Fritjof Freese verbrachte den Tag im Bett, er klagte über einen stechenden Kopfschmerz oberhalb des rechten Auges.
Kommissar Günda hatte geradezu überhastet den Heimweg angetreten, zum Bedauern von Wiebke Freese, hatte sie doch längst nicht alles erfahren. Sie hatte ihm versichert, solcherlei Szenarien seien für Mutter und Sohn überhaupt nicht ungewöhnlich. Sähe man von der Farbe des Bademantels und den Pantoffeln ab.

Tatsächlich hatten Hemd und Hose des Frankfurter Galeristen Kommissar Günda nicht gepasst, auch die Golfmontur eines Architekten erwies sich als zu eng, dafür war der Leinenanzug eines Sportfischers aus Capri, an dessen Namen sich Wiebke Freese beim besten Willen nicht erinnern konnte, auf Anhieb geeignet gewesen.

Mit dem Bademantel und den Hauspantoffeln verstaut *innare Dudd*[68] hatte Kommissar Günda seine Wohnung betreten und zuhauf Spuren der vormaligen Invasion entdeckt: Bleistiftstriche und Notizzettel, Metermaß und Stadtplan, Coffee-to-go-Pappbecher und Fast-Food-Reste. Die Tapeten waren an einigen Stellen abgelöst, an manchen Steckdosen fehlten die Abdeckungen. Die Türen der Schränke standen allesamt offen, ebenso die Schubladen. Das Bad war benutzt, die Badewanne noch zur Hälfte gefüllt. Jemand musste irgendwo eine gelbe Ente aufgetrieben haben, sie hing waidwund am Beckenrand. Auf dem Grill fanden sich die verkohlten Reste zweier Bratwürste.

---

[68] in einer Tüte

In der Luft lagen verschiedene Gerüche: Umkleidekabine für Jungs paarte sich mit Après-Ski-Rasierwasser für Herren und mindestens fünf Sorten Damen-*Pafäng*[69]. Kommissar Günda dachte an eine Fernsehwerbung, die dem schmalbrüstigen Benutzer eines Deos versprach, mit dessen Duft könnten ihm nun selbst reife Frauen nicht mehr widerstehen. Ja, es gab ohne Zweifel solche unentrinnbaren Reize auf das menschliche *Woax*[70]-Zentrum. Gerade wehten ihm solche in die Nase.
Erstmals fühlte er sich fremd in seiner eigenen Wohnung. So musste es Einbruchsopfern ergehen. Er beschloss, sich umzuziehen und dann seine entweihte Heimstatt schnellstmöglich zu verlassen. Nur eines stand fest im Hinblick auf den Makler: Das Angebot zum *Duaschbutze* würde er umgehend annehmen. Bevor er neue Schlösser anbrächte.

Den Rest des Sonntages verbrachte er auf dem Letzenberg, das Heimatbuch auf den Knien. Rasch fand er dort zur Ruhe, blätterte versonnen planlos darin und überflog in dieser Abgeschiedenheit die Geschichte Glickerbachs. Akribisch war die Entwicklung durch die Autoren zusammengestellt worden, von den Zeugnissen erster Besiedlungen angefangen. Unzählige Dokumente, Urkunden, Zeichnungen, Flur- und Lagepläne, Statistiken, landwirtschaftliche Gerätschaften.
Und immer wieder Fotos, allesamt schwarz-weiß. Menschen bei der Arbeit, auf dem Feld, bei der *Duwak*[71]-Ernte, mit *Gail*[72], *Hingl*[73], *Ochse*. Ein bisschen roch es nun um ihn herum nach *Kuhbladscha*[74].

---

[69] Parfum
[70] Würge-
[71] Tabak
[72] Pferde
[73] Hühner
[74] Kuhfladen

Auch wenn Jahrzehnte vergangen waren seit dem Erscheinen, ein Gutteil des Buches würde auch heute noch Geltung haben. Etliche Artikel könnte man einfach für die aktualisierte Ausgabe übernehmen.
Und war nicht die Vergangenheit ohnehin weit interessanter als die Gegenwart mit ihren uniformierten Neubaugebieten? Die schon bei der Einweihung abrisswürdige Ästhetik geschmackloser Zweckbauten, deren Beton bereits nach wenigen Jahren das unsichtbare Etikett Gammelware trug. Und doch war diese Gegenwart nur eine vermeintliche, denn sie gehörte bereits der Vergangenheit an, was man aber immer erst viel später, ganz plötzlich und völlig unerwartet bemerkte. Wie neulich, als Kommissar Günda Straßenbahn fuhr und jemand neben ihm von den Nullerjahren sprach und dazu in seinem Gedächtnis zu kramen hatte.

Allemal waren die Menschen das Interessante, egal in welcher Kulisse. Selbst wenn man sie nicht kannte, man sah deren Haltung, deren Augen, Blicke, Gesten.
Und man konnte sich eine Vorstellung machen von deren Alltag. Das war auch in diesem Heimatbuch nicht anders. Immer wieder blieb er hängen: Fotots von der Einweihung des Feuerwehrhauses, Erntedankfeste, Hochzeiten, Beerdigungen, Sommertagszüge. Alt sahen sie aus, die Menschen. Nicht nur die vielen Schnauzbärtigen, nein, selbst die Kinder schauten mit einer Ernsthaftigkeit in die Kamera, wie man sie mittlerweile kaum mehr sah. Schon gar nicht, wenn sich die heutigen Kleinen, anscheinend geboren für die Pose, routiniert-lässig und selbstbewusst zur Schau stellten, selbst dann ihrer Attraktivität vollauf bewusst, wenn sie keine besaßen.

Nichts dergleichen konnte Kommissar Günda auf diesen alten Fotos entdecken. Man konnte den Menschen das karge, entbehrungsreiche Leben ansehen. *Hald die Gosch un schaff!*

Und doch, wenn man genauer schaute, dann wurden aus Hochzeitsgesellschaften mit den bald hundert Feiernden, die für den Fotografen artig Aufstellung genommen hatten, alsbald wieder die einzelnen Menschen, jeder mit seinen Wünschen, Träumen und Hoffnungen. Alle mit ihren Ängsten, ihrer Traurigkeit und mit ihrer Liebe.

Er las sich fest an einem Artikel, der beschrieb, wie die medizinische Versorgung in Glickerbach ausgesehen hatte vor gerade mal gut hundert Jahren, als es keinen ortsansässigen Arzt gegeben hatte: Da reiste d*e* *Doggda* von Dorf zu Dorf *mit seinare Schees*[75]. *Was fa schäänes Wortt.* Schade, dass es sein Assistent wohl nie zu schätzen wissen würde: *Schees.*

Kommissar Günda fühlte sich gerade rundum wohl. Jetzt fehlte ihm nur noch eines auf dem Letzenberg: *ä schäänes Schesslong*[76].

---

[75] hier: Kutsche

[76] Chaiselongue

„Hea mol, Freese, dass ähns mol klaa is. Weje deinare Muddi … Des waa bissl …“
„Sie haben mit ihr gesprochen?“ Freese strahlte. „Das finde ich toll.“
„Äh. Des wäa mööglisch.“
„Wann?“
„Vleischt am Samschdaag?“, formulierte Kommissar Günda vage.
„Da haben Sie Glück gehabt, sie wollte eigentlich ausgehen. Hat sie mir gar nicht erzählt, als ich sie am Sonntag gesehen habe.“
„Am Sunndaag hosch du sie gsehe?“, vergewisserte sich Kommissar Günda. „Denn Sunndaag? Voahea net?“
„Gestern, genau. Samstag war ich unterwegs. Eine lange, sehr lange Nacht, wenn Sie verstehen, was ich meine. Wieso?“
„Bloß so. Nix weidas. Un sunscht?“
„Wie?“
„Is dia was uffgfalle.“
„Was soll mir aufgefallen sein?“
„Was Griines vleischt? Grüün?“
„Grün? Nicht dass ich wüsste. Hab ich was verpasst?“
„Nänää.“
„Das ist wirklich sehr nett, dass Sie daran gedacht haben, Tschief. Sie hatten es mir ja versprochen, aber ich hätte nicht gedacht, dass Sie gleich anrufen.“
„Hawwisch gaa net“, korrigierte Kommissar Günda und hätte sich für diese Bemerkung auf die Zunge beißen können.
„Ach? Dann hat Wiebke Sie angerufen? Ja, ich hatte ihr die Nummer gegeben wegen irgendeiner Musiksache, keine Ahnung, irgendeine Oldie-Platte, glaube ich.“
Normalerweise hätte sich Kommissar Günda eine derart despektierliche Bemerkung über seine Musikleidenschaft verbeten, aber in diesem Fall war er sehr froh, dass er so davonkam. Offenbar hatte Freese tatsächlich keinerlei Erinnerung mehr an die peinliche Begegnung. Daran wollte er nun

auch nicht weiter rühren.
„Und was meint sie?"
„Wea?"
„Na, Wiebke."
„Doi Muddi? Weje waas?"
„Was sagt sie zu unserem Thema?"
„Thäämaa? Welles Thäämaa?"
„Tschief, worüber haben wir denn gesprochen? Dass ich ausziehen soll."
„A, des!" Endlich verstand Kommissar Günda, worum es ging, und war endgültig erleichtert. „Do misse ma nochmol schwetze in Ruh."
„Sehr gut, dann hat sie also eingesehen, dass das keine leichtfertige Entscheidung erlaubt."
„Gönau."
„Dass es sich um eine Entscheidung fürs Leben handelt."
„Rischdisch."
„Mein Leben, ihr Leben."
„Un meins ibbrigenz aa."
„Wie bitte?"
„Nix, nix, Freese. Diskräzioon, saachisch bloß, Diskräzioon."
„Verstehe, ich vertraue Ihnen völlig, ich will gar keine Details wissen, aber ich möchte nochmal betonen, es ist mir sehr wichtig ist, dass Sie weiter den Kontakt mit Wiebke pflegen."
„Ealisch?"
„Sie beide haben doch ein ganz besonderes Verhältnis."
„Hm."
„Sie kommen viel näher an Sie heran."
„Ähä."
„Sie sieht Sie nach diesem Wochenende bestimmt mit ganz anderen Augen, so hat sie Sie bestimmt noch nie wahrgenommen."
„Des stimmt alladings."
„Waren Sie denn sehr offen ihr gegenüber?"

„Zimmlisch. Äh, was annares …“ Kommissar Günda wollte das Thema nun doch endlich abschließen. „Was hot sisch eigendlisch agäwwe mit derre Akzioon weje Zeuge uffm Keenischstuhl?“
„Ja, das ist wirklich sehr interessant, Tschief. Viel Unwichtiges, war ja klar, aber es gibt tatsächlich ein paar wichtige neue Erkenntnisse.“
„Ähä.“
„Soll ich jetzt loslegen?“
„Nää, du sollsch mia ä Keesbrot schmiere. Nadierlisch sollsch du des. Uff was waadschn? Uff de Frihling? Uff die Kärwe? Auf, vazehl! Wärdd Zeit, dass mia weidakumme in derre Sach.“
„Also gut, Punkt eins: mehrere Zeugen bestätigen, dass sie das Opfer schon häufiger an der fraglichen Stelle gesehen haben.“
„Wua hiegeblotzt is.“
„?“
„Gstärzt.“
„?“
„Hiegfalle.“
„Genau.“
„Streng disch mol bissl oo, des wärdd jo imma schlimma.“
Freese überging den Tadel: „Das heißt, er hatte eine bestimmte Stammroute, die er befahren hat.“
„Ähä.“
„Die Zeugen sagen darüber hinaus, er hatte auch einen bestimmten Trainingstag, nämlich Montag.“
„Hm.“
„Und eine bestimmte Trainingszeit. Früh.“
„Des heeßt …“
„Wenn jemand Martin Seegard beobachtet hat, wusste er, dass er aller Wahrscheinlichkeit nach auch am fraglichen Montag dort auftauchen würde. Der Täter lauerte ihm auf und …“
„Zack.“
„Er stürzt, der Täter raubt ihm den Schlüssel und fährt

anschließend in die Wohnung des Opfers. Das war allerdings nicht ohne Risiko."
„Wisso?"
„Nun, das Gelände ist doch etwas abgelegen, man kennt sich, es sind immer dieselben, die dort trainieren, Gleitschirmflieger, Wanderer, Mountainbiker …"
„Wokka."
„Walkerinnen, genauer gesagt. Da fällt es schon auf, wenn jemand Neues auftaucht."
„Unn? Is denne Leit ebba uffgfalle?"
„Leider nicht."
„Freese, fällt dia was uff?"
„Nein."
„Mia schun: Des is gonz aiig bleed."
„Sagt man an dieser Stelle nicht dappich?"
„Nää. Uff kähn Fall."
„Aha. Und wann sagt man das: dappich?"
„Gaa net. Weils falsch is. Kroddevakeat. Hea mol, Freese, mach du mol weida, isch muss mol korzz mit de Marioon schwetze."

Marion Helche war reichlich zerknirscht, als ihr Kommissar Günda in der Gaststube mit vorwurfsvollem Blick gegenüberstand.
„Heb schun gheat, dud ma leid, do hawwisch Ihne schää was eigebrockt, gell? Awwa isch hab nadierlisch gedenkt, dass de Kräma Sie infoamiert hot weje de Besischdischung."
„Hodda awwa net."
„U-oogenähm."
„Un varickt. Marioon, sgibt Leit, die gibts gaa net. Hosch du schun mol was vakaaft?"
„Bloß mol mei Audo. Un fria Millisch un Aaja."
„Sach des nochmol."
„Millisch un Aaja."

„Grad des ledschde."
„Aaja?"
„Gönau. Moment! Freese?" Er rief nach seinem Assistenten.
„Ganz schlecht, Tschief, ich telefoniere gerade. Gleich."
„Wu ware mia grad?"
„Bei de Aaja."
„Stimmt. Des is was annares, wie wenn du ä Woohnung vakeefsch. Isch kann da saache. Do kumme Leit …"
„Isch hab mol ä Woohnung vamiet. Fa mei Donde[77]."
„Des is noch annaschdara. Do hawwe die disch bstimmt schää oogschleimt."
„Des stimmt. Wie wenn sie sisch bewärwe beim Kaaschding[78]."
„Beim was?"
„Kaaschding. Voasinge odda voahupfe im Färnnseh. Kenne Sie des net?"
„Doch, des hawwisch aa schun mol gsehe. Aus Vasehe. Wenn die klähne Meedlin un Buuwe rumkaschbare. Un donn hawwe die ä Tschiirii[79] so mit oohne Knaade[80]."
„Gönau."
„Un donn hogge dann die vun de Tschiirii un saache: *Du? Du bisch doch de ledschde Kees, heil doch!*"
„Gönau."
„Un des hawwe die bei dia aa gemacht?"
„Waas?"
„A, singe, damit sie die Woohnung krieje vun deinare Donde."
„Nää, awwa so ähnlisch."
„Un wenn hosch donn genumme?"
„A, des waa äfach, moin Schwoocha nadierlisch."
„Klaro. Obwoohl dass dea gaa net singe kann, gell? Uff jedn

---

77 Tante
78 Casting
79 Jury
80 Gnade

Fall, bei mia waa des gonz annaschda. Die heede misch halwa gelinscht[81]. Bloß kriddissiat. Des un sell un jäänes. Alles wäa fuaschbaa in meinare Woohnung. Isch hab misch schun gewunnat, wie isch do die gonz Zeit hab leewe kenne. Desdaweje bin isch donn äfach fortt."

„Isch weeß."

„Hä? Des weesch du aa schun? Sammool, gibts fa eisch gaa kää Geheimnisse? Wuhea weesch du des jetz schun widda?"

„Vum Bellmes Walda. Dea hot noch ä, zwee Froore ghabt wejem Kella, awwa ea hot vazehlt, Sie sin naus wie gstoche. Kää Wunna."

„Alladings. Uff jedn Fall, wie isch widda hähm kumme bin, hawwisch gedenkt, mia gfällts gaa nimmi so rischdisch in meinare Woohnung."

„Des is guud."

„Hä? Wisso?"

„Tschief?" Fritjof Freese steckte den Kopf in den Gastraum. „Sie wollten etwas von mir?"

„Moment. Sach des nochmol, Marioon! Des vun voahiin."

„Aaja?"

„Un jetz du, Freese, hosch des vastanne, weesch, was des is?"

„Wie bitte?"

„Grad nochmol, Marioon."

„Aaja."

„Augen?"

„Ä-ä, des wäre Aiglin. Weida."

„Ara, die Papageienart?"

„Falsch. Gonz falsch. Obwoohl dass die des jo aa leje, die Veggl. Aaja."

„Ah, jetzt verstehe ich: Eier. Wie sagen Sie dazu?"

„Aaja. Donge, Freese, derfsch weidamache. Un meiik da des mol, die …"

---

[81] gelyncht

Er sah seinen Assistenten aufmunternd an.
„Eiha?"
„Nää, die eewe net."

Als Freese in seinem Zimmer verschwunden war, nickte Kommissar Günda seiner Gastgeberin mit sorgenvoller Miene zu: „Kaddaschdroof! Dea muss widda bissl droobleiwe, dea valernnt zu viel. Wu ware mia stehegebliwwe?"
„Bei de Aaja?"
„Nää, du hosch gsacht, du wäasch beruischt weje mia."
„Hm?"
„Weje meinare Woohnung."
„Aa, jetz hawwischs widda. Gehe Sie mol hea!"
„Fa waas?"
„Mit mia mit. Zu Iam Haisl."
„Wisso?"
„Isch zeigs Ihne."
Kommissar Günda wurde etwas unruhig.
„Hea mol, Marioon, was hawwischn noch alles unnaschriwwe?"
„Nix weidas. Bloß soä paa Klähnischkeide noch."
„Was fa Klähnischkeide?"
„Des is net wischdisch, des hot noch bissl Zeit, awwa des annare schun. Sie missde was entscheide. Odda sollisch fa Sie?"
„Kummt druff oo."
„Die wolle ball oofange."
„Woomit?"
„A, mit Iam Haisl, mim Rennofiire. Mim Plane un mim Vamesse. Sie misse bissl was aussuche, weil die wolle ball bleddlä."
„Moment, derf isch grad mol de Freese holle? Heit kriggda än Kräschkuass[82]."

---

[82] Crashkurs

Gerd Schneider wirkte getroffen, als er auf Martin Seegards Tod zu sprechen kam.
Fritjof Freese, den der Kommissar zu diesem Gespräch verdonnert hatte – *Isch muss was aiig Wischdisches aleedische!* –, wunderte sich. Sentimental wirkte der Bürgermeister nicht gerade. Sehr bald stellte sich heraus, dass seine Betrübnis einen pragmatischen Grund hatte.
„Jetz kenne mia grad widda vun vornne oofange. Isch kanns net hawwe. Un bezahlt hawwe mia aa schun."

Glickerbach steckte nach Aussagen des Bürgermeisters in einem Dilemma. Das Heimatbuch für das Jubiläum solle bald in Druck gehen, und nun habe der Autor, so Schneider wörtlich, „de Abgang gmacht." Seegard habe die Aufgabe übernommen, das alte Heimatbuch auf den neuesten Stand zu bringen, und auch bereits einiges an Arbeit hineingesteckt, wovon man leider nichts in Händen halte, denn, wie man erfahren habe, seien dessen gesamte Unterlagen gestohlen worden, damit auch alle bisherigen Ergebnisse.
„Soä Mallea[83]!"
„Wie sind Sie überhaupt an Martin Seegard gekommen?"
„Mia hawwe ä Ausschreiwung gemacht. Du musch jo heit fa alles ä Ausschreiwung mache, fa jedn Kees."
„Aha. Und wie war die Resonanz?"
„Bscheide."
„Haben sich nicht viele gemeldet?"
„Zwee."
„Und warum haben Sie sich für Seegard entschieden? Weil er kompetenter war?"
„Gönau. Ea waa billischa."
„Aha. Und weshalb erzählen Sie mir das?"
„Mia brauche än annare, dea wu des iwwanimmt."

---

83 Malheur

„Sie haben doch noch einen Bewerber, nehmen Sie den doch einfach."
„Awwa dea hot doch valore geje de Seegardd. Un dea waa schun so bissl oogfresse dorttmols. Vleischt keende Sie mol mit demm schwetze. Isch bin do net so guud drin."
„Wie wäre es mit Ihrer Frau?"
„Oh liewi Zeit, bloß net."
Einvernehmliches Lachen.
„Folgendes: Gähngt des ball?"
„Bitte?"
„Deed des gehe? Täte daas gehen tuhen?"
„Auf jeden Fall."
„Awwa wenns geht, ball."
„Wie bald?"
„Mogge deed aa lange."
„Sie werden sich freuen, Herr Bürgermeister. Ich werde mit dem Mann sogar so schnell wie irgend möglich sprcchen. Denn auf meiner Vernehmungsliste steht er ab sofort ganz weit oben."

„Tschief, halten Sie es für möglich, dass Martin Seegard nicht zufällig ein Opfer wurde?“
„Moment. Geel?“
„Was schauen Sie sich denn da an? Einen Katalog vom Drogerieservice?“
„Hä?“
„Na wegen Gel?“
„A so. Nää, net *des* Geel, *die* Geel. Was hawwisch dia gsacht? Imma schää uffbasse weje de Adiggl.“
„Die Gel?“
„Isch sehe waas, was du nischt siehsch, un des is geel. Faab.“
„Ah, *das* Gelb ist bei Ihnen *die* Gelb? Interessant.“
„Gönau. S heeßt jo aa: die Faab. Allo!“
„Was?“
„Isch sehe waas, was du nischt siehsch …“
„Ja, das kommt vor, jeder hat seine eigene Wahrnehmung. Da steckt eine tiefe Wahrheit drin.“
„Hea mol, nimmsch du misch grad uff de Aam?“
„Wieso? Das ist ein guter Gedanke, ich sehe was, was du nicht siehst. So viel zur Philosophie, jetzt aber nochmal zu unserem Fall.“
„Sach bloß, du kennsch des net, des Spiel?“
„Welches Spiel?“

Einmal mehr musste sich Kommissar Günda wundern. Da meinte man, in ein und derselben Welt zu leben, da glaubte man, eine Sprache zu sprechen – gut, Letzteres nahm Kommissar Günda aufgrund Freeses aktueller Schwächephase zurück –, auf jeden Fall bildete man sich ein, eine gemeinsame Verständigungsebene erlangt zu haben, doch genügte ein einziger Satz, und ein unüberwindbarer Graben tat sich auf.

Gewiss, sie waren Angehörige unterschiedlicher Generationen, fundamental anderer Epochen, das war Kommissar Günda stets bewusst. Der Altersunterschied war nun einmal nicht wegzudiskutieren. Auch wenn er meinte, mit Freese hinsichtlich geistiger Flexibilität und Frische schon noch mithalten zu können.

Ich sehe was, was du nicht siehst, das war jedoch nicht nur ein Spiel. Es war in seiner Schlichtheit Ausdruck einer Spielkultur, die ohne jede Technik, ohne jede Ausstattung auskam. Die sich bescheiden konnte und lehrte, sich zu bescheiden. Die sich nur mit den Spielenden, deren Wahrnehmung und Phantasie begnügte.

Kommissar Günda dachte an die quälend langen Autofahrten mit seinen Eltern gen Süden. Kein *Gähmboi*[84], den wahrscheinlich Freese bei solchen Gelegenheiten in Händen gehalten hatte, nicht einmal eine Kinderkassette war gelaufen, denn der Kassettenrekorder war noch nicht erfunden, und das Autoradio verfügte über eine sehr begrenzte Auswahl an Sendern, die zudem ständig nachjustiert werden mussten.

Er hatte noch keinen eigenen Musikgeschmack gehabt, aber früh eine wohl angeborene Abneigung gegen die übliche Musik aus dem Radio verspürt. Besonders, wenn sie schon weit vor der Landesgrenze in einen im weitesten Sinne almdudelnden Ton verfiel. So sehr er das gleichnamige Getränk schätzte. Durch die Bank miteinander verwandte und/oder verheiratete Sängerinnen und Sänger priesen ohne Unterlass die Schönheiten der Landschaft, mehrstimmig und doch eintönig im Zweivierteltakt. Zu gerne fiel seine Mutter mit ein und wurde nicht müde, auch die beiden Jungs auf der Rückbank zu animieren, es ihr gleichzutun. Der eine der beiden, sein Sitzgenosse Albrecht, ähnelte dem damals allgegenwärtigen Heintje, was seine

---

[84] Gameboy

Beliebtheit betraf. Seine Beliebtheit bei Nichtkindern.

Eigentlich hätte dem kleinen Günda die Rückbank alleine gebührt, doch seine Eltern hatten sich ein ums andere Mal angeboten, den Sohn einer Freundin in den Urlaub mitzunehmen. Damals ging ihm das auf die Nerven, denn mit dem Jungen hatte er sonst nie etwas zu tun. Später erfuhr er, dass das eine freundschaftliche Geste gewesen war, der Vater des Jungen war früh verstorben, die Mutter hätte sich einen Urlaub nicht leisten können. Aber diesen Großmut hatte Kommissar Günda damals nicht geteilt. Albrecht, sein zwangsweiser Miturlauber, war etwas jünger und galt, sorgsam gescheitelt, wie er war, als Idealtypus eines braven, aufgeweckten Jungen, der in seiner Freizeit gerne ein Buch zückte, so auch auf Reisen – *Nimm dir mal ein Beispiel, Günda!* Was allerdings über kurz oder lang dazu führte, dass sie anhalten mussten, denn Albrecht war davon regelmäßig schlechtgeworden. Dieser Zusammenhang war von den beiden Vordersitzern hartnäckig geleugnet worden. Kommissar Günda hatte sich mit einem Beinamen revanchiert, der seinem ehemaligen Sitznachbarn bis zum heutigen Tage anhaftete: Albrecht, *de Woaxa.*

Eingepfercht in einem Ford 12M auf der Rückbank zwischen Koffern, Reisetaschen, Schlauchboot und Verpflegungstüten, weil der Kofferraum nicht annähernd genug Platz bot, gab es für die Insassen nicht viele Möglichkeiten zur Zerstreuung. Beliebt war das Zählen von Autos, sortiert nach Farben, wobei damals Perlweiß eindeutiger Favorit war. Dazu das Enträtseln von Kennzeichen. *M wie Minsche, B wie Ballien, S wie kää Ahnung.* Und eben *Ich sehe was, was du nicht siehst.*

Seine Mutter hatte die ganze Fahrt über die Straßenkarte und den Weidenkorb mit dem Proviant auf den Knien gehabt und gelegentlich Tipps für die Routenwahl gegeben, was stets für

Diskussionen gesorgt und den gerade erst begonnenen Urlaub mehrfach an den Rand des Abbruchs gebracht hatte.

Kein Navi. Kein Getränkehalter. Dafür ein überquellender Aschenbecher. Sein Vater hatte geraucht wie offenbar alle Männer zu jener Zeit.

Besonders quälend waren die aus Sicht des frühen Günda völlig überflüssigen Pausen auf Parkplätzen gewesen, um sich auf Bänken neben all den anderen Weltreisenden am Mitgebrachten zu laben: Thermoskanne mit Kaffee, Wurstbrote und ein nie endender Vorrat an hartgekochten Eiern.

Und so hatte man sich bald darauf wieder von einer Raterunde zur nächsten gehangelt, in der gleißenden Sonne, ohne Klimaanlage, die Fenster geschlossen, um wenigstens etwas windschnittiger zu sein und die Geschwindigkeit bei annähernd 100 zu halten. Auf der Fahrt, die den Hinweisschildern nach verheißungsvoll Richtung Italien führte, um dann doch zu seinem Leidwesen immer wieder in ein und derselben Frühstückspension im Nirgendwo des österreichischen Niemandsgebirges zu landen.

Das alles konnte sich Freese vermutlich nicht einmal vorstellen. Ganz zu schweigen von den heutigen Kindern. Kommissar Günda hatte vor Kurzem ungläubig an einer Ampel beobachtet, wie ein Spross im Nachbarauto im Vordersitz bewegte Bilder betrachtete. Ein Fernseher inneme Kaiisch[85]? Kein Wunder, dass alles zum Nebenbei verkam.

Gedankenverloren ließ er bei der Gelegenheit auch noch die Fernsehsituation im Urlaub Revue passieren. Der Fortschritt

---

[85] in einem Auto

hatte auch dort Einzug gehalten, in der Pension gab es tatsächlich ein TV-Gerät. Ehrfurcht gebietend, schon durch den prunkvollen, brokatbehangenen Schrein, der es barg und dessen Türen stets um 20 Uhr feierlich geöffnet und um 22 Uhr geschlossen wurden. Unabhängig vom Programm. In einem Raum thronend, der zugleich für das Frühstück und den allgemeinen Aufenthalt der Gäste vorgesehen war. Streitigkeiten über die Senderwahl standen nicht zu befürchten, es gab nur eines. Sofern die Antenne ausreichend Signale empfing, wofür schon Regen abträglich war.

Keinerlei Unterhaltungselektronik, dafür fließend kaltes Wasser sah die Einzimmerbleibe vor, die Eltern und Kinder gemeinsam bewohnten, die Jungs zu Füßen der Alten auf den Jahr für Jahr immer gleich nach Gummi und Talkum riechenden Luftmatratzen.

Konnte es sein, dass diese jährlichen Dreiwochenurlaube mit ihren blasenträchtigen Wanderungen in der Rückschau vor allem eines waren? *Schää. Aüg schää.*

Ich sehe was, was du nicht siehst … das vertrieb nicht nur die Zeit, das war letztlich auch das Tor zur Welt, zur eigenen Phantasie. Freese hatte recht, das war die kühne Bestandsaufnahme menschlichen Daseins.

Jeder sieht alles *annaschda.* Jeden Film im Kino. Jede Unfallszene im Straßenverkehr. Das war doch auch die Krux bei ihrem Beruf. Die Befragung von Zeugen erwies sich deshalb als mühsam, weil nur in der Gesamtschau so etwas wie die Wahrheit zu ermitteln war. Ganz zu schweigen von Personenbeschreibungen. Wie sieht jemand aus? Was machte er für einen Eindruck?
Welch immense Rolle spielte dabei die Perspektive, die eigene

Verfasstheit. Ob man sich in unmittelbarer Nähe befand, ob man nur per Seitenblick etwas wahrgenommen hatte, ob man konzentriert oder abgelenkt war, interessiert, entrüstet, ob gerade tränengetränkt gekränkt oder hoffnungshungrig blind verliebt.

Sah auch nur einer das Gelb, das ein anderer wahrnahm? Und woher wollte man das überhaupt wissen? Durch Worte? Deren Unzulänglichkeit war schlechthin kaum zu überbieten.

Ich sehe was, was du nicht siehst.
Ich höre was, was du nicht hörst.
Ich fühle was, was du nicht fühlst.
Nur eines war gewiss: Jeder nimmt nur das wahr, was er wahrnehmen will.

„Tschief?"
„Hä?"
„Alles in Ordnung?"
„Wisso?"
„Sie wollten mir doch gerade etwas erklären, irgendein Spiel. Ich sehe was, was du nicht siehst oder so ähnlich."
„A, gönau. Un des is geel."
„Gelb."
„Gradlierda! Jetz musch du roode, was des is."
„Die Post?"
„Hä? Wu siehsch du do die Poscht?"
„Nirgends, aber die Post ist bekanntermaßen gelb."
„Des gilt net. Bloß des, was do is. Gugg disch mol um. Siesch du was, des geel is?"
„Nein."
„Streng disch halt bissl oo!"
„Ah, jetzt hab ichs, die Haftnotizen hier auf dem Schreibtisch."
„Die was?"

„Die kleinen Klebezettel hier.“
„Heeßt ma des so? Haftno-ti-zen. Des wäa gaa kähn schleschde Tittl fa ä Buch. *De neie Beschtzella: Haftnotize.* Wie simmia jetz dodruff kumme?“
„Keine Ahnung. Ich wollte mit Ihnen eigentlich über unseren Fall sprechen, und dann haben Sie irgendwann mit Gelb angefangen.“
„Aa, jetz hawwischs. Geel? Was hälsch du vun Geel?“
„Eine schöne Farbe.“
„Finsch? Im Bad? Isch weeß net.“
„Tschief, kann es sein, dass Sie im Moment ziemlich weit weg von unserem Fall sind?“
„Hosch rescht, Freese. Wie finsch bloo[86]? Klähna Witz. Allo, was gibtsn Neies?“
„Könnten Sie sich vorstellen, dass der Täter Martin Seegard ganz bewusst ausgewählt hat? Vielleicht weil er ein Konkurrent war?“
„Freese, des is ä guudi Idee. Frauägschischde, imma gfäalisch. Des weesch du bstimmt bessa als wie isch.“
„Nein, ich meine nicht im Hinblick auf Frauen. Rein berufliche Konkurrenz.“

Freese berichtete seinem Chef von der Ausschreibung zum Heimatbuch, bei der Seegard einem Mitbewerber vorgezogen worden war.
„Indressant.“
„Nicht wahr? Ich habe unseren Mann bereits ausfindig gemacht. Wollen Sie mitkommen?“
„Alla hopp!“

---

[86] blau

Die Fahrt nach Wieblingen verlief kurzweilig:
„Isch sehe was, was du nischt siesch, un des is groo[87]… bloo… grii… roud …“
Was für eine schöne Gelegenheit, Freeses Vokabelkenntnisse aufzufrischen. Auch mit Aufgaben für Fortgeschrittene:
„Obacht! Wie heeßt ma die Faab bei uns: Lilla?“
„Keine Ahnung, Tschief.“
„Ffiolett.“

Familie Bergmann-Schulte wohnte in einem schmucken Reihenhaus inmitten eines Neubaugebietes. Den beiden Ermittlern öffnete ein sichtlich gestresster Familienvater, an dessen Beine sich zwei krakeelende Kinder klammerten, ein drittes trug er auf dem Arm.
Freese, der keinen Bezug zu Kindern hatte, überkam angesichts dessen Mitleid: gleich drei Mal lebenslänglich.

Nach einer kurzen Erklärung an der Haustür schlug Freese vor, das Gespräch im Haus fortzusetzen, was sich als keine gute Idee erwies. Die Kinder begannen nun, durch das Wohnzimmer zu rennen unter Absingen archaischer Gesänge, in die Sven Bergmann-Schulte immer wieder einzustimmen hatte: *Aa ramsamsam, aa ramsamsam …* Freese warf seinem Chef einen fragenden Blick zu. Der beschied ihn kurz und knapp: „Nää, des is kähn Dialekt. Des is Pfantassie.“

Überdies zeigte sich, dass die Kinder etliche Anliegen und unaufschiebbare Wünsche hatten. Freese regte an, die Kinder doch einfach in einen separaten Raum zu verbringen und sie dort sich selbst zu überlassen, was der Familienvater brüsk von sich wies: „Meine Kinder brauchen mich, ich kann sie nicht alleine lassen.“

---

[87] grau

Immerhin durften sie sich setzen, ohne dass jemand Einspruch erhob.
„Wo ist Ihre Frau?“
„Die arbeitet.“
„Und Sie? Arbeiten Sie heute nicht?“
„Ich bin Freiberufler. Wir teilen uns die Aufgaben im Haushalt und bei den Kindern. Heute bin ich zuständig. Wenn die Kinder im Bett sind, kann ich mich zurückziehen.“
„Was macht Ihre Frau beruflich?“
„Sie hat einen Cateringservice.“
„Ich hab Durst.“
„Ich auch!“
„Erfolgreich, wie es scheint“, mutmaßte Freese mit anerkennendem Blick auf die Einrichtung.
„Er hat mich gehauen!“
Kommissar Günda beobachtete interessiert, wie ungerührt sein Assistent mittlerweile von den kindlichen Einwürfen blieb. Derlei *Krutze-Frägwänze*[88] schienen gar nicht erst zu ihm durchzudringen.
„Das kann man so sagen.“
Auch Sven Bergmann-Schulte ging nicht ein auf das nun unvermittelt einsetzende Geheul und Geschrei. Dafür hob er ohne hinzuschauen mit routinierter Selbstverständlichkeit das Kleinste der drei auf den Schoß, als dieses wieder einmal an seinem Hosenbein Zuflucht gesucht hatte.
„Und Sie arbeiten als freier Historiker?“

Angewidert musste Freese mitanschauen, wie das Kind seinem Vater ein soeben noch selbst gekautes Stück Banane in den Mund schob. Er versuchte sich abzulenken mit der Frage, ob es sich dabei um einen Jungen oder ein Mädchen handelte.
„Ich gebe Nachhilfe.“

---

[88] Frequenzen

„In Geschichte?“

„Auch“, antwortete Bergmann-Schulte gereizt. Noch ein wenig mehr womöglich dadurch, dass das Kind nunmehr nach dem Verbleib der Banane tastete. „Svenja, bitte lass das! – Ist daran irgendetwas komisch?“

„Ja“, entfuhr es Kommissar Günda. „Alles.“

„Das scheint mir ein Humorproblem. Dürfte ich endlich erfahren, worum es überhaupt geht?“

„Sie haben vielleicht gehört, Ihr Kollege Martin Seegard ist ums Leben gekommen.“

„Ich habe davon erfahren. Was habe ich damit zu tun?“

„Nun, Sie hatten sich beide beworben um die Überarbeitung des Heimatbuches der Gemeinde Glickerbach.“

„Nane, nane!“

„Kann sein.“

„Kann sein?“

„Ich erinnere mich.“

„Haben Sie zufällig Kenntnis von dem, was Ihr Kollege bislang an Material zusammengetragen hat?“

„Nein, wir hatten keinen Kontakt. Worauf wollen Sie eigentlich hinaus?“

„Nun, Sie beide haben sich beworben, Sie waren Konkurrenten, Martin Seegard erhielt den Zuschlag.“

„Ich arbeite nicht, weil ich arbeiten muss, ich arbeite für die Sache.“

„Konnten Sie die Entscheidung gegen Sie nachvollziehen?“

„Offengestanden nein.“

„Das heißt, aus Ihrer Sicht hätten Sie den Zuschlag bekommen müssen.“

„Aa ramsamsam, aa ramsamsam …“

„Allerdings. Samsam.“

„Warum?“

„Nun, bei allem Respekt, mein Kollege ist grundsätzlich ungeeignet für eine solche Aufgabe. Selbst wenn man der

Meinung sein sollte, er sei ein ernstzunehmender Wissenschaftler, woran ich meine Zweifel habe, er hat ein ganz anderes Spezialgebiet. Aber offenbar verfügte er über die besseren Kontakte. Ich gehe davon aus, dass er mich schlicht unterboten hat. Letztlich passte das ganz gut zusammen. Er hat eben die Sprache der Leute gesprochen, deren Ton getroffen. So etwas gefällt denen vom Dorf. Das hat ihnen offenbar imponiert, einer von ihnen. Vielleicht hatten sie auch einfach ein bisschen Angst vor meiner Intellektualität. Bitte. Ich muss das nicht haben."

„Hm", Kommissar Günda räusperte sich. Freese verstand den Wink.

„Sie meinen, er sprach wie die Menschen in Glickerbach?"

„Genau. Seegard hatte etwas Hemdsärmeliges. Ein schlichtes Gemüt. Aber geschäftstüchtig. Ein typischer Strippenzieher. An der Uni haben wir uns immer lustig über ihn gemacht, weil er ja im Grunde überhaupt kein Deutsch konnte."

„Inwiefern?"

„Na, Sie kennen vielleicht diese grässliche Sprache, die die Ureinwohner hier von sich geben."

„Ich habe davon gehört."

„Nun, jetzt werde ich retten, was zu retten ist. Ich gehe davon aus, dass Seegard nichts Bewegendes zustande gebracht hat. Dorfentwicklung, Mittelalter, Pest, Dreißigjähriger Krieg, die spannenden Zeiten hatte er gar nicht im Blick. Er war fokussiert auf sein Thema."

„Was war das?"

„Das Dritte Reich. Da ist ja nun wahrlich alles gesagt. Wer will das immer wiederkauen?"

„Waren Sie nicht doch auf ihn – neidisch?"

Sven Bergmann-Schulte lachte unnötig laut auf.

„Meine Herren, ich habe es nicht nötig zu arbeiten, meine Frau verdient genug Geld, ich arbeite aus Leidenschaft. Und wenn ich nun in die Bresche springe, dann nur, weil mich die Gemeinde inständig darum gebeten hat."

„Sie haben sich nicht dort gemeldet?“
„Nein, ich bin von offizieller Seite aus angefragt worden, direkt von der Gemeinde Glickerbach.“
„Wer hat sich da mit Ihnen in Verbindung gesetzt?“
„Eine Frau. Mit einer etwas markanten Stimme.“
„Gulligulligulligulligulli ramsamsam …“

„Hea mol, kann des sei, kennisch die, die wu bei eisch neiadings schafft?"
„Wea?"
„A, de Fegga."
„Wue? Wu schafft ebba bei uns? Bei de Sokodoo?"
„Hajo, bei eisch im Birroo. Aldale!"

Axel Kornfeld wedelte anerkennend mit dem rechten Handgelenk, als er Kommissar Günda aus dem Roten Ochsen kommend begegnete.
„Dass ähns mol klaa is, Weize: die, die is tabbuu fa disch."
„O. Wisso? Isch hab gedenkt, du hoschs nimmi mit de Fraue, Günda. Wejem Alda. Zu spoot[89]. Odda is do doin Assischdent droo?"
„Nix. Dea net, isch net un du sowisso net. Die, die will ia Ruh hawwe vun de Männas."
„A, wuhea willschen du des wisse? Die sollt misch mol kennelärnne, donn wäa sie kuriat."
„Isch weeß des zufällisch, un des langt. Vastanne?" Kommissar Günda wurde eindringlicher: „Du weesch Bscheid, Weize! Kää Fissemadende!"

Marion Helche trug eine Kiste mit leeren Flaschen zum Glascontainer im Hof. Axel Kornfeld gab zu Kommissar Gündas Leidwesen sogleich den *Kaffallia*: „Soll isch Ihne des mol abnämme? Machisch gärnn. Ibbrigenz, moin Name is Kornnfeld, Axel Kornnfeld. Wie de Weize." Kommissar Günda sah ihn mahnend an, *Ridda Feldfrucht* hielt dem Blick ostentativ stand: „Sehr aangeähm, Frauä …"
„Mia kenne uns jo schun."
Marion Helche blieb deutlich unterkühlt.
„Sie hawwe ein sehr schöönes Haus", legte Kornfeld nach.

[89] spät

„Vielleischt komme isch zu Ihne mal zum Esse – mit meinare Fraa."
Marion Helche zeigte sich sogleich zugänglicher: „Sie kenne sich gärnn mol unsa Kaad mitnämme. Isch muss donn. Alla!"

Kommissar Günda kam nicht um ein Lob herum: „Hea, Weize, des heedisch dia gaa net zugedraut, dass du mol so vaninfdisch bisch un uff misch heere dusch. Donge, saachisch mol."
„Fa waas?"
„Du hoschs eigsehe, des wäa net guud, wenn ma schafft un donn gibts Probblääme mit de Erroddigg[90]. Des kenne mia net brauche, de Freese net, isch aa net un die Marioon sowisso net."
„Klaro."
„Donn is jo guud."
„Jetz was annares. Wea issn des jeatzat, de Fegga bei eisch im Birroo?"
„Hä? Wisso? Waa die des net eewe?"
„Die vun eewe? A, die is aa net schlescht. Awwa die bei eisch im Birroo? Aldale!"
„Äh", Kommissar Günda schwante nichts Gutes, aber er wollte sich nicht vorschnell äußern und wandte sich ab. „Des vakläa isch dia annamol. Alla, isch muss donn aa mol." Kurz vor dem Eingang drehte er sich noch einmal um: „Hea mol, Weize, was hosch du eigendlisch gwott bei uns?"
Verschwörerisch zuckte dessen rechtes Augenlid drei Mal.

Kommissar Günda sah sich als Chef gefordert, was ihm überhaupt nicht behagte. Diese Rolle widerstrebte ihm, doch sein Assistent schien reichlich aus dem Tritt gebracht durch sein aktuelles Liebesleben. Er war tatsächlich so weit gegangen, seine Freundin zur Arbeit mitzubringen. *Uumeeglisch!*

---

[90] Erotik

Als Kommissar Günda die Tür zur Sokodo öffnete, stand ihm die Frau direkt gegenüber. Beide waren für einen Moment irritiert. Sie fand als erste die Sprache wieder.
„Zu. Leider. Sie sind zu spät, das Birroo ist schon geschlossen."
Bei allen Vorbehalten, ihr *Birroo* hatte ihm gleich auf Anhieb gefallen. *Einwandfrei.*
Aber noch wollte er es weder Freese noch seiner Gespielin leicht machen: „Mach Sache!", sagte er streng. „Des wüssdisch awwa! Isch bin nämmlisch de Tschief doo."

Dass er ihr kurz und eindeutig die Hierarchie erklärt hatte, nahm die Frau ungerührt zur Kenntnis: „Alla guud."
Was endgültig sein Wohlwollen weckte. So kam er nicht umhin, ein paar freundliche Worte an sie zu richten. Zwar ärgerte er sich weiterhin grundsätzlich, dass Freese einer polizeifremden Person ohne Weiteres gestattet hatte, im Büro auf ihn zu warten. Andererseits, was konnte sie dafür, und er musste einräumen, das war nun endlich einmal eine gute Wahl. Die Frau gefiel ihm. Vor allem die Sprache gefiel ihm.
„Soot[91]. Sie sin des … freut misch! Ahngenähm."
„Gönau. Isch bin des."
„Unna uns, des heedisch moim Assischdent gaa net zugedraut."
„Gell? Awwa dea hots fauschtdick hinna de Oahre, kannisch Ihne saache."
„Hea mol, was misch wunnat, vasteht ia eisch iwwahaupt, sprachlisch gsehe?"
„Schun."
„Ealisch? Weil Sie bissl Ricksischt nämme, stimmts?"
„Hajo, des muss ma bei demm."
„Des derfe Sie net. Wisse Sie, Frauä …"
„Feräänaa, saache Sie ruisch Feräänaa. Des saache alle. Bloß Ian Freese, dea bringt des net hie."

---

[91] so

„Des kannisch ma denke. Sie werre des net glaawe, awwa moin Assischdent, dea waa schun mol zimmlisch guud mit unsare Sprooch. Net zum Spreschle nadierlisch, des kannsch vagesse, awwa zum Vastehe wenigschdens. Awwa in ledschda Zeit, isch weeß aa net. Vleischt hawwe Sie denn so duaschenanna gebrocht, kann des sei?"
„Mähne Sie?"
„Hä, kann des sei?"
„Vleischt", gab sie sich gerne der Hoffnung hin.
„Uff jedn Fall, Sie misse ubedingt droobleiwe. Isch mähn, wenn dea so weidamescht, dea wärdd jo gonz lewensuudischdisch. Isch kann mit demm niagends mea hie. Bloß zu de Voanehmspreschla. Sie wisse, was isch mähn."
„Hajo, isch kenns."
„Alla, mia hawwe uns vastanne. Isch find des guud. Un isch weeß aa, demm soi Muddi, die begrießt des aa."
„Mähne Sie? Die kennisch gaa net."
„Des drauda sisch wahrscheinz net, dea Sseckl."
„Folgendes, isch muss glei fortt, mia schwetze annamol weida, isch hab gwaat un gwaat, awwa Ian Freese is als net kumme. Jetz hawwisch mol alles hieglegt un än Zettl gschriwwe fa denn."
„Isch gugg net."
„Bidde?"
„Isch sach, isch gugg net."
„Derfe Sie ruisch."
„Abba. Des deedisch net mache. Nie. Diskräzioon!"

Selbst ihr unvermitteltes, raues Lachen klang kurpfälzisch. Wenn Kommissar Günda zwanzig Jahre jünger wäre … Oder dreißig?

Nachdem sich Verena Weipert verabschiedet hatte, besah sich Kommissar Günda Freeses fast pedantisch aufgeräumten Schreibtisch. Drei sorgsam ausgerichtete Stapel Papier lagen auf

dessen Platz. Die beiden Frischverliebten hatten sich offenbar ganz schön viel mitzuteilen. Neugierig war er schon, aber er hielt sich im Zaum, setzte sich an seinen Schreibtisch und blätterte unmotiviert in irgendwelchen alten Akten. Endlich hörte er im Flur Geräusche, kurz darauf tauchte Freese auf.
„Entschuldigung, Tschief."
„Wärdd aa Zeit!"

Eine Bestandsaufnahme lag in der Luft, ließ aber von Freeses Seite aus auf sich warten. Schließlich unterbrach Kommissar Günda das zähe Schweigen: „Hea mol, Freese, hosch du mia nix zum vazehle?"
„Na ja, so richtig viel Neues hat sich bei mir nicht ergeben, die Schneider-Menzlerschweikert hat bestätigt, dass sie unseren Verdächtigen informiert hat. Dass sie ihn weit mehr schätze als den ursprünglich ausgewählten Bewerber, aber auf sie habe ja keiner gehört."
„Babbl net rum, Freese, du hosch Bsuch ghabt."
„Besuch?"
„Gibts do ä Eschoo? Soä hochdeitsches?"
„Sagten Sie eben Besuch? Für mich?"
„Gönau."
„Wer?"
„Ä Fraa."
„Eine Frau?" Freese wurde unruhig. „Hat sie etwas gesagt?"
„Etwas? Du bischn Koomicka. Die hot gebabblt wieä Buch. Unna uns, die gfällt mia. Die kannsch bhalde."
„Bianca war hier?"
„Bianca? Nää. Kää Bianca. Feräänaa. Des klingt aa viel schääna: Feräänaa. Do kummt schun glei bissl du weesch schun was uff."

Seine Enttäuschung konnte Freese nicht verbergen: „Ach so. Die."
„Geht des schun widda los, Freese. Hea uff mit denne

Newananna-Sache, des bringt nix."
„Da haben wir uns missverstanden, Tschief. Das ist nicht meine Freundin, sie arbeitet bloß für mich. Also für uns."
„Wie bidde?" Bei Kommissar Günda mischten sich Enttäuschung und Empörung. „Dann hot de Weize also doch rescht ghabt voahien. Schää, dass isch des aa mol afahre derf. Du stellsch Leit ei, oohne misch zum froore? Donge!"
„Da sind Sie im Grunde schuld."

Freese erzählte ihm, wie es zu der Zusammenarbeit gekommen war. Kommissar Günda zeigte sich entsetzt: „Wuhea kennsch du die? Wu hosch du die uffgegawwlt? Hawwisch des rischdisch vastanne, des waare die, die wu denn Seegardd gfunne hawwe, drowwe uffm Keenischstuhl?"
„Genau."
„Du engaschiasch Leit, die wu wischdische Zeuge sin innemme Fall?"
„Jjjaa … Schauen Sie, ohne die Frauen wäre ich aufgeschmissen gewesen. Außerdem handelt es sich um eine rein ehrenamtliche Tätigkeit."
„Bidde! Vun mia aus. Mach, was willsch." Völlig überraschend schwenkte Kommissar Günda plötzlich um: „Awwa uff dei Vaantwoddung. Hosch du die im Griff, dei Feräänaa?"
„Auf jeden Fall."
„Do binnisch mia net so sischa. Isch glaab ea, die hot disch im Griff."
Insgeheim setzte Kommissar Günda sogar darauf.

„Des glaawisch alladings aa", assistierte Marion Helche, die unangemeldet das Zimmer betreten hatte.
„Hea mol, belausch du uns, Marioon?", erkundigte sich Freeses Chef mit gespielter Empörung.
„Was soollischn mache, Tschief? Mia die Oahre zuhalde? In meinare Wärttschaft? A, so weit kummts noch."

Die Wirtin ließ den Vorwurf nicht gelten. „Misch indressiat des schun, was fa Leit do bei mia aus- un eigehe. Voa allem was fa Schrubba."
„Ou. Do hald isch misch liewa raus. Des kläat ia bessa mol unna eisch. Do hawwisch nix mit zum schaffe."

Kommissar Günda wusste, wann Diplomatie gefragt war, die nicht zu seinen Stärken zählte, und machte sich aus dem Staub.

„So eine alte Burg stellt einen vor ganz schöne Herausforderungen, nicht wahr?"

Kommissar Günda musterte den freundlich dreinblickenden Mann in seiner lässigen Leinenkleidung. Er wirkte nicht wie einer jener fahrenden Handwerker, die von Tür zu Tür gehen, um Aufträge zu ergattern. Dafür schien er auch ein wenig zu alt. Vorsorglich spähte Kommissar Günda, ob er nicht doch einen Kollegen entdecken würde, mit dem der Mann gemeinsame Sache machte. Niemand war in der kleinen Straße zu sehen.

„Ich kenne das gut, hab selbst mal so was mein Eigen genannt."
„Ähä."
Wortkarg schwankte Kommissar Günda, ob er sich auf ein Gespräch einlassen sollte. Eigentlich hatte er überhaupt keine Zeit und keine Lust, aber der Mann hatte durchaus etwas Gewinnendes.
„Isch hab des grad gonz frisch."
„Geerbt? Wenn ich das fragen darf."
„Kamma saache. Nää, eigendlisch net. Gekaaft."
„Als Geldanlage?"
„Guuda Witz. Zum Geld Neischmeiße bessa gsacht."
„Ja, da muss ordentlich was reingesteckt werden. Wohnt denn noch jemand drin?"
„Nää, nimmi. Die Fraa, die wu des ghabt hot, die is gstorwe, un die Ärwe hawwe kää Indresse."
„Oh, dann ist das Haus bestimmt ziemlich verwohnt, dann ist da ewig nichts dran gemacht worden. Das kann teuer werden. Oder sind Sie vom Fach?"
„Hä?"
„Maurer, Gipser, Stuckateur?"
„Nää."
„Aber Sie haben bestimmt handwerkliches Geschick."
„Isch? Nää. Zwee linke Händ. Wennisch mol än Naggl ind

Wand haue muss, wärdds gfährlisch."
„Für die Wand?"
„Aa. Un fa de Naggl. Un fa misch."
„Aber Sie kennen hoffentlich gute und verlässliche Handwerker."
„Äh, Sie wolle mia awwa nix vakaafe, des kannisch nämmlisch net hawwe."
„Ich? Keine Sorge, nein, ich war zufällig hier in der Nähe. Ich habe früher hier gewohnt. Mein Elternhaus stand gerade um die Ecke. Ich bin in Glickerbach aufgewachsen."
„Grad ums Eck? Do stehe awwa bloß so neimodische Haislin."
„Ja, stimmt. Ich habe Ihnen ja erzählt, ich hatte selbst mal so eine alte Burg, mein Elternhaus. Ich habe mich gegen die Sanierung entschieden und das Ding abreißen lassen."
„Ou, des Haus vun de Eldan? Des is net so äfach, odda?"
„Na ja, manchmal muss man einen Schnitt machen."
„Des stimmt alladings. Isch bin aa noch am Iwwaleje, ob isch iwwahaupt do heaziehe soll."
„Ach, das steht noch nicht fest?"
„Isch hab noch mei Woohnung in Seggene."
„Dann ist das eine grundlegende Entscheidung, ob man so etwas aufgibt. Das will wohlüberlegt sein. Vielleicht haben wir mal Gelegenheit, das zu vertiefen. Ich muss los, hat mich sehr gefreut, Herr …?"
„Günda."
„Angenehm, Berthold."

Fritjof Freese war gelinde gesagt enttäuscht. Bianca hatte das Treffen abgesagt. Per Mail. Kurzfristig, knapp, ohne jede Begründung. Die Nachricht erreichte ihn noch im Büro.
Konsterniert, entrüstet, aber vor allem getroffen von seiner Hilflosigkeit saß er vor seinem PC und starrte auf die dürren Worte: *Kann nicht. Kam was dazwischen. Melde mich. B.*

Planlos blätterte Freese durch die Zeugenaussagen. Es fiel ihm schwer, sich zu konzentrieren. Das kannte er überhaupt nicht von sich. Üblicherweise war er es, der die Frauen versetzte. Mit ähnlichen Formulierungen. Bei ihm hieß *Melde mich*: Da kannst du lange warten. Nicht wenige Frauen schmachteten womöglich noch heute vergebens. Und nun war er selbst Adressat einer solchen Floskel, deren Schroffheit ihm unangenehm aufstieß. War das ein Wink? Freese musste sich eingestehen, dass er Bianca für eine Einschätzung nicht gut genug kannte.

Zu seinem Glück fand er ein wenig Ablenkung bei Verena Weiperts Notizen. Da hatte sich doch tatsächlich jemand als Zeuge gemeldet, der das letzte Mal vor fünf Jahren auf dem Königstuhl gewesen war. Immerhin hatte er damals jemanden beobachtet. Er wusste nur nicht mehr zu sagen wobei.

Oder hier, Freese musste nun doch trotz seiner Niedergeschlagenheit schmunzeln: Ein Spaziergänger, der vor Jahrzehnten etwas in einen Baum geritzt hatte und nun diesen Baum nicht wiederfand, fragte, ob man ihm etwas über den Verbleib des Stammes sagen könne.

Eines musste man seiner neuen Mitarbeiterin lassen, sie hatte den Blick für das Wesentliche und arbeitete strukturiert.
Neben solchen Zeugenaussagen fanden sich akkurat separiert die noch abseitigeren Anliegen: Wo denn dieser Königstuhl sei? Warum der so heiße? Was es da gebe? Wie man dort hingelange?

Und was sich überhaupt ereignet habe?

Auch Beschwerden gab es etliche: über die zu hohen Preise für die Bergbahn, das Fehlen jeglichen Komforts in den Zügen, keine Erste-Klasse-Abteile, kein Speisewagen, keine zollfreie Einkaufsmöglichkeit, kein WLAN.
Allgemein lasse die Infrastruktur abseits der Bergstation zu wünschen übrig, es gebe weder ansprechende Boutiquen noch Imbissbuden.
Selbst die über 700 Wegweisersteine im Heidelberger Stadtwald blieben nicht von Kritik verschont. Freese hatte vage einen Bericht der *Rhein-Neckar-Zeitung* in Erinnerung, dass diese massigen Sandsteinbrocken, in die die Hinweise um die vorletzte Jahrhundertwende sorgfältig eingemeißelt und ausgemalt worden waren, gerade erst von Ehrenamtlichen aufwendig renoviert worden seien. Bemängelt wurde seitens der Beschwerdeführer, diese Wegweisersteine seien absolut kundenunfreundlich und unzeitgemäß. Um sie zu lesen, habe man sich ein ums andere Mal zu bücken, und es fehle nicht nur an einigen eine angemessene Beleuchtung, sondern gleich an allen: Dienstleistungswüste Königstuhl.

Freese schüttelte den Kopf und war Verena Weipert in diesem Moment besonders dankbar, dass nicht er die Gespräche hatte annehmen müssen. Er hätte bestimmt nicht an sich halten können und die eine oder andere patzige Antwort gegeben.

Vielleicht war es eben doch keine zielführende Idee gewesen, auf diesem Wege Zeugen zu suchen. Realistisch betrachtet – wie viele Menschen würden sich dort an diesem frühen Montagmorgen aufgehalten haben? Allenfalls ein paar wenige, wenn überhaupt.
568!
Freese stutzte. Seine kriminalistischen Sinne waren augenblick-

lich geschärft. Endlich etwas Brauchbares: das Fragment eines Autokennzeichens. Möglicherweise ein entscheidender Hinweis. Freese wählte die Telefonnummer des Zeugen, die gewissenhaft der Aussage beigefügt war.
„Spreche ich mit Herrn Rüdiger?"
„Wea will des wisse?"
Der Angerufene schien misstrauisch.
„Fritjof Freese, Sokodo. Sie haben sich bei uns gemeldet, weil Sie etwas beobachtet haben."
„Moment." Die Hand wurde über den Hörer gelegt, Freese konnte nichts verstehen. Dann ging das dumpfe, unverständliche Gebrabbel in ein schartiges Knuspern über, aus dem sich die nächste Frage schälte: „Wuhea weeß isch, dass Sie des sin?"
„Sie können mich gerne im Büro anrufen."
„Isch oorufe? Nää. Machischnet. Binnisch dabbisch?"
„Schön. Also, was wollten Sie uns mitteilen?"
„Moment. Ärschda willisch wisse, wasses gibt?"
„Wie, was es gibt?"
„Geld. Wie viel?"
„Also, da bin ich überfragt. In jedem Fall kommt es auf das an, was Sie zu sagen haben. Wenn ich das richtig sehe, meinen Sie 568."
„Gönau."
„Aha. Sind Sie sicher?"
„Gonz sischa."
„Haben Sie sich das aufgeschrieben?"
„Des kannisch ma grad noch meiike. Isch waa imma guud im Reschle. Wolle Sie misch beleidische?"
„Wissen Sie vielleicht noch etwas mehr?"
„Wie?"
„Zum Beispiel die Farbe."
„Wie Faab?"
„Blau?"
„Bloo? Nää. Grii."

Jetzt kam Freese zugute, dass er erst kurz zuvor die Kurpfälzer Farbenlehre wiederholt hatte: „Grün? Das ist ja wirklich sehr interessant. Ungewöhnlisch. Eine Rarität. Darf ich Sie bitten, möglichst bald zu uns zu kommen?“

Kommissar Günda spazierte Richtung Friedhof, um auf andere Gedanken zu kommen. Mehr denn je war er unentschlossen, wie er mit seinem Haus verfahren sollte. Auf die Idee, das alte Gebäude abreißen zu lassen, war er noch gar nicht gekommen. Seit der Begegnung mit diesem Berthold spukte ihm die Überlegung im Kopf herum. In der Tat, es würde alles wesentlich erleichtern. Er könnte nach seinen Vorstellungen bauen lassen. Das Problem war nur, er hatte keine. Bis auf solche, die sich nicht verwirklichen ließen: Haus am Meer, Blick auf Strand und Dünen, das Plätschern der Wellen des Nachts durch das geöffnete Fenster vernehmbar. Der Rote Ochse in Rufweite. Immerhin, Letzteres war gewährleistet.
Gut, die Eigentumswohnung in *Seggene* war für ihn schon ein bedeutsamer Schritt gewesen. Indes, sesshaft hatte sie ihn nicht gemacht. Immer hatte er es für möglich gehalten, eines Tages wegzuziehen. Weit weg. Zum Beispiel in die südliche Pfalz. Oder nach Glickerbach?

Ein Neubau würde natürlich gehörig ins Geld gehen. Aber vielleicht sollte er viel freier und ganz anders denken. Das Haus abreißen, ein neues bauen und gewinnbringend veräußern. Und dann ganz etwas anderes anschaffen. Eine Zeit lang hatte er mit einem Hausboot in Amsterdam geliebäugelt. Vor Kurzem hatte er einen Bericht über Billigsthäuser gesehen, die man überallhin mitnehmen konnte. Oder wie wäre es gleich mit einem Wohnmobil?

„Was für ein schöner Zufall! Günda, du?“
Berthold Müller kam ihm vor dem Eingang des Friedhofes entgegen und wie gerufen. Kommissar Günda wusste nicht, mit wem er dieses so schwerwiegende Thema sonst besprechen konnte. Freese war zu jung. Vielleicht dessen Mutter? Doch die hatte ihrerseits genug mit ihrem Sohn und dessen Beharrungsvermögen zu tun. Da kam ihm dieser fremde Mensch, mit dem

er in keinerlei Beziehung stand, gerade recht. Kommissar Günda hatte schon oft die Erfahrung gemacht, dass es leichter fiel, im Dialog Klarheit über das eigene Empfinden zu gewinnen. Selbst wenn von der anderen Seite gar keine brauchbaren Argumente kamen, selbst wenn derjenige völlig unbedarft war. Es genügte ein Gegenüber, das einen dazu brachte, seine Gedanken zu ordnen und zu artikulieren.

Gleichwohl wunderte er sich, den Mann schon wiederzusehen: „Du? Was meschen du do? Woohnsch du widda in Glickabach?"
„Nein, ich wohne in Frankfurt. Aber ich habe doch ein Haus hier."
„Hä? Isch hab gedenkt, des hosch du platt mache losse."
„Hab ich auch. Aber dann habe ich neu gebaut. Ein Mehrfamilienhaus. Acht Parteien. Da muss ich schon immer mal nach dem Rechten schauen."
„Äh, derfisch mol froore, musch du nimmi schaffe? Bisch du schun in Rende?"
„Rente?" Berthold Müller lachte. „So kann man das nicht sagen. Ich bin Architekt, und ich arbeite, solange ich Lust habe."
„So seh isch des eigendlisch aa. Bloß manschmol langt mias geschdan schun."
„Da geht es mir nicht anders. Aber man kann sich nicht alles aussuchen."
„Unn? Wie leefts mit deim Haisl?"
„So weit alles in Ordnung, der übliche Verdruss, mal tropft ein Wasserhahn, mal Ärger mit der Nebenkostenabrechnung. Und bei dir?"
„Ealisch gsacht, isch bin so bissl usischa, was isch mache soll mit moim Schubbe."
„Ich dachte, du willst sanieren lassen."
„Odda aa net."
„Gleich wieder verkaufen? Davon kann ich dir nur abraten, das

bringt nichts."
„Nää, abreiße losse. Wie du."
„Das kommt auf die Substanz an. Auf den Zustand."
„Eewe. Des, wennischs wisse deed. Awwa isch hab doch kää Ahnung."
„Wenn du willst, kann ich mal einen Blick drauf werfen."
„Des wäa ma aiig rescht."
„Dann können wir uns gerne verabreden, heute passt es mir nicht, aber wir finden bestimmt einen Termin. Morgen werde ich sowieso wieder hier sein müssen. Vielleicht können wir dann auch einen Kaffee trinken. Oder ein Glas Wein."
„Musch du net fahre?"
„Ich habe eine kleine Wohnung im Haus, mit Büro und Bett. Für alle Fälle."
„Mogge is mia aa rescht, isch muss glei noch bissl was schaffe."
„Ach, du arbeitest noch? Ich habe gedacht …"
„Waas? Hosch du gedenkt, isch wäa schun Rendna? Donge!"
„Es gibt ja einige, die schon mit sechzig in Rente gehen."
„Bloß, isch bin noch kää seschzisch, do hawwisch noch paa Joa. Leida. Odda aa net."
„Entschuldige, ich hatte schon immer Schwierigkeiten, die Leute altersmäßig zu schätzen. Ich habe gedacht, du bist etwa mein Jahrgang."
„Mach Sache. Un wie alt bisch du?"
„Fünfundsechzig."
„Isch glaab, isch muss mol widda zu moim Kuaffeaa[92]. Alla, bis demnäckscht."

Kommissar Günda kannte diese Schwierigkeiten mit der Alterseinordnung seiner Mitmenschen auch, sei es der jüngeren, sei es der älteren. Sogar beim eigenen Ich lag er manchmal daneben. Vor Kurzem war er bei einem Klassentreffen gewesen

---

92 Coiffeur

und hatte sich innerlich mokiert, wie alt alle aussahen. Dann war er ins Bad gegangen und hatte einen Blick auf sich erhascht. Ungünstiger Moment, ungünstiges Licht, ungünstige Haltung. Aber es war klar und eindeutig, was er dort zu sehen bekam: *än alde Sseckl.*

Insofern passte er doch eigentlich sehr gut in diese Bleibe, *in denn alde Schubbe.*

„Hawwe Sie än neie Assischdent?"
Er war noch ganz in Gedanken, als ihm auf dem Rückweg Marion Helche begegnete.
„Hä?"
„Sie sin gsehe worre middemme Monn im Gspräásch. Vun mia ibbrigenz aa."
„A dea. Ia seht awwa aa alles. Moin Assischdent? Vun weje, dea is älda als wie isch."
„Ealisch? A, dea hot sisch awwa guud ghalde."
„Jetz fängsch du aa noch dodemit oo. Äh, was annares, kennsch du denn net?"
„Nää. Awwa isch hab denn schun mol gsehe bei uns, manschmol aa efdas."
„Dea is vun doo, vun Glickabach."
„Tschief, net dassischs wisst. Wie alt issan?"
„Fimfeseschzisch."
„Wahrscheinz issa schun ä Weil fortt vun Glickabach. Des keent jo moin Vadda sei. Odda moin Oobaa halwa. Wisse Sie, wiea heeßt?"
„Kää Ahnung. Berthold irgendwas."
„Hm. Sacht mia nix."
„Demm gheat des Haisl ums Eck vun moim."
„Des gheat demm? Do is doch fria des Haisl vum Lehra Milla gstanne."

Katja Schulte – „Nur Schulte, bitte, den Doppelnamen trägt mein Mann!“ – empfing Freese in ihrem Büro. Die Firma lag in einem Gewerbegebiet, vor dem Gebäude standen mehrere Lieferwagen mit dem Logo *Sie feiern – Schulte kocht!*

„Schön, dass Sie für mich Zeit haben. Sie haben vielleicht von Ihrem Mann erfahren, dass ein Kollege von ihm ums Leben gekommen ist.“
„Nein. Das hat er mir nicht erzählt. Ein Kollege? In welchem Bereich?“
„Wieso? Gibt es mehrere? Ich dachte, Ihr Mann ist Historiker.“
„Auch.“
„Auch?“
„Mein Mann macht alle möglichen Sachen. Er zeichnet Comics, schreibt historische Romane. Unterrichtet. Er hat viele …, wie soll ich sagen …“
„Hobbies?“
„Das haben Sie gesagt. Wie kann ich Ihnen helfen?“
„Wie gesagt, ein Kollege ist ums Leben gekommen, und wir vermuten, dass es sich nicht um einen Unfall handelt. Kennen Sie einen Martin Seegard?“
Katja Schulte wurde blass, fasste sich aber sogleich: „Martin ist tot?“
„Sie kannten ihn näher?“
„Wir waren mal zusammen. Kurz. Aber das ist lange her.“
„Weiß das Ihr Mann?“
„Ja, natürlich, es war vor seiner Zeit. Die beiden waren Studienkollegen.“
„Hatten Sie weiter Kontakt, Sie und Martin Seegard?“
„Was heißt Kontakt. Man trifft sich immer mal wieder.“
„So?“
„Ich sah keinerlei Veranlassung, den Kontakt abzubrechen. Martin war ein guter Freund. Ich weiß nicht, wie Sie das handhaben, ich pflege zu meinen früheren Freunden ein gutes Ver-

hältnis. Ich lege Wert darauf. Wieso sollte ich jemanden aus meinem Leben streichen, nur weil ich mal mit ihm in einer Liebesbeziehung stand?"

Freese dachte nach. In seinem Leben gab es jede Menge Frauen, die er nicht wiedersehen musste. Eigentlich sogar ausschließlich solche. Mit Beendigung einer Beziehung bestand kein Grund, weiterhin irgendeinen Kontakt zu pflegen. Wozu?

„Noch Fragen?"
„Ja. Äh, wie sah das Ihr Mann?"
„Da sollten Sie ihn vielleicht selbst fragen."
„Mit anderen Worten, ihm war das nicht recht."
„Wissen Sie, Herr …"
„Freese. Friedhof Freese."
„Bitte?"

So weit war es nun also gekommen. Er war nicht mehr Herr seiner Sinne, seiner Sprache. Er spürte, wie er errötete. Eine neue, nicht gerade angenehme Erfahrung inmitten einer Vernehmung.
„Ich meine Fritjof, Fritjof Freese."
„Ah ja." Ihr Blick geriet fast mitleidig. Womöglich meinte sie, er sei ihr gegenüber verunsichert, schließlich war sie eine attraktive, erfolgreiche Frau. Das konnte er nicht auf sich sitzen lassen.
„Wann haben Sie Martin Seegard das letzte Mal gesehen?"
„Wieso?"
„Bitte, beantworten Sie meine Frage!"
„Letzte Woche. Wir waren zusammen essen."
„Wo?"
„In Neckarhausen. Ist das wichtig?"
„Wusste Ihr Mann davon?"
„Nein."
„Sie haben es ihm verschwiegen?"

„Wieso sollte ich ihm davon erzählen. Es war nicht wichtig."
„Und wieso haben Sie sich dann überhaupt getroffen?" Freese gewann langsam seine Souveränität zurück.
„Wir führen eine Ehe, die auf Vertrauen basiert."
„Und deshalb haben Sie das verschwiegen, weil Sie sein Vertrauen nicht erschüttern wollten?"
„Erzählen Sie Ihrer Frau immer alles?"
„Ich?" Freese ärgerte sich über seine Gegenfrage. „Ich habe keine Frau."

Unzählige Male schon hatte er diesen Satz einer Frau gesagt. Leichthin. Oder als Fingerzeig. Nie hatte die Formulierung ihn jemals nachdenklich gemacht. Diesmal schon.

Kommissar Günda hatte Mühe, sich mit dem Fall Seegard zu befassen. Er konnte nur hoffen, dass sein Assistent erfolgreicher war.
Auch wenn er es nicht wahrhaben wollte, sein neues Haus entwickelte sich allmählich zur Belastung. Lag es daran, dass es ihm zunehmend schwer fiel, sich auf mehrere Themen gleichzeitig zu konzentrieren? Vielleicht sollte er Urlaub machen. Es klopfte an der Tür. Durch den Türspalt lugte Marion Helche: „Do will ähna zu Iam Frischling. Ea sacht, ea heed doo än Tammien. Weje de Zeidung."
„Als nei", antwortete Kommissar Günda, froh um die Ablenkung.
„Sokodoo. Was kann isch füa Sie tuhen?"
„Sin Sie do de Scheff?"
„Noin. Dea Scheff ist aussahoissisch. Leita."
„Un wea sin Sie?"
„Moin Name ist Freese, Friedhof Freese."
„Ah, dann hawwe mia grad telefoniat. Des is guud."
„Rischdisch. Um waas hat es nochmal tun gehen?"
„Isch will moin Gewinn abhole."
„Gefinn? Interessant. Leita kann isch misch nischt a-innan. Was ist das denn für ein Gefinn?"
„Hä? Des misse doch Sie wisse, Sie hawwe des doch vaoostaldet, des Preisausschreiwe. Uff jedn Fall Geld. Wahrscheinz än Haufe."
„Aa, daas. Das Breisausschreipen. Und Sie haben also gefonnen?"
„Rischdisch. Weilisch die Antwort ghabt hab, die korräggde: fimhunnatachdeseschzisch."
„Hm. Interessant. Fie faa nochmal die Wrage?"
„Hea mol, wolle Sie misch uze? Des wisse Sie nimmi?"
„Schauhen Sie, wir machen tääklisch Breisausschreipen. Wir sind kwassii Perufsbreisausschreiper. Aalssoo biite, wie lautet die Wrage?"

„De Keenischstuhl, wie hoch dass dea is: fimfhunnatachdeseschzisch."
„Verstehe. Das ist leita walsch."
„Was is des?"
„Walsch."
„Falsch?"
„Kenau."
„Moment, des steht awwa iwweraal. Des kann jo gaa net sei."
„Leita. Aa, da kommt ja schon moin Scheff, den können wir kleisch wragen. Chef?"

Der ohnehin überrumpelte Freese war von der Anrede zusätzlich irritiert: „Ich wusste nicht, dass wir Besuch haben. Freese mein Name."
„Hä?"
Der Blick des Besuchers wanderte von Freese zum Kommissar und wieder zurück.
„Isch hab gedenkt, des wäre Sie, de Freese."
„Nun, fia sind es peite. Isch bin Freese Junihor und das ist Freese Senihor, ganz einfach. Und mit wem hapen Sie telefoniat?"
„Kää Ahnung, dea hot uff jedn Fall so koomisch gebabbelt, so voanehm."
„Voanehm? Donn kann es nur er gewesen sein, voanehma geht es nischt. Tja, schade nochmal, aber moin Scheff hat gerade voahien nachgemessen, die rischdische Antwort lautet fimfhundat*neun*undseschzisch. Stimmts, Scheff?"
Er bedeutete Freese mit Nachdruck, ihn zu bestätigen.
Der nickte treuherzig.

„Aber zum Klück haben fia heute eine Zusatzwrage im Ahngebohot: Isch sehe waas, was du nischt siehst, und daas ist pleisch."
„Pleisch?"

„Kenau. Pleisch. Wie Fleisch. Ploß mit pö."
„Äh, kää Ahnung."
„Isch gepe Ihnen mal oine kloine Hilfe: pleisch wie plass."
„Isch kumm als noch net druff. Kannisch ebba oorufe?"
„Nein. Leita. Schate, damit haben Sie nischts gewonnen, aber tanke füas Mitspielen."
„Äh, ähns noch, was wären die rischdische Antwort gwest? Was is pleisch?"
„Oin Dabbes. Un do hoggda."
Kommissar Günda deutete auf den verdutzten Freese, der sich damit abzufinden schien, gar nichts mehr zu verstehen.

„Un jetzt die gute Nachrischt. Es gibt einen Drostbreis. Soeben hat die Geschäftsleidung beschlossen, Sie erhalten eine Einlatung zum Essen. Herzlischen Klückfunsch. In einem Restoraant Ihrer Fahl."
„Awwa ia zahlt des."
„Apa ja. Fimfzisch Euro. Und Sie können einen von uns mitnehmen. Fahlfeise erhalten Sie den doppelten Petrag. Nun, feen nehmen Sie mit?"
„Kähna, des is doch klaa. Isch nämm liewa des Geld."
„Schate, sehr schate. Apa fia ferden damit lepen müssen. Piss zum nächsten Mal. Tanke fürs Mitspielön."

Zähneknirschend zückte Freese seinen Geldbeutel und legte zwei Fünfzig-Euro-Scheine auf den Schreibtisch, die umgehend in der Hosentasche des Königstuhlexperten verschwanden.

„Freese, des kummt defu, vun denne Zeidungsgschischdlin."
„Okay, Tschief, das habe ich verdient. Ich habe einfach gedacht …"
„Des is schun schlescht."
„Also von mir aus könnten wir die Aktion beenden, aber es

kommen eben weiter Anrufe. Es hätte ja ein wichtiger Hinweis sein können. Ich dachte, es handelt sich um ein Autokennzeichen. Wie konnte ich ahnen, dass es um die Höhe vom Königstuhl geht?"
„Des heedisch da saache kenne, isch kenn mei Leit."
„Aber dafür habe ich eine neue heiße Spur. Das heißt, eigentlich ist es eine alte. Sie bekommt allerdings gerade frische Nahrung."

Freese erzählte seinem Chef von seinem Besuch bei der Cateringserviceleiterin: „Klarer Fall von Eifersucht. Wie Sie vermuteten."
„Awwa wisso is dea eifasischdisch? Ea hot sie doch, sei Fraa. De anna hot sie nimmi. Wu issn des Probblähm?"
„Die Wege der Liebe sind manchmal unergründlich, Tschief. Das Gefühlsleben der Männer kennt auch tiefe Verletzungen. Männer sind heute nicht mehr roh, unnahbar, empfindungslos."
„Hä? Was issn bassiat? Hot disch ähni oogezeigt? Un du bisch uff Bewährung? Gugg misch mol oo!"
Freese ignorierte die Anwürfe.
„Jedenfalls, die Frau des Verdächtigen hat sich weiterhin mit Martin Seegard getroffen."
„Ähä."
„Das letzte Treffen fand vor einer Woche statt."
„Unn? Is was bassiat?"
„Sie sagt nein."
„Allo."
„Ich glaube ihr das nicht."
„Wisso?"
„Tschief, wenn sich zwei Menschen treffen, die mal ein Paar waren, das ist, das ist …"
„Waas?"
„Unnatürlich. Es sei denn, es knistert noch zwischen den beiden."
„Wuhea weesch du des?"

„Ich treffe mich nie mit meinen früheren Freundinnen."
„Zu viel, gell?"
„Nein. Das macht keinen Sinn. Wozu?"
„Babble. Vazehle. Freundschaft halt."
„Freundschaft zwischen Mann und Frau? Bloß Freundschaft? Das geht nicht."
Kommissar Günda wunderte sich, wie vehement Freese plötzlich wurde. Als wollte er etwas nicht wahrhaben.
„Jedenfalls dann nicht, wenn die zwei vorher zusammen waren."
„Mähnsch? Hosch des noch nie ghabt?"
„Was?"
„Ä Freindiin. Grad ä Freindiin."
„Nein", log Fritjof Freese, denn er fürchtete, dass die Frau, um die seine Gedanken beständig kreisten, genau das war und alle Zeit bleiben würde. Und zwar nur das.
„Und Sie?"
„Isch? Ach Gott!" Kommissar Günda seufzte.

Sie hieß Eveline. Und sie war die einzige Frau, mit der Kommissar Günda jemals zusammengelebt hatte. Ganze zwei Wochen. In einer Pension in Südtirol. Zuvor hatten sie sich bei einer Fortbildungsveranstaltung kennengelernt. Davon hatte natürlich niemand erfahren dürfen. Was einen gewissen Reiz ausmachte. Wenn sie in Seminaren zusammen saßen, begegneten sie einander mit unverbindlicher Freundlichkeit, und doch, wenn ihre Blicke sich trafen, durchfuhr es Kommissar Günda. Und etwas sagte ihm, ihr erging es nicht anders.

Gefunkt, *was fa bleedes Wortt*, gefunkt hatte es bei einer abendlichen Zusammenkunft, die der Auflockerung dienen sollte. Ein Alleinunterhalter hatte auf seiner Zither *La Paloma* gespielt, und sie hatten sich angegrinst. Außer ihnen schien niemand das Absonderliche an dieser Kombination bemerkt zu haben. Sie hatten den ganzen Abend und die halbe Nacht miteinander verbracht, und am nächsten Morgen hatte ihn sein Kollege Ewald mit den durch den Frühstücksraum gellenden Worten begrüßt: „Unn, Günda! Leeft do was mit de Eefii?“

Er hatte entrüstet den Kopf geschüttelt, sich aber ein vielsagendes Grinsen nicht verkneifen können.

Kurz darauf hatten sie beide Urlaub genommen und waren gemeinsam nach Südtirol gereist. Der Vorschlag war von ihr gekommen. Kommissar Günda war alles andere als ein Wanderfreund, doch mit Eveline wäre er überall hingefahren. Überdies waren die Berge eine so erhabene Kulisse für ihre sich rasant entwickelnde Liebesgeschichte. Ausgiebig, ausdauernd und ausnahmslos hatten sie sich miteinander befasst. Die Vergangenheit hatte ebenso wenig gezählt wie die Zukunft.
Das war womöglich ihr Fehler gewesen. Nach ihrer Rückkehr war die Gegenwart beendet. Was bei einer Fortbildung in Bad Münstereifel so magisch begonnen und in Sankt Ulrich gegipfelt hatte, war unerwartet ins Leere gefallen. Es war ihnen nicht gelungen, den Ausnahmezustand zum Alltag zu machen. Oder umgekehrt. Vielleicht hatten sie es auch zu zaghaft versucht. Doch es war, als hätte man aus dem Urlaub einen Wein mitgebracht, der dort besser als alles je zuvor Gekostete gemundet hatte, dessen Geschmack aber daheim unerklärlicherweise weit hinter den Erwartungen zurückblieb.

Als Eveline ihm eines Tages eröffnete, sie würde an einen anderen Ort versetzt, da war er allenfalls getroffen von seiner Gleichgültigkeit. Die Liebe, so atemberaubend sie begonnen hatte, sie war zu einem Ende gekommen. Wenngleich zu einem guten. Wie selbstverständlich hatte er ihr beim Umzug geholfen. Etliche Jahre später war er ihr Trauzeuge gewesen, und er war der Pate ihres ersten Kindes. Zuerst hatte sie sogar angekündigt, sie würde den Spross nach ihm benennen. Ein Scherz, zum

Glück für das Mädchen.
Regelmäßig telefonierten sie, schrieben sich Briefe, hielten einander auf dem Laufenden. Nie hatten sie den Kontakt verloren. Nie hatte einer von ihnen das Gefühl, dem anderen nachzustehen, ausgeliefert oder unterlegen zu sein. Bis heute hatte ihre Freundschaft Bestand, wenngleich die Abstände zwischen ihren Kontakten größer geworden waren. Eveline hatte mittlerweile zwei Kinder, sie war aus dem Polizeidienst ausgeschieden und arbeitete bei ihrem Mann in der Firma mit. Ihr Leben verlief gänzlich anders als seines. Dennoch blieb zwischen ihnen Herzlichkeit, ehrliches Interesse und tiefes Wohlwollen. War das nicht der Gipfel, das Ideal menschlicher Beziehung? Stand dem nicht die Liebe immer nur im Weg?
Doch gelang das vielleicht nur, wenn man einmal zusammen gewesen war? Angeblich ja gerade nicht, weil Verletzungen, Groll und Rachebedürfnis genau das verhinderten.

Bisweilen hatte Kommissar Günda den Verdacht, es sei seine besondere Stärke: eine Liebe zu einem guten Ende zu bringen, den Einklang im Ausklang zu finden.
Immerhin gab es da die Geschichte, die nun schon gut vierzig Jahre zurücklag. Das Mädchen, mit dem er den allerersten Kuss erlebt hatte. Mit sechzehn. Ein besonderer, unglaublich intensiver Moment. Den sie nie mehr hatten wiederholen können. Obwohl sie es über Wochen hartnäckig versucht hatten, immer wieder. Das Gefühl hatte sich einfach nicht mehr einstellen wollen. Sie waren fast schon stur beisammen geblieben, hatten sich prächtig verstanden und einander verbunden gefühlt, jedoch nicht mehr nah. Bei jedem Kuss spürten sie nur das gewisse Nichts.
Selbst insofern waren sie sich einig und beinahe erleichtert, als sie sich das irgendwann eingestanden.
Für Kommissar Günda war dieses Erlebnis prägend gewesen. Er hatte etwas erlebt, was er nicht wahrhaben wollte: Liebe vergeht.

War das deren eigentliche, unabwendbare Bestimmung? Oder hatte er die wahre, die große Liebe bloß nie kennengelernt? Verliebt war er unzählige Male gewesen, davor war er bis heute nicht gefeit, auch wenn es ihn immer seltener befiel.

Er sollte Eveline wieder einmal anrufen. *Guude Idee!* Sie kannte ihn, und ihrer absichtslosen Gunst konnte er sicher sein.

„Tschief?“ Freese hatte längst bemerkt, dass sich sein Chef wieder einmal verlor. Ein wenig Zeit hatte er ihm gerne gelassen.
„Waas?“
„Ich habe Sie gefragt, ob Sie das auch kennen, Freundschaft zwischen Mann und Frau.“
„Un wie isch des kenn. Ealisch gsacht, isch find des soggaa äfacha als wie mit de Männas.“
„So geht es mir auch“, bestätigte Freese. „Allerdings habe ich ein anderes Problem, ich komme nicht dazu, Männer kennenzulernen. Es gibt einfach zu viele Frauen. Na, jedenfalls werde ich mir nach diesen Informationen unseren Historiker nochmal genauer anschauen.“

„Zu viele Frauä?“ murmelte Kommissar Günda. „Isch hab imma gedenkt, sgibt bloß die ää.“

Berthold Müller zeigte sich wenig überrascht vom Zustand des Gebäudes: „Ganz gute Substanz, aber miserable Raumaufteilung. Unpraktisch, düster. Der Denkmalschutz spielt hier keine Rolle, das kann ich dir schon mal versprechen, dafür sind die Häuser nicht alt und nicht architektonisch gelungen genug. Einfache Bauweise aus den Vierzigern. Wie mein Elternhaus auch. Die Leitungen müssten alle neu gemacht werden, Strom, Wasser, die Heizung, die Sanitäranlagen, die Dämmung, das Dach. Im Grunde entspricht nichts mehr dem heutigen Stand der Technik. Darf ich ehrlich sein, Günda?"
„Hajo."
„Ich würde mir einen Kostenvoranschlag geben lassen für den Abriss. Es kommt dich günstiger, und du hast viel bessere Möglichkeiten. Wie ich sehe, hast du schon ziemlich für Ordnung sorgen lassen. Aber du hast die Fotos an den Wänden noch nicht entsorgt, das gefällt mir." Er stellte sich an das nächste Fenster, schob die Gardine beiseite und blickte nach draußen. „Ich finde, Fotos, selbst private, sagen viel über eine vergangene Zeit. Für mich war Geschichte in der Schule erst interessant, als Bilder ins Spiel kamen, am besten bewegte."
„Isch hab noch mähna[93] vun denne Foddo. Aa uff de Kommood im Schloofzimma. Isch bring des net iwwas Härzz, die wegzumschmeiße."
Berthold Müller wandte sich wieder seinem Gesprächspartner zu: „Das verstehe ich gut. Fotos halten Menschen lebendig. Selbst wenn sie gestellt sind."
„Hea mol, vleischt is dei Famillje aa irgendwu druff. Vleischt soggaa du. Isch hab noch zwee vun denne Foddoalwe hinne."
„Das muss ich nicht haben. Ich würde jetzt lieber langsam wieder nach draußen gehen. Übrigens, selbst wenn du den alten Boden rausnehmen lässt, ich bezweifle, dass du hier jemals frische Luft reinbekommst."

---

[93] mehr

Beide atmeten auf, als sie auf der Terrasse im Roten Ochsen saßen, wo Marion Helche eigens für sie einen Tisch und zwei Stühle hingestellt hatte.
„Un, waasch uffm Friedhof voahiin?"
„Hm."
„Die Eldan, des vasteh isch guud."
„Nein, ein guter Freund von mir liegt dort, vor einem halben Jahr verstorben. Das Grab meiner Eltern existiert nicht mehr."

Kommissar Günda setzte zu einer Nachfrage an, als Marion Helche kam, um die Bestellung aufzunehmen.
„Haben Sie Rhabarber-Schorle?"
„Hammia, kannisch empfehle, gonz frisch."
„Fa misch aa, Marioon. Unn?" Er deutete auf den Mann zu seiner Linken. „Kennsch denn als noch net?"
„Dud ma leid. Vum Sehe als, awwa …"
„Des is de Soohn vun dcinare Muddi iam Lehra."
„Vum Lehra Milla? Aha." Marion Helches Reaktion war verhalten.
„Ich weiß, mein Vater hat sich vielen Schülergenerationen eingeprägt. Haben Sie auch unter ihm gelitten? Nein, das kann ich mir nicht vorstellen, dafür sind Sie viel zu jung."
„Isch net, awwa mei Muddi, die hot als vun demm vazehlt."
„Nichts sonderlich Gutes, nehme ich an."
Marion Helche schwieg zu diesem Thema diplomatisch: „Isch kimma misch mol um de Rhabaaba."

„Wann bisch du fortt vun doo, Berthold?"
„Oh, lang her. Gleich nach der Schule. Erst Berlin, dann Köln und jetzt schon eine Weile Frankfurt."
„Desdaweje sprisch du aa kähn Dialekt, gell? Hosch das abgegwööhnt, weil disch sunscht kähna vasteht do drowwe."
„Nein. Ich habe nie Dialekt gesprochen. Mein Vater hat größten Wert darauf gelegt, dass wir anständig sprechen. Für jedes Wort

auf Glickerbacherisch gabs …"
„Hinnad Oahre, vasteh schun. Dea waa gonz schää streng, doin Vadda. Un die Mudda?"
„Die kam aus dem Schwäbischen. Tübingen. Aber beide haben hochdeutsch gesprochen, immer und überall."
„Awwa die Schiila in Glickabach doch ea net, odda?"
„Bei meinem Vater schon. Sie mussten jedenfalls, soweit sie das eben konnten. Auch in der Schule hat mein Vater Strafen verteilt, wenn die Kinder Dialekt sprachen. Kopfnüsse waren seine Spezialität."
„Awwa vastehe dusch du schun alles."
„Selbstverständlich. Nur sprechen kann ichs nicht."
„Do kennisch noch ähna vun derre Sortt."

Marion Helche brachte die Getränke, und Berthold Müller nahm einen tiefen Schluck.
„Ich hatte kein gutes Verhältnis zu meinen Eltern. Besonders nicht zu meinem Vater."
„Mach des, loss sell, du jäänes. Des kann ähm gonz schää uff de Wegga gehe."
„Bei mir hatte das noch andere Gründe. Wir waren politisch über Kreuz."
„Vasteh schun: CDU odda SPD, des waa ä Zeit lang wie Geha odda Pelikan." Kommissar Günda bemühte sich in ihrem Gespräch weiter um Leichtigkeit.
„Ach, kein erfreuliches Thema, Günda. Lassen wir das lieber. Erzähl mir von dir, was machst du beruflich?"
„Isch? Nix Gscheits, bloß Beamda."

Kommissar Günda scheute sich regelmäßig, seinen Beruf zu offenbaren. Menschen änderten oftmals schlagartig ihr Verhalten ihm gegenüber, wenn sie erfuhren, dass ihnen ein Kriminalkommissar gegenübersaß. Und so schwieg er dazu im Privatleben am liebsten. Besonders im Urlaub war er in dieser Hinsicht wenig mitteilsam. Er wusste, wohin eine Offenlegung führte: Entweder seine Gesprächspartner waren neugierig, oder sie fühlten sich ständig beobachtet, durchleuchtet. Dabei konnte Kommissar Günda sehr wohl Beruf und Privatleben trennen. Hoffte er wenigstens.

Besonders heikel war es, wenn er Frauen kennenlernte. Auch das war der enorme Vorteil bei seiner Eveline, wusste die doch von Anfang an, mit wem sie es zu tun hatte. Und sie verstand eben auch, dass er ein Mensch war, ein Mann und erst in dritter Linie Polizist. Oder war auch das ein Trugschluss? Stand ihm das in Wahrheit für eine dauerhafte Beziehung im Weg?

Männer und Frauen reagierten nach seiner Beobachtung unterschiedlich auf seinen Beruf. Männer eher mit einem *Hea uff, vazehl mol!*, Frauen dagegen mit einem unbehaglichen *Ou, ach so.*

Während er Männern möglichst reißerische Episoden auftischen sollte, hatte er bei Frauen erst einmal wieder um Vertrauen zu werben. *Gonz schää koomisch.* Und dann gab es da noch die weit verbreitete, geschlechterübergreifende Reaktion: *Sie sin bei de Bollezei? Des heedisch jetz net gedenkt.*

Das nervte ihn im Grunde am meisten. Als Beamter ging er offenbar durch. Irgendwo in einem staubigen Büro Sachbearbeiter, das konnte man sich bei ihm ohne Weiteres vorstellen. Lag vielleicht an seiner Optik. Gut, er war nun mal *än Knuddl, än goldische.* Wieso sollte es nicht auch solche Polizisten geben? Aber nein, das Idealbild der Kommissare war allgemein bestimmt von sportlich-drahtigen Haudrauf-Typen in Fernsehserien.

Eine nicht unerhebliche Rolle spielte nicht zuletzt seine Sprache. Die sorgte dafür, dass er für einfältig und harmlos gehalten wurde. Freese erschien pfiffig, unberechenbar, gefährlich. Seinen

Chef hingegen hielt man allenfalls für ein unterhaltsames Original.

Es hatte möglicherweise aus diesem Grund, aber wahrscheinlich eher aus Regulierungswut sogar schon den einen oder anderen Versuch seitens des Präsidiums gegeben, die Kollegen anzuhalten, im Dienst ausschließlich hochdeutsch zu sprechen. Dem hatte sich Kommissar Günda stets entziehen können, genauer *misse*. Wie sollte er auch anders? *Hochdeitsch iiwe? So weit kummts noch.*

„Beamter? So siehst du gar nicht aus, Günda."
Das wiederum hörte er äußerst selten. Nach seiner Erfahrung entsprach er sogar dem Idealtypus des Beamten. Des in die Jahre gekommenen, rundgesessenen.
„Finsch? Was hoschn du gedenkt?"
„Lass mich überlegen, darüber habe ich mir gar keine Gedanken gemacht, für mich zählt der Mensch, nicht der Beruf, das Amt. Vielleicht Lehrer? Nein, eher nicht. Musiker?"
„Wie kummsch du jetz dodruff?"
„Ich weiß nicht. Vielleicht durch das Harmonium in deinem Haus."
„Des is dia uffgfalle?"
„Entschuldige, das Haus ist so gut wie leer, keinerlei Möbelstücke, aber ein Instrument."
„Isch kanns awwa leida net spiele."
„Aber du bist bestimmt irgendwo für Kultur zuständig."
„Wie mas nimmt. Mähna Subkulduа."
„Gibt es das hier? Freie Theaterszene, Graffiti, Poetry Slammer, Indie-Bands?"
„Du kennsch Sache."
„Entschuldige, Günda, ich komme aus Frankfurt."
„Nää. Isch mach mea so langweilische Kees, net wischdisch. Äh, was annares …" Kommissar Günda wollte vom Thema ab-

lenken. Auch Berthold Müller würde sich vermutlich erst an den Gedanken mit der Polizei gewöhnen müssen.

Gelungen war das letztlich nur bei seinen ehemaligen Mitschülern. Da hatte es bei den regelmäßigen Klassentreffen lediglich in den ersten Jahren ein reges Schaulaufen gegeben: *Mei Karriere, mei Audo, mei Haisl* … Längst scherte sich keiner mehr darum. In diesem Kreis der mindestens einmal Geschiedenen interessierte weit mehr: „Wie siehtsn aus, Günda? Hosch du endlisch mol ähni?“

„Indressiasch du disch fa Mussisch, Berthold?“, hakte Kommissar Günda nach, um abzulenken.
„Ehrlich gesagt, nein. Ich gehe zwar ab und zu in Konzerte, aber eigentlich hat mir Musik nie etwas gesagt.“
„Schaad.“
„Finde ich auch. Aber so ist es nun mal. Liegt vielleicht daran, dass mein Vater auch Musiklehrer war, fachfremd. Er hat eine Zeit lang sonntags die Kirchenorgel gespielt. Ich musste mir schon als Kind klassische Konzerte anhören, zu Hause lief nur solche Musik.“
„Wagna, Bach, de Mozzaat.“
„Keine Ahnung. Wahrscheinlich. Ich habe zum Verdruss meiner Eltern früh Rockmusik gehört. Schon aus Protest. Du kennst das bestimmt.“
Das wiederum war Kommissar Gündas Leib- und Magenthema.
„Waas? Was waren dei Lieblingsbäänds? Un wenn vun denne hosch du leif gsehe?“
Kommissar Günda beneidete alle, die fünf, zehn, fünfzehn Jahre älter waren, darum, dass sie die Chance gehabt hatten, all seine Rockheroen auf der Bühne zu erleben. In dieser Hinsicht wünschte er sich, er wäre früher geboren.
„Och, was man damals so gehört hat. Rolling Stones …“
„Welli Platt?“

„Oh, das weiß ich nicht mehr."
„Schdiggii Fingas[94]? Gimmii Schelda[95]?"
„Keine Ahnung, die habe ich alle irgendwann in den Sperrmüll gepackt."
„A nää!"

Das war etwas, was Kommissar Günda überhaupt nicht nachvollziehen konnte. Bis heute bewahrte er seine Schallplatten nicht nur auf, er hütete sie – bis auf ein paar wenige, sogleich entsorgte Fehlkäufe. Er kannte sie in- und auswendig, wusste, nach welchem Song man sie umzudrehen hatte. Und wenn er sich einen Vinyl-Liebling *weje Bonnusdräggs* als CD kaufte, dann bemerkte er sofort, wenn man instinktloserweise die Reihenfolge der Titel verändert hatte. Und war verstimmt. Die CD wanderte unabwendbar in den Müll.
Aber er hatte schon öfter erlebt, dass diese nachhaltige Leidenschaft nicht von vielen geteilt wurde, obwohl doch in diesen Generationen Rockmusik eine so zentrale, identitätsstiftende und sogar politische Rolle gespielt hatte. Mittlerweile musste er ein ums andere Mal mitanhören, wie man auf runden Geburtstagen ausgerechnet die Songs als beliebteste Oldies feierte, die damals absolut verpönt gewesen waren.

„Um auf dein Thema zurückzukommen, wenn du mich fragst, reiß das Haus ab, bau dir ein neues. Wenn du willst, helfe ich dir gerne bei den Entwürfen."
„Wisso?"
„Wieso ich dir bei den Entwürfen helfen möchte? Zum einen, ich finde nichts schlimmer, als wenn in eine gewachsene Umgebung Gebäude gebaut werden, die nicht passen. Und zum anderen: du bist mir sympathisch."

---

[94] Sticky Fingers
[95] Gimme Shelter

„Huhuuu! Huhuuu!“, jaulte Kommissar Günda.
„Wie bitte?“
„Hosch des aa schun vagesse? Schdouns[96]. Simmbessii fa se Dewl[97]. Klähna Witz. Nänää, schää vun dia, do kummisch vleischt druff zrick, Berthold.“

„Tschuldischung, die Härre“ Marion Helche ließ ihre Stimme aus dem Gastraum vernehmen. „Die hawwe misch grad oogrufe vun de Stadt, sgähngt um des Buch *Unsa Glickabach*. Do wäa ähna doo, wu des iwwanimmt, des Schreiwe. Sie suche denn Milla. Des sin doch Sie, odda? Was sollischn denne saache?“

Für einen Moment verfinsterte sich Berthold Müllers Miene. „Danke. Richten Sie bitte aus, ich komme gleich. Wie heißt denn der Mann, der neue Schreiberling?“
„Beiigmonn-Schulz odda so ähnlisch.“
„Aha. Entschuldige mich bittc, Günda.“

Der dachte nur eines: *Guggemoldo!*

---

[96] Stones
[97] Sympathy for the Devil

„Sehr nett von Ihnen, dass Sie mich begleiten wollen, aber das ist wirklich nicht nötig. – Es handelt sich um eine polizeiliche Ermittlungsarbeit, da dürfen prinzipiell keine fremden Personen zugegen sein. – Ich melde mich, wenn ich Sie wieder brauchen sollte. – Nein, rufen Sie nicht an, ich rufe Sie an."

Es hätte genügend mehr oder weniger deutliche Formulierungen gegeben, um Verena Weipert davon abzuhalten, ihn auf den Königstuhl zu begleiten. Keine einzige ging Freese über die Lippen. Denn er war dazu gar nicht willens, kam ihm doch deren Gesellschaft durchaus gelegen.
Biancas Absage drohte, ernsthaft an seinem Selbstbewusstsein zu kratzen. Da würde ihm die Anwesenheit einer Frau, von der er sicher sein konnte, dass sie ihm Bewunderung zollte, die längst fällige und verdiente Ablenkung verschaffen.

Und so fanden sich beide auf dem Königstuhl an der Gipfelstation ein. Freese war mit dem Auto gekommen, Verena Weipert mit der Bergbahn. Sie wartete bereits direkt neben dem Gebäude und beobachtete, wie sich ein Gleitschirmflieger bereit machte. Der Mann zauderte, sie feuerte ihn an: „Auf, des packsch du! Dea Wind is ideal! Bessa wärdds net. Runna kummsch imma!"

Freese betrachtete von der Seite das Schauspiel und dachte kurz darüber nach, ob er sich lieber von dannen schleichen sollte, aber da hatte ihn Verena Weipert schon entdeckt.
„A, dea Härr Komm … äh …" Sie dämpfte ihre Stimme: „Grüß disch, Peda. Bisch bissl zu spoot. Mescht nix."
„Peda?" Freese war irritiert.
„Anda Kaffa[98]. Vastehe Sie?", raunte sie ihm verschwörerisch zu. Und sie gab Freese etwas, das Kommissar Günda unzweifel-

[98] Under Cover

haft als *batschnasse Schmatza* bezeichnet hätte.
„Auf, mia gähne!"
Freese stutzte.
„Nää, net gähne wie mied. Goldisch! Isch hab schun gheat vun Iam Tschief, Sie hawwe als bissl Probblähme mit unsare Sprooch. Mescht nix, des krieje ma hie. Auf, mache Sie mol duasch! Isch geh, du …"
„?"
„Grammadisch. Schää konjugiere, des bringt was: isch geh, du …"
„Gehst."
„Falsch! Du gehsch. Weida! Ea, sie ees …"
„Geht."
„Des is äfach. Awwa jetz kummts: mia …"
„Gehen?"
„Eewe net. Mia ge-hen. Kroddevakeat. Mia gähne. Un gönau des mache mia jetzat, mia zwee Hibbsche." Sie flüsterte: „Die bescht Tarnnung, des is ä Liebespärle. Des hawwe Sie doch bstimmt aa gelärnnt bei de Bollezei. Isch weeß des. Ä Kussiin zu mia[99], die waa mol mit ähm zamme, des waa soän Strooma, isch sachs Ihne. Denn hawwisch beobacht uff die Aat. Drei Daag. Dea hot nix gemeiikt, dea Sseftl. Un donn hawwisch denn vawischt. Glaawe Sie des?"

Freese ahnte nur, was er glauben sollte, aber nickte vorsichtshalber ergeben. Woraufhin sich Verena Weipert bei ihm unterhakte.
„Schää isses doo, gell? Aiig schää. Ramondisch bis hinnewedda."

Sie spazierten in Richtung Schlierbach, Verena war sich ihres Weges sicher. Wann immer ihnen jemand begegnete, schmiegte sie sich nur umso fester an ihn.

---

[99] meine Cousine

Anfangs holperte es, aber schon bald liefen sie im Gleichschritt. Wobei Freese das Gefühl hatte, immer war er es, der seine Schritte anpasste.

Endlich erreichten sie den Fundort der Leiche. Freese hatte eigentlich keine Ahnung, was er hier suchte, immerhin hatte die Spurensicherung das Gelände bereits abgesucht. Aber irgendwie misstraute er dem Weizen. Wer weiß, ob der akribisch genug vorgegangen war, womöglich hatte er doch etwas übersehen.

Freese schälte sich nicht ohne Mühe aus der Umklammerung: „Ich werde nun das Gelände in Augenschein nehmen."
„Isch kumm grad mit, Sie wisse des doch wahrscheinz gaa nimmi, wu mia die Leisch gfunne hawwe. Un fia Aare[100] sehe mähna wie zwee. Un isch hab soggaa mei Brill debei. Donn wäres sechse. Do owwe! Iwwa demm Boom."

Verena Weipert war neugierig. Und kam ihm immer wieder gerne näher.
„Weje weils so schää uffregend is. Wie im Kinnoo. Gell?"

Ein Jogger näherte sich.
„Obacht!"
Unvermittelt stürzte sie auf Freese zu und schlang die Arme um seinen Nacken.
„Du bisch ma ähna, moin Peda!", gurrte sie in den Wald. „Du kriggsch nie genung vun mia, gell?"
Der schwer atmende Sportler bedachte sie mit einem Blick, in dem die ganze Last seines bisherigen Pensums zu liegen schien.

Als er außer Sichtweite war, löste sich Freese erneut und stob entschlossenen Schrittes den Hang hinauf.

---

[100] vier Augen

„Dort oben ist er also gestürzt“, rekapitulierte er dabei laut. „Mehrere Meter ist er hinuntergetrudelt. Vielleicht hat er etwas auf dem Weg verloren. Bleiben Sie mal unten, Verena, damit wir keine Spuren verwischen, vielleicht muss ich die Kollegen ein weiteres Mal bemühen.“

Den Blick auf den Boden geheftet, fielen ihm nur ein paar gebrochene Äste auf. Und imposante Hirschkäfer.
„Suche Sie des?“ Ihr Rufen gellte durch den Heidelberger Stadtwald. Verena Weipert hielt triumphierend einen USB-Stick in die Höhe. Aus der Ferne vermochte Freese nicht auszumachen, was das war.
„Was ist das?“
„Än Schdick!“
„Von was?“, rief er hinunter.
„Wie vun was? En Schdick hawwisch gfunne.“
„Aha. Ein Stück Baumrinde? Ein Stück Wildschwein? Ein Stück Kuchen?“
Freese war etwas gereizt. Es war vielleicht doch ein Fehler gewesen, Verena mitzunehmen. Es erinnerte ihn an die ersten Trainingseinheiten auf der Polizeischule, wo in allem ein dramatisch sachdienlicher Hinweis gesehen wurde. Da fehlte nun doch das geübte Auge.
„Das brauchen wir nicht, das können Sie wegschmeißen.“ Seine Stimme klang bestimmt, und er machte vorsorglich die dazu passende abwertende Geste.
„Alla guud, wenn Sie des mähne.“

Nach weiteren zwanzig Minuten brach er die Suche ab.
„Hat keinen Zweck. Es fängt ohnehin an zu regnen. Wir gehen.“
„Stopp! Wie heeßt des bei uns? Mia …?“
„Geh-nö.“
„So ähnlisch. Auf!“
Und sie hakte sich erneut bei ihm ein.

Als sie wieder an der Bergbahn angelangt waren, war Verena Weipert voll des Lobes: „Des waa indressant, aiig indressant. Un wie Sie des alles im Griff hawwe, fänomenaal. Was wischdisch is, was net. Isch deed des net wisse."
„Nun, ein bisschen Erfahrung, der geschulte Blick."
„Sie sin halt de Expärdde, des meiikt ma glei."
Freese sah keine Veranlassung, ihrer Schmeichelei zu widersprechen, und fühlte sich in seiner Entscheidung, Verena Weipert zu dieser Erkundung mitzunehmen, endgültig bestätigt.

„Isch zum Beispiel, isch heed jo gedenkt, des wäa wischdisch, wenn ma so was find im Wald wie denn Schdick."

Freese wurde schlagartig heiß. Er erinnerte sich an Kommissar Gündas Mahnung *Aufpasse mit dene Artikel!*
„Wie? Was? Sagten Sie eben *den* Stück?"
„Hä?"
„Ich meine, sagten Sie *den* Stück oder *das* Stück?"
„Nää, weda noch: de Schdick halt."
„Der Stück Holz?"
„Holz? Abba. Vum Kommbjuuda de Schdick."
„Ein USB-Stick? Sie haben vorhin einen USB-Stick gefunden?"
Freeses Stimme wurde höher und erhielt einen etwas schrillen Beiklang.
„Hawwisch doch gsacht."
„Und wo ist der jetzt, der USB-Stick?"
„A, denn hawwisch forttgschmisse, wie Sie des valangt hawwe."

„Kää Schangs[101]", erklärte Alex Kornfeld mit Kennermiene.
„Sind Sie sicher?" Freese mochte sich nicht damit abfinden, dass die Daten auf dem USB-Stick verloren waren.
„Dea is hie. Vollischt. Loggisch, dea liggt jo schun ä Weil drauß. Awwa isch schick denn nochmol uff Kallsruh, do hawwe sie Spezialischde fa so Zeigs. Weil Sies sin. Härr Annaschda."
„Danke, Herr Weizen. Aber ich verstehe, offen gesagt, nicht, warum der USB-Stick nicht vorher gefunden wurde. Ich will Ihnen nicht zu nahe treten, aber Sie haben das Gelände doch abgesucht."
„Hawwisch."
„Und da haben sie ihn nicht entdeckt?"
„Weje weila net doo waa. Gonz äfach."
„Sie meinen, den hat erst nach dem Vorfall jemand verloren?"
„Gönau."
„Glauben Sie, da sind so viele unterwegs, abseits des Weges? Mit einem USB-Stick, lose in der Hose?"
„Was weeßn isch, was die Leit alles mache. Bliemlin pfligge." Er registrierte Freeses fragenden Blick. „Blume. Pilz. Brennholz. Vleischt hot ähna aa bloß foddografiere wolle. Keent jo sei, odda? Seitdähm dass ia mit de Zeidung schafft, gibts jo wahrscheinz do drowwe aa Turischde, die wu mol gugge wolle, wu des bassiat is."
„Mag sein." Freese war nicht überzeugt. „Dennoch: Bitte versuchen Sie Ihr Bestes, und unterrichten Sie mich, wenn Sie wider Erwarten Erfolg haben. Jeder Hinweis kann von Nutzen sein."
„Mach Sache!"
„Bitte?"
„Isch mähn, des hawwisch noch nie gheat. Ma kennt mähne, Sie schaffe bei de Bollezei."
Von Kommissar Günda wusste Freese, dass es auch eine

---

[101] Chance

empfindliche Seite am Weizen gab. *Dea? Ä Mimoos.* Das war die Bestätigung dessen.
Was Freese nicht hinderte nachzusetzen: „Entschuldigen Sie, Sie haben den Fehler gemacht, nicht ich. Ich habe ein möglicherweise außerordentlich wichtiges Beweisstück gefunden. Sie nicht."
„Was hawwisch net?"
„Schwamm drüber."
„Nänänää! Des willisch jetz mol genaua wisse. Ahngenommen, isch heed des Ding iwwasehe. Unn? Was heedsn gebrocht? Hie is hie. So wie des Ding aussieht, is ähna druffgedabbt. Odda des hot ähna forttgschmisse."
Freese zuckte zusammen und bemühte sich, das Thema zu beenden: „Sie haben recht, ist ja auch egal …"
„Des wärdds sei, forttgschmisse, weila was druff hot, was kähna sehe soll. Zum Beispiel Foddo."
„Vielleicht …"
„Naggische. "
„Gut möglich …"
„Isch sach bloß: Pornno." Kornfeld strahlte mit einem Mal. „Aa, wolle Sie des deshalb hawwe? Auf, gebs zu, mia kannschs saache."
Die Stimmung seines Gegenübers besserte sich ebenso wie dessen Motivation. „Isch nämm ma des glei nochmol voa."
„Prima. Ich danke Ihnen."
„Un wennisch was find, mache ma Voaführung bei uns in de Kantiin. Des wäas, odda? Vleischt sin jo Brominende druff."
Der Ermittlungsapparat lief nun auf Hochtouren.
„Jetz kummt ma iwwahaupt die Aleuschdung: Abressung. Ähna hot zwee gfilmt un geje Geld gibts denn Schdick."
„Zweifelsohne eine schöne Idee."
„Dann deedisch saache, gugge ma äschda mol mia zwee. Gemietlisch, klähnes Bierle. Oohne Ian Tschief. Dea is bissl schennant. Ma keent grad mähne, dea hots net so mit de Fraue.

Annaschda wie Sie, Härr Annaschda. Alla! Isch meld misch, wennisch was zum Gugge hab."
„Ja. Danke nochmal."

Freese war mit seinen Gedanken bereits ganz woanders. So ungewöhnlich der Fund auch war, weiterbringen würde er sie wohl leider nicht. Wahrscheinlich würde man ganze Hausstände in den Wäldern entdecken, wenn man nur intensiv genug suchte.

Schmunzeln musste er allerdings über Kornfelds zweifelsohne zutreffende Einschätzung seines Chefs. Bei solchen Themen wirkte der in der Tat unbeholfen. Wenn er es nicht besser wüsste, würde er glatt vermuten, sein Tschief lebte schon sein Leben lang zölibatär.

Obwohl, wusste er das eigentlich besser? Kommissar Günda kam zwar durchaus an bei Frauen. Bei manchen jedenfalls. Bei bestimmten. Indes, es fehlte ihm die Zielstrebigkeit, die ihn, Freese, wiederum auszeichnete. Über den notwendigen Jagdinstinkt in dieser Hinsicht verfügte Kommissar Günda nicht. Ihm schien es zu genügen, sich im Sentimentalen zu verlieren.

Nur ein einziges Mal war es Freese ähnlich ergangen. Nämlich jetzt. Was war denn genau besehen der Anreiz gewesen, noch einmal auf den Königstuhl zu fahren? Doch allein die Hoffnung, Bianca dort zu begegnen. Die romantische, fast schon gündahafte Vorstellung, sie würde dort sehnsuchtsvoll nach ihm suchen. Was natürlich nicht der Fall gewesen war.

Aber immerhin, es hatte ihn auf andere Gedanken gebracht. Nicht zuletzt dank dieser Verena. Ein Typ Frau, mit dem er bislang nicht zusammen gewesen war. Das lag nicht am Alter, das lag am Umgangston. Es lag knapp und präzise gesagt am

Dialekt, der bei Frauen schnell schrill klang und schon eine gewisse Hürde darstellte.

Insofern wunderte es ihn, dass Kommissar Günda selbst so gar nicht auf Verena ansprang. Oder er ließ sich das jedenfalls nicht anmerken.

Dabei, was wäre das schon sprachlich für eine geradezu ideale Kombination! Freese biss sich bei der Vorstellung dieser sich doch geradezu aufdrängenden Romanze lustvoll auf die Unterlippe: *Veröönaa und der Tschief.*

„Mähnsch?" Kommissar Günda äußerte in seiner gewohnt knappen Art seine Zweifel, als Freeses ihn über die neuesten Entwicklungen und Erkenntnisse unterrichtete und zugleich ein wenig für seine neue Mitarbeiterin warb.
„Immerhin hat meine Verena diesen Fund gemacht. Auch wenn das Ergebnis unwichtig ist."
„Saach des nochmol!"
„Was?"
„Wie heeßt ma die Fraa?"
„Verena."
„Kroddevakeat. Ää Wortt, drei Fehla. Reschbeckt, Freese. Feräänaa, so heeßt des. Feräänaa!"
„Das widerstrebt mir."
„Des kannisch ma voastelle. Drotzdähm. Bidde! Grad ää Mol."
„Ich kann es nun einmal nicht."
„Eewe drum, des gfällt mia, gonz aiig."
„Zur Sache, Tschief. Der Speicher von dem Ding lässt sich wohl nicht mehr auslesen. Das ist höchst bedauerlich. Da sind womöglich Tausende Fotos und Dokumente drauf. Damit könnten wir den Täter bestimmt rasch identifizieren."
„Koomisch. Isch hab des aa schun mol alebt. Beiare Paadii, bessa gsacht beiämme Konzärtt. Voll im Babbl."
„Den Zusammenhang verstehe ich nicht. Was hat das mit dem USB-Stick zu tun? Sie haben viel geredet. Und dann?"
„Hä? Wie kummsch jetz dodruff?"
„Na, Sie haben doch eben gesagt, sie waren voll im Pappeln, also voll im Reden."
Kommissar Günda musste grinsen: „Obacht, Freese! Babbl kähn Kees!"
„Was habe ich jetzt wieder falsch gemacht? Sie haben doch mit dem Pappeln angefangen."
„Net mim Babble. Mim *Babbl.* Babble, des is ä Ffääab[102]."

---

102 Verb

„?"
„Oin Tu-Wortt, wenn da des liewa is."
„Ein Verb."
„Saachisch doch: ä Fäääb. Un Babbl, des wäa ä Subschdandief."
„Eben. Das Substantiv von Pappeln. Und das bedeutet nach meinem Kenntnisstand heftiges Drauflosreden."
„Gönau. Isch du babble, Fäääb. Des Babble, des wäa des subschdandiffiade[103] Fäääb." Kommissar Günda holte Luft. „Awaa des isses eewe net. Was isch mähn, des is *de* Babbl. Was hawwisch gsacht, imma schää uffbasse mit de Adiggl."
„Dö Pappel? Nie gehört."
„Kennsch des net? Des gibts jo net."
„Ach so, jetzt verstehe ich." Freeses Miene erhellte sich. „Selbstverständlich kenne ich das: Bubble Gum. *Hubba Bubba*, das berühmte Kaugummi. Das haben wir geliebt mit diesen Riesenblasen. Und irgendwann waren die zu groß, dann sind sie geplatzt, und das Kaugummi hing in Schwaden über dem Mund. Herrlich. Ich weiß gar nicht, ob es das noch gibt. Ja, es ist schade, vieles hat sich verändert, viele Sachen sind einfach verschwunden. Wenn ich nur an mein erstes Handy denke oder an mein erstes Computerspiel. Für die Kids heute die reinste Steinzeit. Aber für uns sind das die schönsten Erinnerungen. Da war die Welt noch in Ordnung."
„Freese, du ma die Lieb, losses!"

Es war für Kommissar Günda immer deprimierend, wenn Freese von einer Vergangenheit sprach, die er gerade mal als Gegenwart empfand, wenn nicht gar als futuristisch. Nostalgie, das war für ihn das Mittelwellenradio.

Reichlich rüde unterband er Freeses Anflug: „Du lenksch ab vum Thäämaa. Außadähm isses falsch. Babbl Gamm – uuä! Wie

---

[103] substantivierte

des schun klingt. Bei uns heeßt ma des Kaugummi Bubbble Gumm. Mit drei be in de Mitt un mit uu nadierlisch.“ Er stutzte. „Äh, wudefu hawwischs ghabt, voahiin? Du derfsch misch net imma unnabreschle. Isch bin schun bissl in de Joa, wu ma durschenanna kummt.“
„Sie sagten etwas von voll im Pappel, und daraufhin habe ich Sie gefragt nach dem Pappeln …“
„Slangt! Isch weeß es widda: Voll im Babbl is die gleje.“
Freese stöhnte leise auf: „So weit waren wir schon mal.“
„Allo, Folgendes: Des waa ä Feschdiffl, ähns vun de äschde do bei uns.“
„Verstehe ich Sie richtig: ein Festival?“
„Gönau. Am Roi, demm Fluss.“
„Am Rhein.“
„Rischdisch, du machsch Fortschritt. Awwa dorttmols hots great. Des Wedda waa schlescht.“
„Es hat geregnet.“
„Un de Bodde waa net geteat, net gepflaschdat. Grad Sand.“
„Sandboden.“
„Un wenns reat uff denn Sand, dann wärdd aus dem Sand …“
„Matsch.“
„Du hoschs. Un mia, mia saache dodezu Babbl. Des is nadierlisch viel schääna als wie Matsch. Matsch, des klingt so … bruddaal.“
„Aha. Und die Zuschauer lagen also im Matsch. Sie auch?“
„Nää, bin isch dabbisch? Isch waa net im Babbl, grad mit de Fieß. Awwa des Ding, des waa voll drin. Des heedsch mol sehe solle. Wie die Wutz voam Friischdick[104].“
„Und wieso erzählen Sie mir das?“
„Wejem Schdick. Weil ia denn nimmi rebariere kennt. Des vasteh isch net. Isch hab des nämmlisch noogebrocht[105]. Drei

[104] das Schwein vor dem Frühstück – typisch lautmalerisches Günda-Bild
[105] fertiggebracht

Stund hawwisch gebraucht mit derre Kassett. Un do waa Zeigs druff. Aldale. Des halwe Konzärtt hab isch uffgenumme mim Kassedderekkodda. Heimlisch. Neigschmugglt hawwisch denn. So än Wescha[106]."
Er deutete mit ausladenden Armen die beachtliche Größe des Gerätes an. „Un wie isch die Kassett gewechselt hab, isses bassiat. Neigfalle, voll in denn Babbl. Kaddaschdroof!"
„Jetzt habe ich es verstanden, Sie haben das Konzert aufgenommen, und die Kassette ist in den Matsch gefallen. Herrlich, Kassette, Kassettenrekorder, das erinnert mich an meine Kindheit. *Benjamin Blümchen.*"
„Wea?"
„Töröö."
„Nää, nix töröö, Guru Guru waa do druff. *De Elektroluasch.* Un donn blotzt ma des hie. Hosch du schun mol ä Kassett rebariat? Uffgschraubt? Sauwa gemacht, jedn Meda, un des ware Killomeda. Anschließend gedrigglt[107] mim Fään[108]. Un donn des Schlimmschde: widda uffgewicklt, vaknoddelt wie des waa, manschmol aa fagrumbelt[109]. Isch kann da saache, fagrumbelt waa des als, oh liewi Zeit. Des ware dann die Stelle, wus späda so koomisch geklunge hot. Un wenns gaa nimmi annaschda gange is, hot ma die Stell rausschneide misse un de Rescht widda zammebabbe mim Tesa. Präzizionsärwet. Wie än Schiruag."
„???"
„Des hawwisch mia schun gedenkt, dass du des net vastehsch. Macht nix."
Das hoffte auch Freese: „Worauf wollen Sie eigentlich hinaus, Tschief?"
„A, vleischt soll isch ma des mol oogugge, denn Schdick. Isch

---

106 eigentlich: großer, kräftiger Kerl; taugt für alles Kolossale
107 getrocknet
108 Föhn
109 verknittert, verknüllt

hab Afahrung. Auf, gebs mol hea, isch rebaria dia des Ding."
„Habe ich Sie richtig verstanden? Sie wollen den USB-Stick reparieren?"
„Freese! Wenn des fria ähm bassiat is mit de Kassett, issa zu mia kumme. Weje warum? Isch hab maggischi Händ! Do gugg!"
„Moment."
Wortlos griff Freese in seine Schublade und reichte Kommissar Günda einen USB-Stick.
„Hä? Was sollischn dodemit?"
„Das ist ein USB-Stick, so sieht der aus. Bitte! Versuchen Sie Ihr Glück. Reparieren Sie den! Ich bin gespannt."
Kommissar Günda betrachtete den Winzling eingehend von allen Seiten. „Hea mol, was issn des fan falsche Fehla? Do gibts jo gaa kää Schrauwe. Wie bring ischn des uff, des Ding? Un wu is donn des Band, dea Kilomeda?"
„Welches Band?"
„Wu des alles uffgenumme is."
„Es gibt kein Band."
„Hä? Un wu is des alles druff?"
„Auf einem Flash-Drive."
„Aha. Isch habs gewisst. Also niagends. Sauwa. Hea mol, mia hawwe mol än Fordd ghabt."
„Was haben Sie gehabt?"
„Än Fordd. Des Audo."
Freese verkniff sich ein Grinsen. Sein Vorgesetzter war in seinem Element. Ständig sprang er von einem Thema zum anderen, fand Anknüpfungspunkte, die sich keinem anderen erschlossen. Assoziatives Denken, und das auch noch laut, das war und blieb sein Markenzeichen. Kommissar Günda war offenkundig wieder ganz der Alte.
„Jednfalls, des Audo, än Fordd Grannadda. Soän Wescha, bstimmt sechs uff drei Meda. Un donn mesch du die Modoahaub uff un guggsch äschda mol. Hä? Wu steckdan als, de Modoa? Vleischt doch im Koffaraum? Nää, middedrin, gonz

klää, grad än Haffe[110] voll vun Modoa fa soä Riese-Audo. Desdaweje is dea aa net grad horddisch gfahre, de Grannadda."
„Und was hat das mit dem Stick zu tun?"
„Gönau. Des is eewe de Unnaschied, de Fordd, dea hot än Modoa ghabt. Immahien. Awwa doin Schdick, wu hoddn dea denn? Awwa des hawwisch imma schun gedenkt. Die vakaafe uns ball alles mit nix mea drin. Un mia sin so dabbisch un kaafe des aa noch.
Wenn isch dorttmols was uffgenumme hab, donn hawwisch gsehe, die Kassett leeft un do gabs aa soä Oozeig, soän Ausschlag. Donn hawwisch gewisst, sdud. Do is was druff. Un jetz kummts, hoisch zu!" Kommissar Gündas Augen weiteten sich vor Begeisterung, er war voll und ganz bei der Sache.
„Späda, do hawwisch soggaa än Kassedderekkodda ghabt mit Hinnabandkondroll. Des waa kwassii de Rolls Roiss unna denne. Do hawwisch soggaa glei heere kenne, was des Ding grad uffgenumme hot. Ähn Tonkopp fas Uffnämme, ähna fas Abheere. Un jetz du!"
„Ich weiß nicht, von welchen technischen Feinheiten des vorindustriellen Zeitalters Sie da sprechen, das ist heute jedenfalls alles ganz anders. Gewaltige Datenmengen können auf diesem winzigen Stick gespeichert werden. Haben Sie Ihre Kassetten von damals noch?"
„Sebvaständlisch."
„Wie viele sind das?"
„Pf, was weeßnisch. Dausend?"
„Passt alles hier auf diesen einen Stick."
„Isch bin be-eidruggt. Awwa Freese, jetz heedisch mol gärnn ä Froog."
„Bitte."
Kommissar Günda holte vielsagend Luft: „Wuhea weeß isch bei demm Ding, dass des dud?"

[110] Eimer

„Vertrauen, Tschief. Sie wissen doch, Vertrauen ist der Anfang von allem."
„Manschmol aa vum End. Un desdaweje brauche mia uns vun de Bollezei. Leida."

Kommissar Günda stockte, weil ihn seine eigene Aussage nachdenklich gemacht hatte.
Freese sah, dass sein Chef mit etwas haderte, vermutlich mit dem Fortschritt allgemein, und er wollte ihn aufmuntern: „Tschief?"
„Hm?"
„Wenn es Sie tröstet, Sie werden den Stick nicht reparieren können, aber unsere Spezialisten in Karlsruhe auch nicht. Ich glaube sowieso nicht, dass er dem Täter gehört. Bestimmt hat den irgendein Unbeteiligter verloren. Ein Pilzesammler, Spaziergänger, ein Ornithologe, ein Hobby-Waldkundler. Oder sonst wer. Aber nicht der Täter."
Kommissar Günda hob anerkennend den rechten Zeigefinger: „Du bischen Fuchs."
„Wieso? Ich verstehe nicht."
„Donn bleibt bloß noch ähna iwwarisch."
„Verstehe. Aber wieso sollte Seegard in den Wald einen USB-Stick mitnehmen?"
„Freese, des vakläa isch dia annamol. Jetz hawwisch äschda än Tammien."
„In unserem Fall?"
„Nää. Priffaaht."
„Oh, mit einer Frau. Kenne ich sie?"
„Nää."
„Wer weiß."
„Isch. Die kannsch du gaa net kenne. Weesch warum?"
„Na?"
„Weil die Fraa än Monn is."

„Schön, dass wir unser Gespräch jetzt in Ruhe fortsetzen können, bitte entschuldige, dass ich beim letzten Mal so unhöflich sein musste."

Berthold Müller hatte ihn zum Kaffee eingeladen, was Kommissar Günda gerne angenommen hatte. Es nieselte, und sie entschieden sich für einen kleinen Tisch am Fenster, Kommissar Gündas Lieblingsplatz im Roten Ochsen.

„Äiiga?"
„Nein. Wieso?"
„Isch habs gedenkt, so wie du geguggt hosch."
„Eine ziemlich langweilige Geschichte, es geht dabei um reine Formalien. Glickerbach feiert doch Jubiläum."
„Isch weeß."
„Mein Vater hat vor fünfzig Jahren maßgebend am letzten Heimatbuch mitgewirkt, er hat über die Hälfte aller Beiträge verfasst. Nun hat die Gemeinde jemanden beauftragt, der das Buch überarbeiten soll. Und jetzt geht es darum, ob die alten Texte verwendet werden dürfen und ob man sie auf den aktuellen Forschungsstand bringen darf. Deswegen wollte der Mann mit mir sprechen, meinen Vater können sie ja nicht mehr fragen."
„Unn?"
„Mir ist das völlig egal. Günda, lass uns von Erfreulicherem reden als von der Vergangenheit. Was macht deine Burg? Wie ist der Stand? Hast du mal drüber nachgedacht?"
„Wejem Abreiße?"
„Mit anschließendem Neubau."
„Des kannisch ma net leischde."
„Verstehe, du hast Verpflichtungen, musst eine Familie ernähren."
„Nää."
„Keine Kinder?"

„Abba."
„Aber eine Frau."
„Ä-ä. Due?"
„Geschieden. Zwei Mal. Ein Sohn aus erster Ehe, aber der ist längst erwachsen, lebt in den USA. Wir haben schon lange keinen Kontakt. Na also, was hindert dich? Du hast als Beamter einen sicheren Job."
„Schun."
„Verdienst bestimmt ganz gut."
„Sgeht."
„Man braucht manchmal neue Herausforderungen. Denk an die Zukunft."
„Fa waas?"
„Ganz einfach: etwas hinterlassen. Dass etwas von dir bleibt."
„Ä Haisl?"
„Wieso nicht? Was sonst?"

Ja. Was sonst? Was blieb von einem? Was sollte bleiben? Das waren Fragen, die Kommissar Günda immer mal wieder beschäftigten. Wollte er das überhaupt, etwas hinterlassen? Maß man sich da nicht viel zu große Bedeutung bei? War es nicht vollkommen ausreichend, der Welt nicht geschadet zu haben? Und der Gerechtigkeit vielleicht ein paar Mal zur Geltung verholfen zu haben?

Nur für einen verschwindend kleinen Moment hatte man gelebt. Die Welt hatte es vorher gegeben, sie würde auch danach bestehen. Und dieser nächsten Unendlichkeit meinte man, etwas vermachen zu müssen?
Genau betrachtet hinterließ doch jeder nicht gerade wenig, vor allen Dingen Abfall. Darüber hinaus war es Kommissar Günda wie den allermeisten Menschen gelungen, ein erstaunliches Sammelsurium anzuhäufen. Darunter Dinge, von denen er sich einfach nicht trennen konnte, insbesondere diese Kisten mit

Kassetten, die er aufgenommen hatte, hingebungsvoll zusammengestellt mit seinen Lieblingssongs für sich und andere, am liebsten natürlich für Mädchen.

Nun, da er daran zurückdachte, fiel ihm eine spezielle Kassette ein, die dreißig Mal ein und denselben Song enthielt. So musste er nicht spulen und bloß das Band nach fünfundvierzig Minuten umdrehen, als er in einer Samstagnacht am hinteren Ende des letzten Waggons im Zug von Köln nach Heidelberg mit dem gerade erstandenen Walkman ausharrte. Den Blick auf die sich verjüngenden Schienen gerichtet und Jimi Hendrix im Ohr: *Little Wing*. Nicht einsam, aber äußerst anregend allein.

„Günda?"
„Hm?"
„Woran denkst du?"
„Isch? Nix."
„Das sah mir nicht danach aus. Du hast sogar gesummt."
„Stimmt. Mussisch. Des hawwisch grad gedenkt. Des bleibt imma."
„Also doch, du hast mal Musik gemacht, und das ist das, was du der Welt hinterlässt."
„Nää. Leida net. Isch hab bloß grad gedenkt, was isch alles an Kruuscht un Krembl hab. Milljoone vun Kassedde mit Mussisch druff. Eckschdra uffgenumme. Zammegstellt. Gonz aiig passööhnlisch."
„Hatte ich auch. Habe ich alle entsorgt. Ich habe irgendwann festgestellt, ich weiß überhaupt nicht mehr, was da drauf ist, wer das singt, wie der Titel heißt."
„Des keent mia net bassiere."
„Mir heute auch nicht mehr. Meinem Smartphone sei Dank."
„Hä? Was hot des dodemit zum due?"
„Kennst du das nicht, Günda? Moment. Die Musik hier ist etwas leise, aber es sollte funktionieren. Komm mal mit."

Er folgte Berthold Müller Richtung Lautsprecher, der in die Wand neben der Theke eingelassen war. Es ertönte ein Lied, das Kommissar Günda zwar noch nie gehört hatte, das ihm aber dennoch bekannt vorkam. Erfolgsgeheimnis des Pop seit Mozart: schon beim ersten Hören mitsingtauglich.
„Schlagga. Ähna vun denne neie. Umpf, umpf, umpf."
Kommissar Günda nahm sich vor, gelegentlich mit Marion Helche ein ernstes Wort über die Musikauswahl im Roten Ochsen zu sprechen.
Berthold Müller zückte sein Smartphone und sprach auf das Gerät ein.
„Wie heißt der Song?"
Er hielt das Gerät in Richtung der Musik.

Kommissar Günda traute seinen Ohren nicht, als eine weibliche Stimme prompt antwortete „Gib mir einen Moment!", um kurz darauf zu verkünden „Das ist Helene Fischer, *Phänomen.*"
„Die kann jo viel vazehle."
„Nein, Günda, es stimmt, die Antwort ist richtig. Siehst du, jetzt fragt sie mich, ob ich den Titel kaufen möchte. Ich klicke auf *ja*, und schon habe ich ihn. Hier!"
Der Titel begann von Neuem, jetzt ertönte er aus dem Smartphone.
„Wie, du hosch denn Tittl? Des is jetz bei dia druff? Uff demm Geräät?"
„Klar. Wahrscheinlich hatte ich den Titel sogar vorher schon. Ich habe ja eine Music-Flatrate. Sehr praktisch und empfehlenswert."
„Flätträit? Des kennisch vum Telefoon. Des wollde die mia aa oodrehe, dass isch telefoniere kann oohne End. Des brauch isch net. Isch bin grad froh, wennisch net telefoniere muss."
„Das ist etwas anderes. Aber das hier wäre bestimmt etwas für dich als Musikliebhaber, jederzeit Zugriff auf eine Million Songs."

„Ä Milljoon? Fa waas? Mia lange hunnat. Deedsch du des mol ausmache, des dobblde Geduudl, sei so guud!"
„Mir gefällt das, geht ganz schön ab, der Song. Ein echter Partyknaller. Da kommt garantiert Stimmung auf. Ich war sogar schon bei einem Konzert. Toll. Eine gewaltige Bühnenshow. So was habe ich eigentlich nur erlebt bei Pink Floyd. Damals, diese Show mit dem fliegenden Schwein."
„Wie bidde?" Kommissar Günda war elektrisiert. „Do waasch du? In Frankfortt?"
„Ich glaube."
„Die Fläsch[111]-Tua vun Pink Floid hosch du gsehe? Ännimäls? Uuua! Hosch dus guud! Isch hab ma des net leischde kenne, dorttmols, achtzäh Maiik hot des gekoscht, des gedenkt mia heit noch."

Kommissar Günda spürte, dass seine Begeisterung ins Leere ging. Er fragte sich, was mit einem Menschen passiert sein musste, der einst mit den Rolling Stones gestartet war, Pink Floyd zu ihren Hochzeiten erlebt hatte und sich schlussendlich mit Helene Fischer vergnügt begnügte.

„Äh, was annares …" Er hatte das dringende Bedürfnis, das Thema zu wechseln, er fürchtete, sonst all sein Wohlwollen für sein Gegenüber zu verlieren.
„Genau, Günda, was machen wir jetzt mit deinem Neubau? Ich habe etwas vorbereitet. Nur eine grobe Skizze. Was hältst du davon?"
Berthold Müller fächerte einen Plan auf. „Acht Parteien, Zwei- und Dreizimmerwohnungen, Stellplätze, Tiefgarage, Keller. Na? Wäre das was?"
„Isch weeß net. Isch hab grad glese, dass Äldare kää Kräddit mea krieje weje z'alt."

---

[111] Flesh

„Das lass mal meine Sorge sein. Ich kümmere mich. Es geht um mehr. Wir hatten es doch gerade davon, dass man der Nachwelt etwas hinterlässt. Weißt du, was der enorme Vorteil von solchen neuen Immobilien ist? Sie sind so unschuldig."
„Wie mähnsch du des?"
„Nun, man hat doch in seinem Leben so manches verbrochen, falsch gemacht. Das lässt sich ja kaum vermeiden. Wenn du hier ein neues Haus baust, dann hat das noch keine Geschichte. Außerdem bist du kein Glickerbacher."
„Do binnisch ma nimmi so sischa."
„Auf jeden Fall, du hast hier nicht gelebt, du hast hier nichts angerichtet. Das will ich jedenfalls hoffen. Wer das Haus sieht, der denkt nicht automatisch an deine Verfehlungen und Schandtaten. Wenn es die denn überhaupt gegeben hat, was ich mir nicht vorstellen kann. Aber du weißt, worauf ich hinauswill."
Kommissar Günda runzelte wahrheitsgemäß die Stirn.
„Eben darum musste ich das Haus meines Vaters abreißen lassen. Schlimm genug, dass hier jeder über 50 unter ihm in der Schule gelitten hat. Die Leute sollen nicht auch noch ständig daran erinnert werden, wenn sie an seinem Haus vorbeilaufen. Deshalb war es für mich fast eine Verpflichtung, das Haus abzureißen."
„Hea mol, wisso vazehlsch du mia des alles?"
„Nun, ich denke einfach, du verstehst mich."

Fritjof Freeses Tag war anstrengend gewesen, sein Besuch bei dem Historiker entgegen seinen Erwartungen ausgesprochen unergiebig. Ja, erklärte Sven Bergmann-Schulte genervt, er habe davon gewusst, dass seine Frau und dieser Seegard früher zusammen gewesen seien, selbstverständlich. Ja, er wisse, dass die beiden weiterhin Kontakt hätten. „Na und?“ Nein, er habe nichts dagegen, dass sich die beiden gelegentlich träfen. „Wieso sollte ich etwas dagegen haben?“ Der Mann sei keine Konkurrenz für ihn gewesen, weder fachlich noch privat. Immerhin sei er mit seiner Frau nun schon zehn Jahre zusammen. „Glücklich.“

Freese hatte daraufhin einen anderen Köder ausgeworfen: „Wir haben übrigens einen USB-Stick gefunden.“
„Ja und?“
„Ein USB-Stick Ihres Kollegen Martin Seegard.“
Freese konnte keine Beunruhigung entdecken: „Schön für Sie.“
„Für Sie vielleicht nicht.“
„Warum? Was ist denn drauf?“
„Das wissen wir noch nicht, aber unsere Techniker werden das demnächst herausfinden.“
„Aha.“
„Wir könnten etwas Belastendes finden.“
„Für wen?“
„Vielleicht für Sie.“
Sven Bergmann-Schulte entfuhr ein kehliges Lachen: „Inwiefern?“
„Zum Beispiel wichtige Unterlagen, die für Sie äußerst wertvoll sein könnten.“
„In welcher Hinsicht?“
„Nun, Sie werden die Arbeit Ihres Kollegen fortsetzen. Bestimmt hat er gute Vorarbeit geleistet.“
„Das glaube ich kaum. Ich habe Ihnen ja bereits gesagt, dass ich von seiner Art der Geschichtsforschung überhaupt nichts halte.

Er war geradezu verbohrt. Für ein Gemeindejubiläum völlig ungeeignet."
„Aber Sie werden seine Arbeit übernehmen."
„Falsch, ich werde alles neu angehen müssen. Alles, was sie von Seegard finden, können Sie gerne behalten. Oder noch besser löschen."
„Wieso löschen? Könnte dort etwas Kompromittierendes zu finden sein?"

Wieder bloß ein fragender Blick. Freese begann, die Segel zu streichen. Vielleicht handelte es sich doch nur um einen ganz gewöhnlichen Überfall, Körperverletzung mit Todesfolge.
Freese bedauerte diese Schlussfolgerung insgeheim, zu gerne hätte er diesem selbstgerechten Historiker etwas angelastet.

Und als sei das nicht deprimierend genug, hatte sich nach seiner Rückkehr zur Sokodo auch noch herausgestellt, dass die Bemühungen in Karlsruhe um Wiederherstellung der Dateien nicht gefruchtet hatten. Natürlich nicht, alles andere wäre zu schön gewesen. Zu Freeses Leidwesen musste das Kornfeld obendrein noch unbedingt persönlich mitteilen. Wohl in der Hoffnung auf die Anwesenheit der neuen Mitarbeiterin.
„Ou, issi heit gaa net doo?"
„Wer?"
Freese wusste genau, wen er meinte.
„A, de Fegga."
Der derzeitige Hausherr stöhnte.
„Bissl schaad. Awwa aa net schlescht. Moi Scheffin, die find des als gaa net guud."
„Chefin, seit wann haben Sie eine Chefin? Ist der Hirsemann nicht mehr bei Ihnen?"
„Hahahaha, do meiikt ma glei, Sie hawwe noch nix alebt im Leewe. Waade Sie mol bissl, wenn Sie mol vaheiat sin, donn

wisse Sie, wie des is. Am Oofang gehts noch, die äschde drei Muunet[112], awwa donn hot sischs ghabt mim Saache wus langgeht.
Wisse Sie, wie viel Joa isch die jetzt schun hab, moi Scheffin? Loss misch mol reschle … Un wisse Sie, was des Geheimnis is? Aare zu un duasch! Hnghnghng."

Nun hatte Freese verstanden. Es handelte sich um Kornfelds Frau, der er den zweifelhaften Titel *Chefin* gegeben hatte.

„Moi Scheffin, isch kann Ihne saache, die find des zimmlisch rissgont[113], wennisch widda mol so gut ookumm bei de Fraue. Awwa, was sollischn mache, isch zieh des oo. Odda bessa gsacht, isch zieh *die* oo. Bevoa dass isch die donn aus …"
„Herr Weizen, bitte!", setzte Freese mahnend an.
„Sie wisse schun, was isch mähn. Sie sin jo genau so. Bloß de Tschief net, dea Laggl. Obacht, do kummda, pscht, sunscht ischa beleidischt."
„Was is? Wea is beleidischt? Isch? Wisso?", argwöhnte Kommissar Günda.
„Nix, nix. Grad wejem Freese."
„Bitte? Was ist mit mir?" Freese wollte sich keinesfalls in schlechtes Licht rücken lassen, schon gar nicht durch einen Herrn *von und zu Weizen.*
„Isch sach mol nix. Tschüssl. Servela. Un Gruß on die Scheffin!"

Axel Kornfeld verließ fröhlich pfeifend die Sokodo.
„Das kenne ich", schickte ihm Freese anerkennend hinterher. „*Atemlos.* Toller Song."
Kommissar Günda seufzte: „Scheffin, welli Scheffin?"
„Vergessen Sie das, Tschief. Chefin, so nennt er seine Frau. Im

---

[112] Monate
[113] riskant

Übrigen glaubt er wohl, ich hätte ein Verhältnis mit Verena. Ist das hier eigentlich so üblich, dass Männer ihre Frauen Chefin nennen? Haben Sie das je gemacht?"

„Nää. Awwa vleischt mähnda bei dia gaa net die Feräänaa."

„Sondern?"

„Dei rischdischi Scheffin."

„Wer soll das sein?"

„A, die Wibbge nadierlisch, dei Muddi. Apropoo, hebda des schun gekläat, ia zwee?"

„Noch nicht. Mal schauen. Mir wäre es sehr recht, wenn wir nun nicht wieder über meine Mutter sprächen."

„Gebongt. Wie siehtsn eigendlisch aus mit doim Vadda?"

„Wie kommen Sie jetzt darauf? Ist das hier eine Therapiesitzung?"

„Isch mähn bloß. Hosch du ä guudes Vahältnis zu demm?"

„Ich kenne ihn kaum. Er hat meine Mutter und mich früh verlassen, lebt sein eigenes Leben, wic wir auch. Er hat gezahlt. Eine Weile wenigstens."

„Hosch du mit demm als ghendlt[114]?"

„Das hat meine Mutter übernommen, die hat immer mit ihm über den Unterhalt verhandelt."

„Des mähnisch net. Hendle, Hendl ghabt." Kommissar Günda legte auf Freeses fragenden Blick nach: „Gstridde."

„Ach so. Meine Mutter immer, ich erst später. Er hatte irgendwann eine Phase, da dachte er, er müsse alles bei mir nachholen und sich als Vater aufspielen. Besonders, als es darum ging, was ich beruflich mache. Jede Menge Ratschläge, fast schon penetrant. Dabei kannte er mich ja kaum. Interessiert hat er sich ja letztlich sowieso nicht für mich. Wahrscheinlich ein schlechtes Gewissen. Egal."

„Is des so? Gibts des, dassem de Vadda egal is?"

„Von mir kann ich das so sagen."

---

[114] Streit gehabt

„Jetz mol oogenumme, doin Vadda deed sterwe. Du äabsch was vun doim Vadda, vleischt ä Haisl. Deedsch du des abreiße losse?“
„Wenn es baufällig ist.“
„Hm. Un deedsch du denn als bsuche, demm sei Grab?“
„Wahrscheinlich nicht. Wieso sollte ich?“
„Un wenn de Friedhof – ou, tschuldischung.“
„Wieso?“
„Nix, nix, moin Name is Friedhof … Allo, wenn die vum Friedhof saache, des Grab is abgloffe, du musch des valängere. Deedsch des mache?“
„Die Grabnutzungsdauer verlängern? Weiß nicht. Doch. Wahrscheinlich schon.“
„Sicksch!“
„Was meinen Sie?“
„Isch kenn ähna, demm is demm sein Vadda so egal, dasses gonz wischdisch is, dass alles forttkummt vun demm. Dass nix an denn a-innat.“
„Um wen handelt es sich? Um Ihren neuen Freund?“
„Hm.“
„Und – wenn ich mal fragen darf – was hat das mit unserem Fall zu tun, Tschief?“
„Nix.“
„Sie beide reden ja wirklich über schwerwiegende Themen.“
„Hä?“ Kommissar Günda schien wieder abwesend.
„Vater-Sohn-Konflikte. Wie sind Sie darauf gekommen?“
„Des froorisch misch aa.“
„Jedenfalls, was unseren Fall anbelangt, ich fürchte, wir müssen ihn zu den Akten legen. Wenn nicht noch ein Wunder geschieht oder irgendwo ein ähnlicher Überfall passiert, werden wir den oder die Täter wohl nie schnappen.“

Beim Hinausgehen lief Kommissar Günda Marion Helche in die Arme.

„Guud, dass isch Sie seh, Tschief, zu Ihne wolldisch grad.“
„Ou. Wisso, was gibtsn? Was hebdan jetz widda vabroche? Was hawwischn noch unnaschriwwe?“
„Tschief, isch habs imma bloß gut gemähnt.“
„Isch weeß, Marioon. Schun in Orddnung. Allo, was mussischn mache?“
„Nix. Also net viel. Bloß bissl was.“
„Ähä. Nämmlisch?“
„Des mit demm Adiggl.“
„Was fan Adiggl?“
„Nix bsunnares. Grad korzz.“
„Waas? Auf! Saach dei Sach, Marioon!“
„Wejem Jubiläum. Do kummt doch ä neies Heimatbuch.“
„Un was soll isch dodebei?“
„A, was schreiwe.“
„Isch? Schreiwe? Waas?“
„Bissl was iwwa Glickabach.“
„Hä? Wissoen des?“
„A, weil Sie doch ball do heaziehe zu uns.“
„Langsoom, des hebt ia uffgebrocht, des mach isch jo gaa net.“
„Mache Sie des net?“
„Was weeßn isch. Vleischt.“
„Tschief, Sie misse jo gaa net heaziehe. Bloß schreiwe wie wenn. S is schun alles vorbereit. Isch heed aa än Gouschtreida[115] fa Sie.“
„Do gugg. Wenn?“
„Misch.“
„Disch? Du deedsch des mache?“
„A, isch bin jo aa bissl schuld an allem.“
„Des stimmt alladings. Awwa drotzdähm, isch kann doch nix schreiwe, wenns gaa net stimmt.“
„Sie keende jo ganz korzz do heaziehe, grad fa fimf Minudde, un

[115] Ghostwriter

donn kenne Sie glei widda forttziehe."
„Des gibt doch kähn Sinn."
„Tschief, mia zlieb."
„Hosch du des vleischt ebba vasproche?"
„Nää. Schlimma."
„Wie schlimma? Stehts am End schun in de Zeidung?"
„Nää. Awwa so ähnlisch."
„Hä?"
„S is schun im Färnnseh kumme."
„Dass isch do heazieh?"
Marion Helche druckste: „Kamma saache. Un dass Sie än Adiggl schreiwe fas Heimatbuch."
„Wea hottn des vabroche?"
„A, drei Mol derfe Sie roode, Tschief, isch kann nix defoa."
„Eia Leddscht Läddii?"
„Gehe Sie mol hea, isch zeig Ihne mol was …"

Sie lotste Kommissar Günda zu einem Laptop, drückte ein paar Tasten und kurz darauf erschien Gertrud Schneider-Menzlerschweikert auf dem Bildschirm. Zwischen Belustigung und Fassungslosigkeit hin- und hergerissen betrachtete Kommissar Günda, wie Glickerbachs First Lady in einem grell gepunkteten Kleid vor einem Haus stand. Vor seinem Haus.

„Liebe Glickabacher", hob sie an, und ihre Stimme bemühte sich vergebens um einen einschmeichelnden Klang. „Wie Sie wissen, erfahren Sie von mir jede Woche das Neueste aus unserer Buumtaun[116] Glickabach. Nun habe ich eine neue Idee. Auf vielfachen Wunsch – von mia, hihihi – gibt es ab soffortt ein wöschentlisches Gewinnspiel."

Kommissar Günda schaute zu Marion Helche. Die bestätigte

[116] Boomtown

seinen unausgesprochenen Verdacht mit einer eindeutigen Geste: „Prozeggo, awwa net zu knapp. Isch kenn die Kamerafraa, die wu des uffgenumme hot. Aldale!"

„Und damit zur heutigen Frage. Wie aus gut untarischteten Kreisen verlautet, wird Glickerbach bald einen brominenden Mitbewoohna haben. Wea ist daas? Isch gebe ein paa kleine Hiinweise: Äschdens: es ist ein Monn. Zweddens: nischt mehr gonz frisch, hihi. Driddens: nischt sehr groß, hihi. Viertens: nischt mehr alle Haare auf dem Deez. Fimfdens: aber ein indressanda Beruff. Isch sage bloß Derrick, Pada Braun, die Straßen von San Franzisgo. Aba nischt de Daggles Maikl[117] wird gesucht, nein, leida nischt. Mehr darf isch nicht verraten, bloß ähns noch: In diesem Haus wird er woohnen, und er schreibt schon einen Adiggl über unsere schööne Stadt, wisso dassa do heazieht. Do gheat alladings noch gonz schää was gemacht an demm soim Schubbe. Oh liewi Zeit, sieht des aus. Soot. Bestimmt haben Sie schon einen Vadacht. Ups. Das war jetz doch noch ein kleina Hihihienweis. Die Lösung, die rischdische, ans Ssiddy Ssenda[118] im Rathaus, Ssiddy Maageding[119], Buumtaunssidy Glickabach.
Zu gewinnen gibt es ein Foddo mit mir, zwedda Preis: ähns mit moim Monn, demm Sseggl. Viel Klück! Bis näckschde Woche! Eia Göadii."

„Göadii?" Kommissar Günda stöhnte.
„Isch weeß aa net, Tschief, des wärdd imma schlimma mit derre. Awwa was sollischn mache. Jetzt wisse Sie, wisso dass Sie des misse. Unnaschreiwe langt."
„Dann is jo guud, do hawwisch schun aiig gude Afahrung mit

---

117 Michael Douglas
118 City Center
119 Marketing

gemacht mim irgendwas Unnaschreiwe. Äh, was annares, Marioon, de Lehra, vun demm mias ghabt hawwe, wie dea gstorwe is, wie waren demm soi Beerdischung?"
„Ou, des is schun ä Weil hea. Uff jedn Fall, die waa grouß, des weeß isch noch. Zimmlisch."
„Isch hab gedenkt, dea waa net so aiig beliebt."
„Wie willischn saache, beliebt net, awwa reschbeckdiat. Un gefüaschded. Dann wara im Gemeinderat. Stellvadreda vum Bürgameischda. In vaschiedene Vaeine Schriftführa, Heimatvarei aa. Un nadierlisch in de Kääisch[120] akdief."
„Un demm sei Fraa?"
„Die is jo voa demm gange. Kää Wunna, hot mei Mudda imma gsacht. Wie die des mit demm iwwahaupt ausghalde hot."
„Wisso is die net fortt vun demm?"
„Tschief, des waa net so äfach fria, net so wie heit."
„Des stimmt aa widda. Dann vleischt noch gadohlisch."
„Nää. Des net. Drotzdähm. Kää Schangs. Tschief, wisso indressiat Sie des so aiig?"
„Isch wunna misch. Demm sein Soohn, des is soän simbaddische. Un des bei demm Vadda. Awwa isch glaab, dea hot als noch en Brass uff denn. Ea sacht, swärem egal, awwa denn Eidruck hawwisch net."
„Tschief, Famillje, des is soä Sach. Bruda, Schweschda, Mudda, Dochda, Vadda, Soohn, Kusseng un Kussiine. Do klebbatts manschmol gonz schää aiig. Un des lewenslang."
„Manschmol aa noch länga. Alla!"
„Tschüssl, Tschief. Ah, mia fällt grad was ei. Isch mähn, dea wäa noch net mol uff de Beerdischung vun seim Vadda gewest. Do hawwe sich die Leit noch uffgeregt. Isch misst mol mei Mudda froore, die weeß des bstimmt. Falls Sie des iwwahaupt indressiat."
„Des duds, Marioon. Des duds."

---

[120] Kirche

„Mein Vater war ein Nazi."

Die beiden Männer saßen einträchtig auf einer Bank. Kommissar Günda hatte diesen Ausflug zum Letzenberg vorgeschlagen, und Berthold Müller, der zunächst skeptisch gewesen war, zeigte sich angenehm überrascht von dieser Umgebung: „Hier war ich noch nie. Ich muss zugeben, auch wenn ich in der Region aufgewachsen bin, im Grunde kenne ich mich nicht aus, habe mich nie interessiert für alles, was mit meiner Heimat zusammenhing. Heimat überhaupt – für mich kein gutes Wort."
„Finsch?"
„Ja, das finde ich. Hat mir wahrscheinlich mein Vater vergällt. Der hat laufend davon schwadroniert. Mein Vater war ein Nazi."

Kommissar Günda ließ seinen Blick zur Kapelle schweifen. Er sah keine Veranlassung, seinen Gesprächspartner anzuschauen, was seiner Aufmerksamkeit keinen Abbruch tat. Er hatte die Erfahrung gemacht, dass ein Gespräch nicht an Intensität einbüßte, wenn man sich nicht dabei ansah. Im Gegenteil. So war man nicht abgelenkt vom Gesichtsausdruck, von der Mimik des anderen und konnte sich voll und ganz auf das Wort und dessen Klang konzentrieren.

Auch bei Verhören, da man einander gegenüber zu sitzen hatte, ertappte er sich bisweilen dabei, wie er den Blick instinktiv senkte oder ins Leere wandern ließ, um sich besser der Stimme widmen zu können. Was sein Gegenüber nicht selten als Desinteressiertheit empfand oder als Gelangweiltsein. Gelegentlich musste er sich sogar Zurechtweisungen von Rechtsanwälten anhören: *Würden Sie sich bitte auf meinen Mandanten konzentrieren? Sie haben ihn schließlich herbeordert. Was fällt Ihnen eigentlich ein? Sie stellen Fragen, da sollten Sie sich schon für die Antworten interessieren. Oder sind Sie gedanklich schon im Feierabend? Nicht zu fassen. Pff, Beamte!*

Dabei hörte Kommissar Günda nur umso genauer zu. Lauschte auf falsche Töne, auf verräterische Betonungen, auf verborgene Beweggründe.

Berthold Müllers Stimme klang in diesem Moment hart, anklagend und unversöhnlich: „Mein Vater war ein Nazi."
„Wara in de Parttei?"
„Selbstverständlich war er das, wahrscheinlich war er einer der ersten. Nicht, weil er Karriere machen wollte, nein, weil er überzeugt war. Und das als Christ. Als einer, der sonntags in der Kirche die Orgel spielte. Als Intellektueller, der seinen Goethe nicht nur kannte, sondern ihn bei jeder sich bietenden Gelegenheit vor sich hertrug. Jemand, der Schiller verehrte, Hölderlin. Und den Führer."
„Hodda des gsacht?"
„Natürlich nicht offiziell, er war schließlich im Staatsdienst. Er hat es ausgestrahlt, diese Unbelehrbarkeit. Ich habe ihn so oft zur Rede gestellt. Aber er hat mich immer abgebügelt: *Das verstehst du nicht. Du kannst dir diese Zeit überhaupt nicht vorstellen.*
Ich war für ihn ein Linker, ein Kommunist, ein Terrorist. *Unterm Führer hätte es das nicht gegeben!*"
„So Sprisch hodda als gemacht?"
„Nein. Aber gedacht hat er es. Es war in seinem Blick."
„Un doi Mudda?"
„Die war bloß um Harmonie bemüht, hat beschwichtigt. *Vorbei ist vorbei*, hat sie immer gesagt. *Lasst die ollen Kamellen ruhen. Wir sind doch eine Familie.* Aber ich habe nicht locker gelassen: *Warum warst du in der Partei?* Keine Antwort. Oder die: *Das geht dich nichts an. Das ist Vergangenheit. Kümmere dich um dein Leben.* Und natürlich postwendend Vorwürfe gegen mich: *Wer gibt dir das Recht, diese Zeit zu beurteilen? Was hast du schon erlebt und geleistet? Was trägst du zu unserem Gemeinwesen bei? Lass dir lieber mal die Haare schneiden und werde endlich ein nützliches, anständiges Mitglied der Gesellschaft!*
Er hat mir keine Fragen erlaubt, dabei bin ich doch sein Sohn,

und ich habe das Recht zu erfahren, was für ein Mensch mein Vater war. Was für ein Schurke."

„Vleischt wara des gaa net", gab Kommissar Günda zu bedenken. „Vleischt issa bloß mitgeloffe."

„Nie im Leben. Mein Vater war bei der Machtergreifung sechzehn, ein heranwachsender Mann, noch dazu kein dummer. Er hat sich eben faszinieren lassen, einfangen vom Rassenwahn, vom Herrenmenschtum. Das passte zu ihm und seinem Auftreten. Er war anfällig, verführbar, und er war eben auch unbelehrbar. Es hätte von Größe gezeugt, wenn er mit mir offen gesprochen hätte, seine Fehler eingestanden hätte. Aber nein. Keine Reue. Kein Bedauern. Im Gegenteil: *Ja, ich war in der Partei*, hat er gesagt. *Na und? Das waren viele andere auch. Du bist doch auch im SDS oder wie das heißt. Ihr schwingt euch auf, über alles zu richten, alles besser zu wissen. – Aber du*, habe ich gesagt, *du warst Teil des schlimmsten Unrechtsregimes aller Zeiten. – Und du*, hat er mir dann entgegengeschleudert, *du verherrlichst das andere schlimmste Unrechtsregime aller Zeiten, die Sowjetunion.* Was gar nicht stimmte. Aber er konnte mit Kritik einfach nicht umgehen. Es galt als Majestätsbeleidigung. Wenn damals Berichte im Fernsehen kamen, Dokumentationen über die Vernichtungslager, schaltete er einfach ab. Wenn ich Bücher und Artikel zum Thema mitbrachte, warf er sie weg. Er stellte sich nie seiner Vergangenheit. Und er warf mir vor, dass ich es wagte, mich damit auseinanderzusetzen. Für ihn war ich ein vaterlandsloser Geselle, ein Verräter und Nestbeschmutzer."

„Wie hawwe des die annare gsehe?"

„Welche anderen?"

„Die Leit in Glickabach."

„Keine Ahnung, man sprach nicht darüber. Es gab natürlich überall alte Nazis, ist doch klar, wo sollten die auch alle hin? Es wurde totgeschwiegen."

„Awwa die Famillje hawwe aa ia Männas valore, die Väda, die Sööhn. Wara im Krieg, doin Vadda?"

„Ja. Aber ich weiß nicht wo. Auch in Gefangenschaft, aber nur ein knappes Jahr, ich glaube in England. Dann ging das Leben einfach weiter."
„Mähnsch?"
„Offensichtlich. Meine Mutter hatte auf ihn gewartet, und dann kam ich in die Welt. Und ich habe mir eben erlaubt, Fragen zu stellen. *Wo warst du, was hast du getan?* Weißt du, was er dann gerne geantwortet hat?"
„Na?"
„*Wer ohne Schuld ist, der werfe den ersten Stein.*"
„Kähn schleschda Satz."
„Das sagst du? Als Kriminalkommissar? Das stellt doch dein gesamtes Berufsethos in Frage. Wo kommen wir da hin, wenn sich jeder selbst freisprechen kann mit diesem Satz. Entscheidend ist doch, was man sich hat zuschulden kommen lassen. Unrecht ist objektiv. Oder siehst du das anders?"
Abrupt stand Kommissar Günda auf und wandte sich zum Gehen.
„Was ist los, Günda, habe ich etwas Falsches gesagt?"
Kommissar Günda drehte sich um und schaute Berthold Müller eisig an: „Nää. Du hosch soggaa was aiig Rischdisches gsacht."
„Das freut mich. Aber?"
„Misch net. Misch dud des net freie. Gaa net. Wie lang weesch du des schun?"
„Wie lange weiß ich was?"
„Dass isch bei de Bollezei schaff."
„Ach so, entschuldige. Ich hörte davon. Das lässt sich nicht verheimlichen, das erfährt man zwangsläufig. Wir sind in Glickerbach. Schon vergessen?"
„Hm."
„Bist du mir böse?"
Kommissar Günda schwieg.
„Weißt du, ich wollte mit dir nicht als Kommissar reden, sondern als Mensch. Dein sehr spezieller Beruf sollte nicht

zwischen uns stehen."
„Des vasteh isch net." Kommissar Günda blieb unversöhnlich.
„Na ja, wenn die Leute wissen, dass du Arzt bist, dann hauen sie dich garantiert in jedem Gespräch irgendwann an, ob du sie nicht mal kurz untersuchen kannst. Ich denke mir, dass die Glickerbacher dich immer auch als Kommissar sehen und nicht bloß als Günda, selbst nach Feierabend. Nicht umsonst tust du dich schwer, nach Glickerbach zu ziehen. Oder irre ich mich da?"

Kommissar Günda nickte, Berthold Müller hatte den Kern getroffen. Er war weiter verstimmt, aber er konnte sich nicht helfen, ihm gefiel das Einfühlungsvermögen, das dieser Mann an den Tag legte.

„Ich weiß nicht, wie es dir geht, die schönsten und interessantesten Begegnungen habe ich durchweg mit Fremden. Zum Beispiel auf Reisen, im Zug. Wenn man sich nicht kennt und sich nie mehr wiedersehen wird. Da entsteht für einen Augenblick Nähe, da ist Offenheit möglich. Das wollte ich nicht mit irgendeinem Gerede über deinen schillernden Beruf kaputtmachen."
„Schilland?" Kommissar Günda musste grinsen.
„Du weißt schon, spektakuläre Verbrechen, wilde Verfolgungsjagden, ein hochspannendes Leben, die meisten Leute beneiden dich doch darum. Sag bloß, diese Vorstellungen entsprechen nicht der Realität."
„Du bisch ma ähna. Gugg misch mol genaua oo. Vabrescha jage, pff. Zum Jaare[121] schick isch mittlaweil moin Assischdent."
„Tu mir den Gefallen, Günda, setz dich wieder zu mir. Ich möchte mich weiter mit dir unterhalten. Und mir ist dein Urteil wichtig. Als Mensch, nicht als Polizist oder was weiß ich."

[121] Jagen

„Kamma des imma drenne? Kannsch du des?“
„Ich will es jedenfalls versuchen.“
„Alla guud. Dea wäafe denn äschde Stoo[122].“
„Genau. Da waren wir. Du hörst zu. Du hörst genau zu. Das hat dich dein Beruf bestimmt gelehrt, aber ich nehme an, das kannst du sowieso. Weil du ein Menschenfreund bist. Kann das sein?“
„Wuhea willschen du des wisse?“
„Das spüre ich. Ich bin das übrigens nicht. Ich nehme an, auch das habe ich von meinem Vater.“
Kommissar Günda nahm wieder Platz und stöhnte leise.
„Erzähle ich zu viel von meinem Vater?“
„Nänää. Isch denk grad. Weesch, was misch mol indressiere deed? Hodda aa was Guudes ghabt, doin Vadda?“
Berthold Müller überlegte.
„Doch so viel?“, legte Kommissar Günda spöttisch nach.
„Nun, er hat für uns gesorgt, er hat mir ermöglicht, einen Beruf zu erlernen, der mich erfüllt. Er hat mir ein Haus vererbt.“
„Des is awwa alles bloß maddajell[123]. Hosch du nix vun demm glärnnt, vun doim Vadda?“
„Ob ich von meinem Vater etwas gelernt habe? Nun, vielleicht Disziplin.“
„Hm.“
„Ausdauer. Hartnäckigkeit.“
„Hm.“
„Fleiß.“
„Ähä.“
„Objektivität.“
„Do gugg!“
„Seine Schüler litten unter ihm, aber er war nicht ungerecht in dem Sinne, dass er einzelne bevorzugt hätte. Also, Sinn für Gerechtigkeit, den hatte er schon.“

---

[122] Stein
[123] materiell

„Un was hosch du am meischde iwwl genumme?"
„Dass er nicht offen mit mir geredet hat."
„Awwa hea mol, Berthold, wuhea sollan des glärnnt hawwe? Dea is gebore noch unnam Kaiser."
„Stimmt."
„Dorttmols hawwe die bloß funzioniere, pariere, hoiische misse. Net *zu*hoiische, *ge*hoiische. Befehl, Gehoassaam, des waa derre ia Welt. Hodda ä Schangs ghabt?"
„Im Nachkriegsdeutschland hat sich die Gesellschaft verändert, da hätte er aufwachen müssen."
„Bei de Nazis issa uffgewacht, des hodda wahrscheinz gedenkt. Des waa jo aa än Protescht geje des Alde un geje *die* Alde. Des waa doch des, dass die Alde plötzlisch nix mea zum saache ghabt hawwe, dass die Junge am Drigga ware, schun die Pimpf, die klähne. Alle Macht fa die Junge. Denne hot des gfalle nadierlisch. Des Alde gheat fortt, mit uns kummt die neue Zeit. Un du bisch debei. Uff disch kummts oo. Dia gheat die gonz Welt. Bloß unna ähna Bedingung: Du gheasch demm Fihra."
„Verteidigst du gerade meinen Vater?"
„Nää, iwwahaupt net. Awwa isch vasuch des zum vastehe, wisso dass des die Leit so fasziniat hot, grad die junge. Die Uffmäasch, des Waffe-Geglebba, des Rumbrille, de Drill. De gonze Kees. Mia sin die Gröggschde, uns gheat die Welt. Was fan Usinn. Awwa des funzioniat. Heit aa noch. Mit de Junge kammas mache. Grad mit de Buuwe. Desdaweje misse ma uff die uffbasse. Imma widda.
Bloß ä paa Joa hawwe die ghabt, die Lumbeseggl, awwa gonz indensief un in allene Bereische hosch des neigedriggt gekriggt. Schun als klähna Buu. Wea annaschda is, dea gheat fortt. Un wea net fa uns is, des sin unsa Feinde. Denne zeije mas. Die mache ma hii.
Un donn waas rum, un donn waa uff ähmol alles vakeat. Was sie gemacht hawwe, was sie gedacht hawwe, was sie gwott hawwe. Alles. Un donn kummsch du, kumme die näckschde junge Leit

un saache des aa noch. Oohne Reschbeckt un Vaständnis. Bloß Vorwüaf. Beschuldischunge. Ooklage."
„Du hörst dich an wie mein Vater, wenn er mir vorgeworfen hat, ich wüsste gar nicht, wovon ich rede, ich sei ja nicht dabei gewesen, ich könnte mir das gar nicht vorstellen."
„A-wa! Misch hot des schun imma indressiat, wie is des gange? Wisso sin so viel druff neigfalle? Uff die Krischa[124], uff denn Uffgstumbde[125], dea wu vum Klischee jidischa ausgsehe hot wie alle zamme."
„Na also, und du warst doch bestimmt damals auch dabei, als unsere Generation versucht hat, das Unrecht aufzuarbeiten."
„Isch? Nää."
„Nein? Warum nicht? Hattest du damals nicht das Bewusstsein, in den Sechzigern?"
„In de Seschzischa, do hawwisch annares zum du ghabt, zum Beispiel Färnnseh gugge."
„Jetzt enttäuschst du mich, Günda, das hätte ich nicht von dir erwartet. Hattest du als Zwanzigjähriger etwa kein politisches Bewusstsein?"
„Hea mol, Berthold, isch hab dia doch gsacht, isch bin bissl jinga, als wie dassisch ausseh. In de Seschzischa, do hawwisch nochem *Hase Zäsaa*[126] geguggt, net nochem Ho Tschi Min. Liewa *Raumbadrullje* mim Komaanda Mägglâin[127] wie die APO mim Dudschkes Ruddl."
„Ach so, entschuldige, Günda. Das habe ich jetzt im Eifer des Gefechts vergessen, du bist mir einfach so vertraut, du kommst mir viel älter vor."
„Des musch jetz net nochmol vazehle."
„Reifer, vielleicht können wir uns darauf einigen. Na gut. Dann

---

[124] Schreihälse

[125] zu kurz Geratener

[126] Hase Cäsar in der TV-Sendung *Schlager für Schlappohren*

[127] McLane

hast du dich später damit auseinandergesetzt, oder wolltest du dich etwa damit abfinden, dass die Vergangenheit ruhen soll?“
„Nää, nadierlisch net. Wu du rescht hosch, hosch du rescht. Awwa des sin zwee paa Sache: die Nazis, des Dridde Reisch is des ähne. Doin Vadda is des annare.“
„Wie kann man das trennen? Er war Teil des Ganzen. Ohne Leute wie ihn hätte das System nicht funktioniert. Aber bis zum Schluss, bis zu seinem Tod – er wurde immerhin über 80, im Unterschied zu den unzähligen Opfern des Regimes – stand er nicht zu seiner Schuld.“
„Bei dia, bei deinare Generazioon, die wu des gfoddat hot. Zu stolz. Kää Schwäsche zeije.“
„Keine Schwäche zeigen ist gut, alles unter den Teppich kehren, das war die große Stärke von ihm und seinesgleichen. Schau dir das Heimatbuch von Glickerbach an, das Kapitel über das Dritte Reich, ein Trauerspiel. Kurz und knapp. Was steht drin? Krieg, Verluste, Soldaten, gestorben für Heimat, Ehre und Vaterland. Kein Wort über die Verbrechen, die Vernichtungslager. *Die schwere Zeit*, *die dunkle Zeit*, heißt es da kryptisch. Dass das Vereinsleben gelitten hat, dass die Kirchenglocken eingeschmolzen wurden. Alle sind plötzlich Opfer. Und die Nazis, das waren Außerirdische.“
„So waa des halt, iwweraal.“
„Ja, aber mein Vater hat genau dieses beschönigende Kapitel geschrieben. Das finde ich schäbig. Kein Wort über die Deportation der Juden nach Gurs 1941. Aber seitenweise Huldigungen über die neue Mehrzweckhalle. Da stimmt doch was nicht.“
„So sin sie halt, die Leit. Simmia annaschda?“
„Ich hoffe doch sehr.“
„Noch hawwe mia des net beweise misse. Weil mia Glick ghabt hawwe.“
„Jetzt hörst du dich wieder an wie mein Vater.“
„Wie des alles bassiat is, do ware die jung un dabbisch. Mia sin

heit aa schlaua wie dorttmols als junge Kärll, odda?"
„Wie kommt es, dass du so denkst? Hast du ähnliche Erfahrungen in deiner Familie?"
„O liewi Zeit, des schwetze ma annamol. Isch muss donn langsoom. Ähns noch, un des hängt schun mit moim Beruff zamme: Isch kenn viel, die hawwe was gemacht, was Schlimmes. Jetz stell da mol voa, die wärre vawischt un kumme in de Knascht. Fimf Joa, zähne. Un denoch kumme sie widda naus. Derfe sie donn nommal oofange weidazumleewe?"
„Selbstverständlich. Sie haben ihre Strafe verbüßt, das ist ja wohl das Ziel in einem Rechtsstaat, Resozialisierung, damit sie wieder vollwertige Mitglieder der Gesellschaft werden."
„Un hot des doin Vadda net gederft? Fehla mache?"
„Aber das ist doch ein Riesenunterschied. Leute wie mein Vater sind nie belangt worden. Sie durften ihr Leben unbehelligt weiterführen, als wenn nichts gewesen wäre. Kurz mal entnazifiziert, das wars."
„Mähnsch?"
„Was?"
„Mähnsch, dea hot sisch kää Voawüaf gemacht? Weila so dabbisch waa, weila des net hot kumme sehe. Awwa des hodda mit sisch ausmache misse. So waare die, schun vun de Aziehung. Odda …", Kommissar Günda nickte in Richtung der Kapelle, „… odda ea hot des ausgemacht mit demm do drowwe. Vleischt hodda gebeischdet. Vleischt hodda aa gelidde weje dia. Wejem Gewisse, wejem schleschde. Vleischt wäas fa doin Vadda bessa gewest, ea wäa vunneme Gerischt va-uadeilt worre. Net bloß vun dia. Vagesse, vadränge, va-uadeile, des is äfach. Vagewwe, des is die Kunscht."

Berthold Müller schwieg für einen Moment.

„Das stimmt, Günda. Und ich hoffe, du vergibst mir, dass ich dich so ausgiebig mit meiner Familiengeschichte behelligt habe.

Vielleicht sogar gelangweilt."
„Nänää. Des is aiig indressant. Un isch bin ma als noch net sischa, was isch denke soll. Außa, dass isch froh bin, dass isch die Zeit net alebt hab. Berthold, sei ma net bees, isch muss."

Die beiden Männer verabschiedeten sich herzlich. Berthold Müller nahm ihn in den Arm, worauf Kommissar Günda linkisch auch seine Arme um ihn legte. Es war nicht seine Art gegenüber einem Menschen, den er kaum kannte, aber es war ihm nicht unangenehm. Die Offenheit des Mannes rührte ihn.

Und doch wurde er das Gefühl nicht los, dass ihm Berthold Müller etwas Wesentliches noch nicht gesagt hatte.

„Sie!"
In seiner Verzweiflung über die stagnierenden Ermittlungen in Sachen Seegard hatte sich Fritjof Freese in die Niederungen der Alltagskriminalität begeben. Seitdem er sich an die Medien gewandt hatte, tauchten immer wieder neue Fälle auf, für die er strenggenommen gar nicht zuständig war. Was er jedoch nicht abschließend beurteilen konnte, weil er dafür schlicht zu wenig verstand. In diesem Fall hatte er sich nach einem besonders unergiebigen Telefongespräch mit einem anklagenden Anrufer kurzerhand auf den Weg gemacht, um sich ein persönliches Bild von der Lage zu machen. Der Intensität des Sprechers nach zu urteilen, musste es sich um einen gravierenden Vorfall handeln. Die direkte Begegnung mit dem offenbar in irgendeiner Weise Geschädigten bestätigte den Eindruck.

„Sie!"
Freese wunderte sich immer noch darüber, wieso man einen Menschen, dem man doch direkt gegenüberstand, derart drängend und fordernd ansprechen musste, noch dazu, ohne etwas zu sagen.

„Isch saach Ihne jetz mol was!"
Auch diese Ankündigung war aus Freeses Sicht entbehrlich und diente mehr als eine Art Trommelwirbel für das, was nun angeblich Schwerwiegendes zu erwarten war. Sein Gegenüber senkte die Stimme und betonte jedes der drei folgenden Wörter: „Isch – weeß – Bscheid!"

Freese ließ einen Moment verstreichen in der Hoffnung, sogleich in das große Geheimnis eingeweiht zu werden. Nichts dergleichen geschah. Stattdessen sah ihn sein Gegenüber forschend an.
„Glaawe Sie des? Hä?"

Freese hatte keine Ahnung, was er da glauben sollte, fühlte sich aber durch den bohrenden Blick des Fragers irgendwann derart unter Druck, dass er nickte. Erst einmal. Als darauf nichts geschah, ein weiteres Mal. Sein Gegenüber holte tief Luft: „Mit mia net. Net mit mia.“

Freese ertappte sich, wie er nachdachte, um welche rhetorische Figur es sich gerade gehandelt hatte.
„Glaawe Sie des?“
Freese verstieg sich vorsorglich zu einem bestätigenden Grunzen, falls sein vorheriges Nicken nicht eindeutig genug gewesen war.

„Unna uns …“
In diesem Moment musste Freese ein Lachen unterdrücken. Das Gespräch fand immer noch am Gartenzaun des Beschwerdeführers statt, die Lautstärke der soeben gemachten Bemerkung wollte so gar nicht zum Inhalt passen. Schon hoben sich in der Nachbarschaft erste Vorhänge, lugten vorwitzig Köpfe hinter sorgsam getrimmten Buchsbaumbüschen hervor.

„Folgendes!“
Das war nach Freeses Erfahrung mit den hiesigen Dialektsprechern endlich ein Zeichen, dass denn doch eine halbwegs substanzielle Äußerung unmittelbar bevorstand.

„Endä! Endä Gelendä! Finniddoo! Feiaowett! Schluss! Endgildisch! Slängt! Odda mussisch ma des gfalle losse? Hä?“

Freese hatte das Gefühl, als würde sein Kopf von unsichtbarer Hand zu einem eindringlichen Kopfschütteln geradezu getrieben: „Nein“, bestätigte er für sich unerwartet deutlich. „Keinesfalls.“
Sein Gegenüber stutzte: „Ealisch? Mähne Sie? Do binnisch

awwa bissl iwwarascht. Sehe Sie! Sie saache des aa. Do hawwe mas. Aba?"
„Nix aber."
„Alla guud. Donn … Donn is die Sach fa misch aleedischt. Brauche Sie des schriftlisch vun mia?"
„Nein."
„Saache Sies ruisch. Isch mach Ihne des. Kä Thäämaa. Sie hawwe Ia Voaschrifde. Isch reschbeckdia des."
„Nein, das ist wirklich nicht nötig. Ist sonst noch etwas?"
„Wisso?" Sein Gesprächspartner wurde plötzlich misstrauisch. „Hot ebba was gsacht? Hä? Als hea demit. Isch kenn des. Isch kenn die. Isch weeß Bescheid."
„Nein, alles in Ordnung. Dann … dann verabschiede ich mich jetzt und bedanke mich für Ihre Aufmerksamkeit und Mithilfe."
„Nix zum dange. Des is sebvaständlisch. Wemma was mache kann, mach ischs. So bin isch. Schun imma. Aa wenn des fa mansche net begwähm[128] is. Kenne Sie des? Hä?"
„Ja, das kenne ich."
„Sicksch! Mia vastehe uns. Alla!"
Abrupt drehte sich der Mann um.

Freese registrierte mit Erleichterung dieses eindeutige Signal zum Aufbruch. Er war fast an seinem Fahrzeug angelangt, als ihn ein neuerlicher Ruf ereilte.

„Sie!"
Der Mann vom Nachbargrundstück. Freeses Mission war noch nicht zu Ende.

---

128 bequem

An diesem späten Nachmittag hatten die beiden Ermittler trotz der höchst unterschiedlichen Begebenheiten ein gemeinsames Thema: Recht haben. Freese hatte seinem Chef von seiner Begegnung erzählt und Lob geerntet: „Des hosch du gut gemacht!“

„Finden Sie? Und dabei habe ich immer noch keine Ahnung, um was es eigentlich ging.“

„Des is doch grad egaal! Mia hawwe aa als ä annari Funzioon. Parra[129]. Psischologge. Uff jedn Fall hosch du dodefoa gsoiigt, dass dea Sseckl zfriede is, wenigschdens fa heit. Wea weeß, was dea sunscht oogstellt heed. Manschmol muss ma de Leit äfach Rescht gewwe.

De Kliigare gibt nooch, heeßts jo. Stimmt, awwa des is bloß des ähne. Des annare wäa: *de Kliigare gibt Rescht.* Mea wolle die Leit als gaa net. Un du bisch dodefoa subba geeignet. Isch net so. Mia heed dea des wahrscheinz net geglaabt, isch gugg manschmol so, do wisse sie: *Obacht!*

Du, du kannsch des, so dabbisch gugge. Tschuldischung. Isch mähn des possidief. Un du hosch nadierlisch en gewaldische Voadeil.“

„Nämlisch?“

„Du vastehsch imma bloß die Hälft vun demm Kees, denn die Leit als babble.“

„Danke. Und wie war Ihr Tag?“

„Hm, bissl koomisch. Mia hawwes aa ghabt vum Rescht un vum Urescht.“

„So? Mit wem haben Sie denn gesprochen?“

„Priffaaht.“

„Ach, wieder mit Ihrem Architektenfreund. Mit anderen Worten, Sie haben sich nun auch von unserem Fall Seegard verabschiedet. Sie sind ebenso wie ich der Meinung, die Ermittlungen sind aussichtslos, wenigstens zur Zeit.“

---

[129] Pfarrer

„Net direkt.“
„Wie meinen Sie das? Könnte er etwas mit dem Fall zu tun haben? Haben Sie ihn in Verdacht? Hat er das Opfer gekannt?

Kommissar Günda erzählte seinem Assistenten vom Heimatbuch. Von der Autorschaft des Vaters. Dass es Begegnungen mit Seegard gegeben haben musste, die sie aber nicht thematisiert hätten.

„Na gut, er und das Opfer kannten sich. Aber Tschief, ich sehe keinerlei Motiv. Verdächtigen Sie ihn denn?“
„Nänää.“ Kommissar Günda wiegelte ab.
„Soll ich vorsorglich mal ein bisschen recherchieren über den Mann? Vermögensverhältnisse, Vorleben?“
„Kannsch mache, awwa sbringt wahrscheinz nix. Des is net needisch.“
„Das glaube ich auch, Tschief.“

So waren sich schlussendlich beide Ermittler im Ergebnis einig. Wenn auch aus völlig unterschiedlichen Gründen.

Kaum hatte Kommissar Günda das Büro verlassen, tauchten dort drei Menschen auf. Möglicherweise wäre die nun folgende Szene gänzlich anders abgelaufen, hätten die drei Beteiligten das Büro zur gleichen Zeit betreten, so aber kam es zu einer weitreichenden Stafette, die zwar zu einem guten Ende führte, jedoch nur für einen der vier Mitwirkenden.

„Verena? Sie kommen ja wie gerufen!"
Freudestrahlend begrüßte Freese die Neuangekommene, die etwas gehetzt wirkte.
„Isch bin bissl ab grad. Die Hitz drauß, un des Vadeck vun moim Kabbrioo spinnt. Unn? Was gibtsn Neies, hebdan schun gfange?"
„Leider nein, wir sind keinen Deut weitergekommen."
„Hot des nix gebrocht mit demm Schdick? Sie ware doch gonz aiig uff denn?"
„Der Stick? Der ist leider unbrauchbar."
„Ou."
„Kein Vorwurf. Mein Fehler. Egal. Ich würde den Fall jetzt gerne vorläufig zu den Akten legen, und ich wäre Ihnen dankbar, wenn Sie das Organisatorische übernähmen. Sie wissen schon, registrieren, sortieren, archivieren, das Übliche."
„Kennisch. Kää Probblähm. Gell, des kummt efdas voa bei eisch?"
„Stimmt, Aktenarbeit, das macht einen Gutteil polizeilicher Tätigkeit aus. Es ist leider nicht immer so spektakulär wie im Fernsehen."
„Nää, isch mähn, skummt efdas voa, dass ia denn Täda net vawischt. Isch kenn des. Mia hawwe sie mol mei Fahräddl geglaut. Direkt voam Rewe. Binnisch zu de Bollezei. Hawwisch gsacht, hea, macht eisch mol glei uffd Sogge, dassdan noch vawischt, denn Sseckl. Mia hawwe sie grad mei Fahräddl geglaut. Direkt voam Rewe. Kannsch vagesse. Zwee Muunet späda

hawwischs widda ghabt. Hii[130]. Vollischt."

Wenn er ehrlich war, musste Freese sich eingestehen, dass er im Grunde nur ein einziges Wort zweifelsfrei erkannt hatte, den Namen der Supermarktkette.
„Schlimm", kommentierte er vorsorglich pauschal teilnahmsvoll. „Normalerweise erwischen wir den Täter immer, gerade mein Chef gilt als überaus erfolgreich. In dieser Hinsicht."
„Dea? So sieht dea gaa net aus. Sie schun ea", schmeichelte ihm Verena Weipert. Fritjof Freese war in diesem Moment durchaus empfänglich für derlei Bemerkungen.

Ein eindringliches Klopfen riss die beiden aus der einträchtigen Stimmung. Ehe Freese antworten konnte, erschien ein Mann mit hochrotem Kopf in der Tür. Verena Weipert erstarrte.
„Glaus[131]? Due? Was meschn du do?"
„Des froorisch disch, Ferääna!"
„Isch? Isch bin am Schaffe."
„Schaffe? Pff. So nennt ma des heit?"

Freese, der sich sogleich wieder hinter seinen Schreibtisch zurückgezogen hatte, beobachtete den Wortwechsel zunächst schweigend, sah sich aber irgendwann doch genötigt, sich zu Wort zu melden: „Darf ich erst einmal fragen, wer Sie sind?"
„Isch? Drei Mol derfe Sie roode!" Eine nicht ernstgemeinte Aufforderung, wie sich zeigte. „Isch bin derre ihra."
Freese runzelte die Stirn.
„Des is moina", sprang ihm Verena Weipert bei, was zunächst auch nicht zu Freeses Erhellung beitrug. „Moin Mann is des, de Glaus."
„Ah, verstehe. Angenehm", erwiderte Freese betont sachlich.

---

130 kaputt
131 Klaus

„Freese, Fritjof Freese."
„Dea? Dea is des? Dea Hannebambl? Weje demm bisch du laufend fortt vun dehähm? Un isch kann sehe, wie isch klaakumm. So leeft des net, Schätzl, des saachisch dia. Un zwaa schriftlisch."

Freese rang um eine Erklärung, vermochte aber zunächst keine rechte Gelegenheit zu finden, den Wortschwall des Mannes zu unterbrechen: „Es war ganz zufällig, es hat sich so ergeben, aber es basiert hier alles auf Freiwilligkeit."
„Freiwillisch? Wahrscheinz voa allem willisch, des kannisch ma voastelle." Klaus Weipert wandte sich wieder an seine Frau. „Wie stellsch da des voa, hä? Wie? Auf, vazehl mol!"
„Glaus, des is mei Sach, des geht disch gaa nix oo."
„So? Des geht misch nix oo? Des seh isch bissl annaschda. Un Sie, wie sehe Sie des?"

Freese sah vor allem keine Möglichkeit, den Raum unbeschadet zu verlassen, zu aufgeheizt schien die Stimmung. Er machte einen zaghaften Versuch: „Ich schlage vor, am besten, Sie klären das erst einmal unter sich."
„Nänänänänää. Des deed Ihne so basse. Kaade uff de Disch. Was is bishea gloffe?"
„Wie?"
„Sie hawwe misch schun rischdisch vastanne. Isch will wisse, was gloffe is zwische eisch zwee Hibbsche. Wonn? Wie oft? Wie long?"
„Gar nichts", beteuerte Freese, als ein weiteres Klopfen an die Tür drang, diesmal zaghafter.
„Ja, bitte!" Freese hoffte auf Marion Helche und war überrascht und erfreut zugleich, als er Bianca Franke erblickte.
„Bianca! Wie … schön! Komm rein!"
Sie gab sich zögerlich: „Ich will nicht stören."
Freese ermutigte sie: „Du störst überhaupt nicht. Im Gegenteil.

Darf ich vorstellen? Das ist meine."

Das Ehepaar reagierte verdutzt. Klaus Weipert fand als erster seine Sprache wieder: „Mooment! Was heeßtn des?"
„Das ist meine!", wiederholte Freese, sichtlich erleichtert. „Ich erkläre dir das gleich, Bianca."
„Nänää. Net glei. Soffortt. So geht des net."
„Es geht schon eine Weile. Jedenfalls länger. Viel länger als … alles andere."
„Des aa noch? Zweegleisich fäat dea Sseckl! Hosch des gheat, Feräänaa? Du bisch bloß die zwedde Wahl. Falls des nix gibt mit derre. Mit demm Schrubba aa noch. Die hot doch nix druff, des sieht ma doch glei. Uumeeglisch!"
„Bitte, mäßigen Sie sich, Herr Verena, ich versichere Ihnen, ich hatte nie die Absicht, mit Ihrer Frau …"
„Ha! Isch habs geahnt. Do hoschs. Mitnämme un forttschmeiße, des simma die Rischdische. Awwa so äfach kumme Sie net defu, des saachisch Ihne. So net."
„Ich verstehe nicht."
„Sie vastehe des guud, aiig guud."
„Um was geht es Ihnen?"
„Bimbes."
„?"
„Zaschda, Geld!"
„Sie wollen von mir Geld? Für Ihre Frau?"
„A, fa was sunscht. Odda mähne Sie, des geht fa umme?"
„Fa – was?"
„Fa umme. Mit oohne Geld."
„Einen Moment, Sie wollen, dass ich Ihnen für Ihre Frau Geld gebe? Vielleicht noch ein paar Esel und Kamele dazu? Wo sind wir denn hier."
„Hä?"
„Genau. Das frage ich Sie: Hö?"
„Hea mol. Meini, die hot gschafft fa Sie. Fa umme."

„?"
„Ge-aa-bei-det füa Sie hat die. Oohne Geld. Des gibts bei mia net."
„Ach so", antwortete Freese erst irritiert, dann erleichtert. „Und ich dachte, Sie glauben, ich hätte eine Affäre mit Ihrer Frau, und Sie regen sich deshalb so auf."
„Hä? Ä Affääa? Ach Gott, uff die Idee binnisch jetz gaa net kumme. A-wa. Des kannisch ma aa net voastelle. Spielt jo aa kää Roll weidas. Isch deed saache fimfhunnat, un die Sach is fa misch aleedischt."

So klärte sich alles zu guter Letzt. Freese handelte auf 300 Euro herunter, und die beiden verließen sein Büro. Allerdings schien deren Eintracht nachhaltig erschüttert.
„Hea, Glaus, wie hoschn des gemähnt voahien? Des kannisch ma net voastelle. Drausch du mia des etwa net zu, ä Affääa?"
„Oh, geh fortt, Feräänaa, losses, dea Zuch is abgfahre. Des kannsch vagesse."
„Wie bidde? Des wolle ma mol sehe, des kannsch hawwe."

Bianca Franke wiederum schien nachdenklich: „Entschuldige, Fritjof. Was hast du vorhin gemeint, ich bin deine was?"

Und mit einem Mal wusste es Freese. Er wusste, dass er sich getäuscht hatte. Es war, als hätte jemand ein Licht entzündet im Dunkeln. Diese Frau war mit einem Schlag entzaubert, ihre Ausstrahlung verpufft, sein Fasziniertwerden verschwunden. Er wunderte sich über die plötzliche Klarheit und hatte zugleich das Gefühl, durch diese Erkenntnis einen wichtigen Schritt vorangekommen zu sein.
In aller Form verabschiedete er sich: „Bianca, das war eben eine kleine Notlüge. Eine polizeiliche Maßnahme. Du weißt ja offenbar, was ich beruflich mache. Vielen Dank für alles. Ich melde mich."

Als Bianca Franke ungerührt und ohne jedes Zögern das Büro verlassen hatte, griff Freese in die oberste Schublade seines Schreibtisches und blätterte kurz darauf entspannt und zuversichtlich im Adressverzeichnis seines Smartphones: Simone, Chantal, Fiona … Alle noch da. Er entschied sich für eine WhatsApp an Griseldis. Allem Anschein nach war er wieder der Alte.

Kurz verspürte er den Impuls, seine Mutter anzurufen, um mit ihr den Triumph zu teilen, doch dann nahm er davon Abstand. Sie würde das womöglich falsch verstehen. Oder schlimmer noch: richtig.

Nach wenigen hundert Metern hatten sie die Enge der Stadt hinter sich gelassen. Mächtige Bäume säumten die schmale Straße. Mühelos schlängelte sich der Zweisitzer die Serpentinen hinauf. An jeder Spitzkehre ließ sich der Wagen zurückfallen, um am Ausgang der Kurve gleich wieder Fahrt aufzunehmen. Bald passierten sie die Abfahrt zur Molkenkur.
„Oder wolltest du hier einen Kaffee trinken?“
„Näänää“, entgegnete Kommissar Günda. „Du fäasch, du bisch de Bestimma.“
In der Tat, diesmal hatte sich Berthold Müller ausbedungen, die Umgebung für ihr nächstes Gespräch zu wählen. Dem hatte er gerne zugestimmt.
„Und? Bist du schon gespannt, was ich ausgesucht habe?“
„Schun“, erwiderte Kommissar Günda, denn das war er tatsächlich. „Isses noch weit?“
„Wir sind gleich da. Wieso? Wird dir schlecht? Fahre ich zu rasant durch die Kurven?“
„Abba. Mia gfällt des.“
Kommissar Günda legte den Kopf in den Nacken. Die Baumwipfel glitten ineinander und schufen ein bizarres Muster, aus dem ab und an das Sonnenlicht blitzte. Da tat es auch keinen Abbruch, dass aus dem Radio nicht die angemessene Musik, sondern nur irgendein Popsong dudelte.

Es roch nach frisch geschlagenem Holz, nach Wasser aus den zahlreichen Brunnen am Straßenrand. Kommissar Günda widerstand dem Reflex den Blick zu senken, als der Wagen auf gerader Strecke langsamer wurde. Vermutlich einer dieser Hobbyrennradfahrer auf der Suche nach einem nächsten Oben.
Der Wagen scherte zum Überholen aus. Er müsste auch wieder einmal radeln. Allerdings nicht mit seinem alten Klapprad. Vielleicht sollte er sich ein neues Fahrrad kaufen. Am besten gleich ein E-Bike. Selbstfahrend, damit er stets diesen wundervollen Blick Richtung Himmel genießen könnte.

Kommissar Günda hörte den Blinker, das Auto bremste.
„Du willst dich also überraschen lassen“, mutmaßte sein Fahrer.
„Gönau.“
„Da sind wir.“
Kommissar Günda blickte sich auf dem Parkplatz um. Zwei Autos verloren sich im hinteren Eck.
„Weißt du, wo wir sind?“, fragte Berthold Müller.
„Nää“, log Kommissar Günda.

Sie stiegen aus dem Wagen, die Türen fielen mit sattem Geräusch ins Schloss.
„Läsch du denn offe?“
„Warum nicht, hier gibt es keine Kriminellen.“
„Mähnsch?“

Nach wenigen Schritten passierten sie das Märchenparadies.
„Pfff, jetz binnisch awwa froh, dass du net dortthie willsch mit mia. Obwoohl …“
„Obwohl du bestimmt eine Menge übrig hast für Märchen, so wie ich dich einschätze, stimmts, Günda? Was ist denn dein Lieblingsmärchen?“
„Kaliff Stoiisch.“
„Aha. Warum? Wegen der majestätischen Vögel?“
„Gönau, die gfalle mia, die Veggl. Un voa allem weje demm uheimlische *Mu-ta-boa. Isch werde vawandelt.* Des wäa isch manschmol aa gärnn. Un du? Hosch du aa ä Lieblingsmäasche?“
„Die Bremer Stadtmusikanten: *Etwas Besseres als den Tod finden wir überall.*“
„Indressant. Un doin Vadda? Hodda als Mäasche voaglese?“
„Nie. Meine Mutter manchmal. Mein Vater war dafür zu unnahbar. Er hat mir Bücher gegeben, die sollte ich lesen. Karl May. In altdeutscher Schrift. Ich musste regelmäßig Bericht erstatten, was ich gelesen hatte. Mit dem Globus, um zu zeigen, dass ich weiß, wo es spielt.“

Die Bergstation kam in Sicht. Kommissar Günda ächzte vernehmlich.
„Wollen wir zuerst einen Kaffee trinken und dann einen Spaziergang machen oder lieber umgekehrt?"
„Liewa äschda bissl laafe, dann hot ma sisch des Bierle vadient, deedisch saache."
„So sehe ich das auch. Dann hier entlang."
Der massige steinerne Wegweiser am Boden verhieß als Ziel Schlierbach.
„Keine Sorge, ich plane nur eine kleine Runde."

Der Wald wurde dichter, sie liefen schweigend nebeneinander. Die kleinen Kiesel knirschten regelmäßig unter ihren Sohlen. Der Weg wurde abschüssiger, ihre Schritte gerieten länger.
„Nunnazuus is imma guud."
„Freu dich nicht zu früh, Günda."
Unversehens schlug sich Berthold Müller ins Gebüsch. Kommissar Günda hatte Mühe, ihm zu folgen. Ein kaum erkennbarer Weg führte durch das Unterholz, gesäumt von Farnen und Gräsern, Brennnesseln und Brombeersträuchern.
„Deshalb wollte ich, dass du lange Hosen anziehst, hier gibt es Zecken."
„Leischdi Iiwung", entgegnete Kommissar Günda. „Isch hab gaa kää korzzi Hos. Doch! Eewe gedenkt mias. Bämuddaschorzz[132]. Hawwisch mia mol im Ualaub gekaaft, leida vawesche, des gonze schääne Muschda fortt. Sonneblume. Sieht jetz aus wie gebaadigt."
Berthold Müller musste lachen: „Gebatikt, das haben wir damals auch gerne. Alles, was uns unter die Finger kam. Ich habe sogar mein Bettlaken gebatikt."
„Des wäa kähn schleschde Beruff gewest dorttmols: Baadigga."
„Das ist das Schöne bei dir, du weißt immer, wovon ich rede."

[132] Bermudashorts

Sie kamen an eine Lichtung, die den Blick freigab auf das weiter unten liegende Neckartal, auf Heidelberg.
„Trotzdem, wenn du zu Hause bist, kontrolliere, ob sich nicht doch irgendwo eine Zecke bei dir eingenistet hat, die Dinger sind hartnäckig."
„Des bin isch aa."
„Das glaube ich gerne. Toller Blick. Die wenigsten wissen, was für ein fantastisches Naherholungsgebiet es hier oben gibt."
„Ähä."
„Du kennst die Gegend bestimmt, Günda."
„Schun."
„Bist du öfter hier?"
„Selde. Un due?"
„Auch nicht so oft, wie es sich eigentlich anbietet. Dieses Jahr erst ein paar Mal."
„Hm."
„Am liebsten früh morgens. Wenn noch nichts los ist."
„Ähä."
„Trotzdem muss man immer aufpassen. Vor allem auf die Mountainbiker. Die stürzen sich hier geradezu den Abhang hinunter. Es kann gar nicht steil genug sein."
„Hm."
„Beim letzten Mal war es noch ein bisschen neblig hier. Aber ich habe den Mountainbiker natürlich kommen hören. Man ahnt sie immer schon von Ferne, das Abrutschen der Reifen, das Bremsen. Nur wenn man ihr hastiges Atmen vernimmt, ist es zu spät. Es muss sehr anstrengend sein, das Fahren. Volle Konzentration, Körperbeherrschung. Ein kleiner Fehler, und man stürzt den Abhang hinunter. Ich habe den Fahrer schon mehrfach beobachtet, ein besonders wagemutiger Typ. Ziemlich sicher auf dem Rad. Man hat bei diesen Leuten das Gefühl, ihnen kann nichts passieren. Kennst du das?"
„Kennisch."
„Es sei denn, es kommt etwas Unvorhergesehenes."

„Än Bumba."
„Genau. Dann nützt die ganze Technik nichts, man fällt und trudelt, bis man irgendwann von einem Hindernis aufgehalten wird. Ein Baumstamm. Quer über dem Weg. Unüberwindbar. Endgültig."
„Hm."
„Ich habe mich gewundert, dass es so leicht ging. Das letzte Mal habe ich einem Menschen Gewalt angetan vor dreißig Jahren. Wenn das mal reicht. Startbahn West. Damals war es allerdings anonym. Polizisten. Die im Übrigen auch nicht gerade zimperlich waren."
„Des hawwisch aa gheat."
„In diesem Fall war es schon ganz anders. Geplant. Wohldurchdacht. Ich kannte ihn. Nicht besonders gut, aber gut genug."

Die Männer setzten sich auf einen Baumstamm. Berthold Müller blieb umsichtig: „Pass auf, Günda, das gibt Flecken auf dem Hosenboden."
„Des mescht mia nix."

Ein Moment der Stille trat ein. Kommissar Günda erwog, mit einer kurzen Bemerkung das Thema wieder anzustoßen, doch das erwies sich als unnötig.
„Die ersten Kontakte waren knapp und sachlich, meistens per Mail. Er werde das Heimatbuch im Auftrag der Gemeinde Glickerbach aktualisieren. Wie er mit den Texten meines Vaters verfahren solle, ob ich etwas gegen deren Überarbeitung hätte. Natürlich nicht, du kennst meine Einstellung."
„Hm."
„Eines Tages rief er mich an, er müsse mich dringend sprechen. Persönlich. Wir vereinbarten einen Termin, und er kam extra nach Frankfurt."
Berthold Müller stand auf und fischte aus seiner Gesäßtasche gefaltete Blätter.

„Um mir das hier zu zeigen."

Er übergab Kommissar Günda ein vergilbtes Dokument, das laut Briefkopf von einer Staatsanwaltschaft stammte. Geschildert wurde ein Vorfall aus dem Jahre 1938, bei dem ein Mann in Glickerbach zu Tode gekommen war. Das Opfer, Ende 40 und wie im Dokument ausdrücklich vermerkt Jude, sei mit einem Freund, ebenfalls Jude und derjenige, der die Tat bei der Polizei zur Anzeige gebracht hatte, nach dessen Aussage zunächst von mehreren männlichen Angreifern auf öffentlicher Straße drangsaliert worden. Beide seien aus Angst geflüchtet, sie seien jedoch von der Gruppe verfolgt worden. Die Auseinandersetzungen hätten sich fortgesetzt, und im Zuge dessen habe sich einer aus der Gruppe durch besondere Brutalität hervorgetan und das Opfer nicht nur geschlagen, sondern getreten, als dieses bereits am Boden gelegen habe. Die Tritte hätten sich dabei nicht nur gegen den Körper, sondern auch gegen den Kopf gerichtet.
Das Opfer sei später im Krankenhaus gestorben, amtsärztlich bestätigt.

Kommissar Günda war beim zweiten Blatt angelangt und atmete tief durch.

Die Staatsanwaltschaft komme jedoch zu dem Schluss, dass die Schilderungen des Zeugen nicht glaubhaft seien. Vielmehr folge sie den Einlassungen der anderen Männer, allesamt verdiente Parteimitglieder, die vorangegangene, anhaltende Provokationen seitens der beiden Juden ins Feld führten. So seien mehrfach abfällige Bemerkungen über Deutschland und den Führer gefallen. Dies habe man sich nicht bieten lassen können und die Juden zur Rede stellen wollen. Diese hätten sich jedoch unter höhnischem Gelächter aus dem Staub gemacht. Dabei sei einer der beiden ins Straucheln geraten und unglücklich auf den steinernen Boden gestürzt. Nach ihrer Wahrnehmung hätten beide einen stark angetrunkenen Eindruck gemacht.

Die Staatsanwaltschaft erklärte in dem Dokument, sie stelle das Verfahren gegen den Beschuldigten mangels Beweisen ein. Der Name des Beschuldigten lautete Karl Müller.

„Was ich immer geahnt hatte, jetzt hatte ich es schriftlich. Mein Vater war ein Täter."
„Wuhea hot de Seegardd des ghabt?"
„Man hat es ihm wohl irgendwann zugespielt. Dadurch, dass er auf die Regionalgeschichte im Dritten Reich spezialisiert war, kam es immer wieder vor, dass ihm Leute zeitgeschichtliche Dokumente übergaben, Funde auf dem Speicher, aus Nachlässen. Keine Ahnung, woher dieses hier stammte. Als er sich um *Unser Glickerbach* kümmern sollte, fiel ihm das Dokument wohl wieder ein. Seegard wollte dem Vorfall im Heimatbuch ein ganzes Kapitel widmen, exemplarisch für Glickerbach im Dritten Reich."
„Un ea wollt wisse, ob du dodemit eivastanne bisch."
„Mitnichten. Er wollte von mir Material, Fotos von meinem Vater, am besten in Uniform.
Und dann ist etwas Merkwürdiges passiert. So unbedingt ich über Jahrzehnte wissen wollte, was mein Vater in jener Zeit verbrochen hat – und ich war mir immer sicher, dass es da etwas gab –, so wenig war ich damit einverstanden, dass dies nun an die Öffentlichkeit kommt. Ausgerechnet im Heimatbuch meines Vaters. Ich kann dir gar nicht erklären, wieso mir das so gegen den Strich ging. Ich war aufgewühlt und aufgebracht. Wie konnte es dieser Fremde, gerade mal Mitte 30, wagen, meinen Vater an den Pranger zu stellen? In seinem Buch. Jedenfalls, ich habe mich beherrscht und gesagt, ich hätte keine Fotos von meinem Vater aus dieser Zeit. Darauf hat er mich ziemlich angegangen, ob ich verhindern wolle, dass die Nazivergangen-

heit aufgearbeitet wird. Ich habe ihm erzählt, dass ich mein Leben lang mich überall dafür eingesetzt habe, dass gerade in der Hinsicht nichts unter den Teppich gekehrt wird. Er fragte, ob ich den Vorfall überhaupt kenne, und ich habe wahrheitsgemäß verneint. Ob es mich überrasche? Wie er das meint, habe ich ihn gefragt. Immerhin sei mein Vater ja nicht einmal angeklagt worden, geschweige denn verurteilt. Vielleicht stimme es ja, was in diesem Dokument steht. Das sei lächerlich, meinte er. Das sei das übliche miese Spiel der Nazis gewesen, Täterjustiz, gleichgeschaltet. Das habe doch mit Gerechtigkeit gar nichts zu tun gehabt. Ich habe eingewandt, man müsse immer auch die andere Seite hören. Er hat gelacht, das sei das Perfide, so hätten sich die meisten Nazis retten können, weil die bürgerlichen Kreise nicht bereit gewesen wären zur Aufklärung, bis in die nächste Generation. Unverantwortlich sei das. Ob ich wirklich so naiv sei? Der einzige Zeuge, der zugunsten des Opfers ausgesagt hat, sei 1941 mit den anderen Juden in Glickerbach von den Nazis nach Gurs gebracht worden und dort umgekommen. Zum Glück gebe es nun dieses Dokument, auf dessen Veröffentlichung die Welt ein Recht hätte. Glickerbach auch.
Wie kann man jemanden verurteilen, ohne ihn anzuhören, habe ich ihn gefragt, mein Vater kann sich ja gar nicht mehr wehren, vielleicht ist es wirklich so gewesen, habe ich gesagt, und ich traute meinen Ohren nicht, dass ich, ausgerechnet ich so geredet habe. Er hätte ja keine Ahnung, was es bedeutet, in einer Dikatur, in einem Unrechtsregime zu leben. Er habe gut reden, aufgewachsen als verwöhntes Söhnchen der Achtziger, das sich jetzt erdreistet, über die ohnehin gebeutelte Kriegsgeneration den Stab zu brechen. Da hat er mir vorgeworfen, ich würde mich durch diese Haltung im Nachhinein mitschuldig machen, aber das werde er nicht zulassen. Es sei ja wohl eindeutig, wie die Sache damals gelaufen sei. Er werde das Dokument veröffentlichen mit entsprechenden historischen Anmerkungen, angereichert mit Dokumenten und Verweisen auf ähnlich

gelagerte Fälle. Nicht nur im Heimatbuch, sondern auch in sämtlichen ihm zur Verfügung stehenden Publikationen. Dann könne sich ja jeder selbst ein Bild machen. Es sei höchste Zeit, dass Gerechtigkeit geübt werde, dass alles ans Tageslicht komme, die ganze Wahrheit. Mit Namen. Er werde dafür sorgen, ob mit oder ohne meine Hilfe."

„Du wolltsch net, dass im Heimatbuch un wuannascht steht, doin Vadda wäa än Nazi gwest, obwoohl dass du des doim Vadda imma voagworfe hosch?"

„Seltsam, oder? Dabei habe ich immer die Bestätigung gesucht. Kaum hatte ich sie, wollte ich selbst die Sache unter den Teppich kehren."

„Weil du net de Soohn vunneme Nazi sei wolltsch?"

„Quatsch, das war ich doch aus meiner Sicht schon immer, so habe ich mich ja quasi überall vorgestellt."

„Awwa du hosch des net vun doim Vadda afahre, sondann vunneme Wissenschaftla, dreißisch Joa jinga als wie du, demm des egal is, wea des waa."

„Ich habe meinen Vater plötzlich ganz anders gesehen. Vielleicht hat er sein Leben lang unter diesem Vorfall gelitten."

„Net so aiig wie demm sei Opfa."

„Das stimmt natürlich, das weiß ich. Aber er hat vielleicht als junger Mann ein Verbrechen begangen, das nicht als Verbrechen galt, weil das Opfer damals nichts wert war. In dem Moment hat er das vielleicht auch so gesehen, aber später vielleicht ganz anders. Er konnte mit keinem darüber sprechen, schon gar nicht mit mir. Ich habe auch Mist gebaut, als ich jung war, ich habe meinem Sohn auch nichts erzählt von der Startbahn West."

„Wisso?"

„Ich will nicht, dass mein Sohn so ein Bild von mir hat. Es ist mir heute unangenehm, peinlich, was ich getan habe, es war eine große Dummheit. Die war weit harmloser, keine Frage. Aber es ist ein dunkler Fleck in meinem Leben, ich bin gewalttätig geworden, weil es schick war, weil es sich gehörte, ja, weil unsere

Gegner eben nur die Bullen waren. Entschuldige!“
„Mescht mia nix.“
„Es ist eine völlig andere Dimension, das ist klar, aber ist es grundsätzlich so anders? In einem gewissen Alter ist man verführbar, begeht man Fehler. Wie du das gesagt hast. Und man fühlt sich stark und im Recht gegenüber allen. Vor allem gegenüber den Alten. Und heute bin ich selber alt.“
„Des heedsch du demm Seegardd awwa net vakläre kenne.“
„Ich habe es versucht. Aber er wiederum war in dem Alter, in dem man nichts gelten lässt, schon gar nicht von den Alten. Ich war als Junger meinem Vater auch völlig gnadenlos gegenüber. Später waren die Fronten verhärtet. Mein Vater hat Unrecht begangen, schlimmstes Unrecht, doch die Gesellschaft hat ihn nicht verurteilt, sie hat ihn sogar in Schutz genommen. Nazi-Deutschland hat ihm Recht gegeben. Wie er das empfunden hat, kann ich nicht sagen, er hat ja nie darüber gesprochen. Wenn er verurteilt worden wäre, hätte er eine Strafe bekommen, eine verdiente. So aber musste er mit einer Schuld leben, die erst später eine wurde, die aber nie gesühnt wurde. Ich war es meinem Vater irgendwie schuldig, ihn vor der Veröffentlichung zu schützen. Verstehst du das?“
Kommissar Günda zögerte. Dann sagte er mit leiser Stimme: „Was du vazehlt hosch, des hab isch vastanne. Awwa Gewalt, des vasteh isch nie.“

Berthold Müller nahm das vergilbte Papier aus Kommissar Gündas Händen und zerknüllte es in aller Ruhe.
„Fagrumble, mähnsch des bringt was?“
„Nein. Aber das.“
Er stand auf und kramte aus seiner Hosentasche ein Feuerzeug. Rasch fing das alte Papier Feuer. Sorgfältig trat er die glimmenden Reste aus.
„Du kannst mich nun verhaften. Ich werde ein umfassendes Geständnis ablegen.“

„Ähä. Aba?"
„Ich werde dir ins Protokoll diktieren, wie es war: Seegard wollte das Ansehen meines Vaters in den Dreck ziehen. Er sei als Lehrer ein viel zu strenger, rücksichtsloser, allgemein unbeliebter, ja, ein gehasster Lehrer gewesen. Damit hätte er ihn beleidigt und mich dazu. Daran wollte ich ihn hindern. Das hat mich so aufgebracht, deshalb habe ich ihm aufgelauert und ihn vom Fahrrad gestürzt. Dass er dabei womöglich zu Tode kommt, war mir in dem Moment egal."
„Un du valangsch vun mia, dass isch des vagess, des Babia vun eewe?"
„Es gibt kein Dokument, Günda. Wenn du etwas davon erwähnst, werde ich es bestreiten. Im Übrigen, es ist doch völlig egal. Ich bin schuldig an Seegards Tod, ich werde verurteilt werden. Und das ist gut so. Was will die Welt mehr?"

„Sie haben was?“
Freese fiel aus allen Wolken.
„Gleest hawwisch denn Fall. Freisch disch net?“
„Doch, doch. Vor allem freue ich mich, dass ich auch mal etwas davon erfahre. Ich nehme an, Sie sind informiert worden, dass die in Karlsruhe einer überregionalen Bande auf die Schliche gekommen sind. Bestimmt hat sich der Weizen gemeldet. Das hätte er mir ruhig auch mitteilen können. Na ja, wahrscheinlich bin ich ihm zu kritisch. Eine Mimose, der Mann. Bloß, weil ich mir erlaubt habe zu fragen, ob bei der Spurensicherung mit der gehörigen Sorgfalt vorgegangen wurde.“
„Nää.“
„Was nee?“
„Net nee, nää!“
„Ist ja auch egal.“
„Eewe net.“
„Jetzt lenken Sie nicht ab, Tschief. Was wollen Sie mir sagen? Machen wir es Schritt für Schritt. Wer hat Seegard umgebracht?“
„De Millas Berthold.“

Für einen Moment war Freese sprachlos. Dann fing er sich wieder.
„Ihr Freund Müller? Sie haben also tatsächlich hinter meinem Rücken ermittelt? Ohne mich zu informieren? Ohne es für nötig zu halten, mir von Ihrem Verdacht und von Ihren Recherchen zu erzählen? Dafür habe ich allerdings beim besten Willen kein Verständnis.“
„So kamma des net saache.“
„Oh doch, genau so muss man das sagen. Sie erzählen mir, Sie treffen sich, Sie unterhalten sich nett mit Ihrem neuen Bekannten, er berät Sie, Sie versacken sogar miteinander. Und in Wahrheit haben Sie ihn im Visier? Ich dachte, wir sind ein Team, Tschief!“
„Simmia aa.“

„Und wieso weihen Sie mich dann nicht ein, was Sie tun, woran Sie arbeiten?“
„Freese!“ Kommissar Günda stöhnte leise auf. „Des is bissl kombliziada, als wie dasses aussieht.“
„Ich kann das nicht besonders kompliziert finden. Sie ermitteln hinter meinem Rücken, so einfach ist das.“
„Hawwisch net.“
„So? Sie haben also nicht gegen Berthold Müller ermittelt? Und wie bitteschön kommt es, dass Sie ihn nun überführt haben?“
„Hawwisch aa net.“
„Sondern?“
„Ea hot sisch gstellt.“

Freese verschlug es erneut die Sprache. Kommissar Günda behagte die Situation nicht. Er hatte ein schlechtes Gewissen seinem Assistenten gegenüber, aber gleichzeitig hatte es sich nun einmal so zugetragen, es hatte sich nicht um eine gewöhnliche Ermittlung gehandelt.
„Wie darf ich mir das vorstellen? Er ruft Sie einfach irgendwann an: *Hallo, Günda, ich bins, der Berthold. Ich wollte dir nur sagen, ihr müsst nicht weiter suchen nach dem Mörder von Martin Seegard. Der Täter bin nämlich ich. Punkt aus. Herzlichen Glückwunsch. Schönen Tag noch. Ach ja, Grüße an deinen Trottel von Assistenten, der wirklich von nichts eine Ahnung hat.*“
„So äfach is des aa widda net gwest.“
„Aha. Wo lagen die Schwierigkeiten?“
„Wenns genau wisse willsch: beim Laafe. De Buggl nuff, de Buggl nunna. Des geht gonz schää ind Waade. Isch bin jo nix mea gegwööhnt.“
Kommissar Günda beugte sich nach vorn.
„Freese?“
„Ja, Tschief, was wollen Sie mir sagen? Dass es Ihnen leid tut?“
„Nää. Doch. Des aa. Awwa swäa net annaschda gange. Weje warum Folgendes …“

Und er erzählte seinem Assistenten, wie ihn Müller zum Tatort gelotst hatte, um den Hergang zu schildern. Müller und Seegard seien aneinandergeraten wegen des Heimatbuchs. Wegen der Bearbeitung der Texte von Müllers Vater. Seegard habe sich negativ über den geäußert und habe wohl einen Bericht über die Schule in Glickerbach geplant, und da sollte sein Vater sehr schlecht wegkommen: Züchtigungen, Rohrstock, Ohrfeigen, Müllers Vater sei eben einer vom alten Schlag gewesen, und sein Sohn habe nicht gewollt, dass das Andenken seines Vaters beschädigt würde. Zumal der sich außerordentlich um das Heimatbuch verdient gemacht habe. Vielleicht sei es auch um Geld gegangen. Seegard habe sich jedoch unnachgiebig gezeigt, der Streit sei eskaliert, und so habe Müller irgendwann beschlossen, Seegard auf anderem Wege an der Veröffentlichung zu hindern: „Middeme Schugga."
„Das verstehe ich nicht."
„Isch aa net. Awwa, Freese, des is manschmol so in unsam Beruff, do gibts Sache, die vasteht ma net. Die Leit reje sisch net bloß uff, irgendwann raschde sie aus, haache[133] sie zu."
„Mit Zucker?"
„Hä?"
„Sie sagten eben, Müller habe seinen Widersacher angegriffen mit Zucker."
„A so! Nää! Middeme Schugga."
„?"
„Kää Zuggalin. En Bumba. Isch zeig das mol. Oogenumme, des wäa dei Fahräddl, dea Stuhl, wu du druffhoggsch. Du fäasch de Buggl nunna, denksch an nix Beeses, peifsch *La Palooma*, un donn deed isch dia en Schugga gewwe. Zum Beispiel so …"
Er holte aus, Freese wehrte instinktiv ab.
„Ein Stoß."
„Saachisch doch, än Schugga."

---

[133] hauen

„Ach, das meinte der Weizen. Das habe ich damals schon nicht verstanden, das muss ich mir merken, ein Schucker ist ein Stoß. Ein Pumper auch."
Kommissar Günda verzog den Mund: „Du ma die Lieb, losses, Freese. Des dud ma weh, wie du des sachsch."
„Aber Sie verstehen hoffentlich auch, dass es mir wehtut, wenn Sie mich außen vor lassen."

Kommissar Günda wiederholte, dass er bei seinen Gesprächen nicht ermittelt habe, er habe immer nur gut zugehört.
„Sie hatten ihn nicht in Verdacht?"
„Äschdens hawwisch misch gewunnat, wisso dass de Seegardd beim Sportt än Schdick mitnimmt. Do hosch du misch druff gebrocht. Wie wenna denn in Sischaheit hawwe wollt. Un donn hawwisch schun gemeiikt, do is was, dea will mia was saache, de Milla. Sgeht net bloß um mei Haisl."
„Den Eindruck hatte ich auch, Sie haben ja wohl immer ziemlich tiefgründige Gespräche geführt."
„Un guude."
„Dass sich Müller und Seegard kannten, schön, das war klar durch die Sache mit dem Heimatbuch. Aber wenn er nicht hier in Glickerbach öfter aufgetaucht wäre, hätte das keiner für wichtig gehalten. Er hat Sie ja regelrecht auf sich aufmerksam gemacht. Wäre er einfach eine Weile nicht in Erscheinung getreten, wir wären ihm womöglich nie auf die Schliche gekommen."
„So seh isch des aa."
„Mit anderen Worten, er wollte geradezu erwischt werden."
„Ärscht bstimmt net, wieas gmacht hot. Awwa donn schun."
„Und wieso ist er dann nicht einfach hier bei uns ins Büro marschiert und hat sich gestellt?"
„Weila …"
„… weil er zu Ihnen wollte."
„Freese, du bischn Fuchs. Ea hot gedenkt, isch deedn vastehe,

du awwa net.“
„Und das war ihm wichtig?“
„Scheinz.“
„Trotzdem, das will mir nicht einleuchten. Der Mann lebt in Frankfurt, es gibt an jeder Ecke einen Polizeiposten. Haben Sie ihn vorher gekannt?“
„Nää.“
„Ehrlich, Tschief!“
„Ealisch net.“
„Genau das begreife ich nicht. Es gibt Tausende von Polizisten, die er nicht kennt. Wieso wollte er ausgerechnet zu Ihnen? Wegen der ähnlichen Frisur?“
„Net fresch wärre, Freese. Nää. Des hawwisch denn aa gfroogt. Ea hot gsacht, ea heed mol was glese iwwa misch. Schun ä Weil hea, do hawwe die in demm Bleddl, was als rumfäat, än Berischt gebrocht iwwa misch.“
„Ein Bericht über Sie? Davon weiß ich ja auch nichts.“
„Net so wischdisch. Aa kähn rischdische Berischt. Mea soä Berischdl. Vun de Kääisch.“
„Von was?“
„Kiasche.“
„Wovon?“
„Voon dea Kiasche.“
„Bitte noch einmal, wie heißt das?“
„Freese, du Sseckl. Du bisch ma ähna, du hosch des glei rischdisch vastanne, stimmts?“
„Ja, aber ich höre das so gerne, wie Sie Kirche sagen.“
„Was sollischn mache? Mia kenne des halt net, bei uns gibt des Zeh un Ha imma Sch. Kannsch nix mache. Awwa ähns, des musch da mol meiike: Käscheblotza, des is kähna, dea wu vum Kiaschtuam runnablotzt.“
„Ich weiß, das ist dieser Kuchen mit Kirschen.“
„Un awwa imma net mit oohne Stähna. Als schää uffbasse!“
„Er hat also etwas über Sie gelesen, und das hat ihn bewogen,

sich Ihnen anzuvertrauen. Weil Sie offenbar ein Kirchgänger sind. Wundert mich übrigens, aber ich lerne ja immer wieder neue Seiten an Ihnen kennen."
„Isch geh als sunndaags. Manschmol aa außa de Reih, wenn kähna drin is."
„Wo drin?"
„Freese!"
„Schon gut."
„Nää, net weje demm issa uff misch kumme."
„Sondern?"
Kommissar Günda seufzte: „Allo, wenns hald ubedingt wisse willsch. Die vun de Konfamande, die hawwe des mitkriggt, dass isch als neigeh in die Kääisch, un donn haawe die mit mia soä Indafjuu gmacht. Un do hawwe die misch aa gfroocht, was moin Lieblingsfilm wäa."
„Aha. Und? Wie heißt der, Ihr Lieblingsfilm?"
„*Wenn de Vadda mit demm Soohne* mim Rühmanns Häänz."
„Nie gehört."
„Sicksch. Eewe drum."
„Verstehe ich nicht. Das soll ihn bewogen haben, sich Ihnen anzuvertrauen?"
„Freese, es muss auch Geheimnisse gewwe. Meiik da des mol."
„Ich nehme das mal so hin."
„Apropoo, was gibtsn Neies vun de Wibbge?"
Freese legte den rechten Zeigefinger über die Lippen: „Pscht."

Der leichte Nieselregen störte ihn nicht im Geringsten, das sanfte Prasseln auf den Blättern wirkte angenehm beruhigend.

Ein paar Dinge hatten sich wie von selbst geklärt. Der Neubau war vom Tisch, er würde das Haus erst einmal so belassen, wie es war. Schritt für Schritt renovieren. Alleine. Einen Werkzeugkoffer musste er noch irgendwo im Keller haben. Er hatte ihn nie benutzt. Es war ein Geschenk gewesen zu irgendeinem Jubiläum. Überreicht von den Kollegen mit ironischem Unterton: *Ein Mann muss tun, was ein Mann tun muss!* Daran hatte er von jeher seine Zweifel.

Schon ahnte er die zahlreichen Blessuren, die ihm das eintragen würde. Aber wer weiß, er könnte es doch einfach probieren. Ohne Druck. Unbeobachtet. Bei diesem Gedanken musste Kommissar Günda grinsen. Unbeobachtet in Glickerbach? *Mia hawwe gheat, Sie ware grad beim Obbii. Raufasa? Deedisch net mache.*

Das Telefon läutete.
„Bidde net! – Oh, Sie sind daas, Härr Feizen. Noin, dea Härr Kommissaa ist leita nischt ta. Isch habe ploß soin Telefon pekommen. Als Stellvatreta. Füa alle Fälle. Verstehen Sie? – Genau, hier sprischt sein Freese, Friedhof Freese. Was kann ich für Sie tuhen? – Hmhmhm. – Ahaa. Sie benötiken also Frau Feräänaa für Ihre Untersuchungen. Was sind tenn tas für Untersuchungen, an fas kenau? – Nein, nein, ta hape isch keine Hinterketanken, das leuschtet mir soffortt ein. Ploß leita, die Telefonnummer von Frau Feräänaa darf isch nischt herauskepen. Nur die von der ihrem Mann. – Ah, so, es hat sisch kerate aletischt. Schöön. Das kepe isch gerne weiter. Pitte? – Auch kut, das kepe isch also nischt weiter an meinen Scheff. Tas pleipt unter uns. Fie Sie follen. – Ja, auch Ihnen einen funterfollen Tag. Auf Wietahören, Herr Feizen. Tann mache isch misch wieta an meine Arpeit. – Ja, isch habe noch einiges

vor. Unter anterem eine Fagrumbelung. – Was das ist? Nun, tas erkläre isch beim nächsten Mal. Alloa hee! Fie fia in Friedhofland kerne saken."

Das Gespräch hatte Kommissar Günda gehörig aufgemuntert. Hätte es ein wenig länger gedauert, er wäre noch tiefer eingetaucht in seine neue Sprache, hätte noch ein paar mehr Laute entdeckt, die sich zu verfremden lohnten. Wieder ein Schritt voran. Wann immer er mit sich haderte, würde er fortan seine Zweitidentität bemühen.

Die Zukunft, so sagte man ja leichthin, die Zukunft gehöre der Jugend. Gewiss. Aber auch *än alde Sseckl* wie Kommissar Günda hatte eine Zukunft, ob er es nun wollte oder nicht. Womöglich handelte es sich sogar um Jahrzehnte Zukunft.

Deshalb würde er behutsam mit sich sein wollen. Behutsam, so sollte auch die Welt mit ihm umgehen. Mehr würde er nicht verlangen, von sich nicht und nicht von allen anderen.

Marion Helche hatte ihm ihren Artikel mitgegeben: „Sie kenne gärnn was vaännare, Tschiefl".
Er ließ ihren Entwurf ungelesen, und so erfuhr er erst später von seiner ganz besonderen Begeisterung für den Glickerbacher Vogelpark und von dem Glickerbacher Lied, an dem er mit Hochdruck an seinem Harmonium arbeitete. Auch dass sich schon die gesamte Gemeinde auf seinen ersten Auftritt als neuer Nachtwächter freute, würde ihm erst noch zu Ohren kommen.

Ohnehin war nichts mehr von Belang, als er die Töne vernahm, die aus der Kapelle kamen. Ein Männerchor. Kräftig und zart zugleich. Bedächtigen Schrittes, um auch ja nicht zu stören, ging er auf das Gebäude zu. Kurz vor dem Eingang, dort wo sich der Gesang mit dem Vogelgezwitscher vereinte, mit dem sachten

Wind und dem sanften Regen, blieb er stehen. Endlich erkannte er das Lied:

Geh aus, mein Herz, und suche Freud!

Hoffnungsvoll und schwerelos ergoss es sich über die Wiese und verschwand in den Weinbergen.

Und da wusste Kommissar Günda, was er gerne hinterlassen würde: eine Parkbank. Auf dem Letzenberg.

Des Bängl hot de Günda gstifdet.
Hogg disch hii, gugg zum Himml nuff un hoisch grad bissl zu!

Mein Dank gilt Dr. Anna E. Wilkens, meiner scharfsinnigen Lektorin in Berlin.

Bei meiner Grafikerin Bettina Gantert bedanke ich mich für die gewohnt einfallsreiche und umsichtige Gestaltung.

Helga Föll danke ich für freundschaftlichen Rat und unermüdliche Ermutigung.

Mein besonderer Dank gebührt den Sängern der Letzenbergstare für ihre private Zugabe in der Malscher Letzenbergkapelle nach unserem gemeinsamen Freiluft-Konzert in den letzten Sommertagen 2015. Anrührend und inspirierend. Hier entstand die Idee für dieses Buch.

Meine Muttersprache ist Hochdeutsch, aber meine Heimatsprache ist Kurpfälzisch. Ich bin über die Sprache nach Hause gekommen. Bei allen, die dazu beigetragen haben, bedanke ich mich von Herzen.

www.arnim-toepel.de

Lektorat: Dr. Anna E. Wilkens, Berlin
Gestaltung: Bettina Gantert, Mannheim
Fotos: Vitus Töpel, Arnim Töpel
Druck: CPI Clausen & Bosse

ISBN 978-3-9817294-3-6

Bisher erschienen:

De Schorle-Peda

ISBN 978-3-9812773-8-8

Auch als mp3-Hörbuch

Muffzekopp

ISBN 978-3-9812773-9-5

Auch als mp3-Hörbuch

Die Luddarisch Brick

ISBN 978-3-9817294-1